용의 꼬리를 문 생쥐

용의 꼬리를 문 생쥐 6 (완결)

초판 1쇄 발행 | 2018년 2월 12일

지은이 ⓒ 303행성 2018
일러스트 ⓒ Awin 2018

교정교열 | 문보람
편집 | 나비노블
총괄 디자인 | Awin
편집 디자인 | 서유미

펴낸이 | 김혜랑
펴낸곳 | (주)메르헨미디어
등록일자 | 2016년 12월 28일
등록번호 | 제 2016-000253 호
ISBN 979-11-88503-62-9 04810
ISBN 979-11-88079-16-2 (세트)

nabinovel@nabinovel.net
http://nabinovel.net

용의 꼬리를 문 생쥐

303행성 글
Awin 그림

6 완결

나인노블

Content_용의 꼬리를 문 생쥐

22. 생쥐의 선물

길게 깎인 감자 껍질이 바닥으로 툭 떨어진다. 모나르카궁의 시종장은 제법 능숙하게 감자를 손질하며 한숨을 내쉬었다.

"제일 만만한 게 저잖습니까. 솔레다토르를 직접 건드리는 건 불가능하고, 그렇다고 폐하나 예비 황후마마를 찌를 수도 없으니 시종장이라는 명함 외엔 별 볼 일 없는 저한테 압력이 들어오는 거죠."

투덜거리는 헤러시의 맞은편에서는 케이어스가 살이 통통히 오른 오리를 손질하고 있었다.

주방 한쪽 테이블에선 노체 부인이 커다란 새장 속의 요정들과 다과를 즐기는 중이었다.

"그나마 지금은 겨울이니까 불가능하다는 소리로 버티고는 있는데…… 이제 곧 봄이죠."

긴 듯싶었던 겨울도 거의 다 지나갔다. 하얗게 얼어붙던 공기는 하루가 다르게 온화해지고 있었다. 헤러시는 깨끗하게 알맹이를 드러낸 감자를 그릇에 던져 넣으며 재차 한숨을 흘려냈다.

"봄이죠, 봄. 온갖 핑계로 온갖 행사를 벌이기 딱 좋은 계절 말입니다."

밀려들 게 분명한 초대장, 그리고 초대장만으론 모자라 직접 쳐들어올 사람들을 생각하니 벌써부터 머리가 지끈거리다 못해 울고 싶어질 정도였다.

"그래도 모나르카궁에 직접 들어올 수 있는 사람은 적지 않나요."

노체의 말에 헤러시가 그녀를 돌아보았다.

"적다고 해도 없진 않을뿐더러…… 저도 집에는 가야지요."

시종장을 위한 숙소가 마련되어 있다곤 해도 멀쩡한 집 놔두고 계속해서 모나르카궁에 갇혀 살 수는 없는 노릇이다. 그러나 안전지대를 벗어나기만 하면 꿀단지에 꼬이는 개미 떼처럼 갖가지 목적을 지닌 사람들이 달라붙곤 했다.

"데려다줄까."

케이어스가 손질을 끝낸 오리를 갈고리에 꿰며 말했다.

"괜찮습니다. 아직 좀 무섭거든요. 높은 곳은 별로 안 좋아하기도 하고요. 게다가 어차피 일 때문에 외출하는 경우가 더 많아요.

예비 황후마마라도 좀 덜 불러주시면 좋을 텐데…….”

아리에스도 이카르도 모나르카궁의 출입은 여전히 최대한 자제하고 있었다. 그러다 보니 생쥐와 솔레다토르의 안부를 묻기 위해서라도 헤러시를 더욱 자주 불러들이게 된 것이었다.

“솔직히 저는 솔레다토르를 너무 과보호한다고 생각하지만요. 작은아가씨야 궁정에 내보내기 걱정될 만하지만 솔레다토르는 아니지 않습니까. 선황제이자 수호룡인데.”

그런 상대를 무슨 떨어뜨리면 깨지는 유리병처럼 감싸고돈다. 헤러시로서는 당최 이해하기 힘든 태도였다.

“도련님 어깨에 힘이 과히 들어가기는 했죠.”

노체가 미소 지으며 말했다.

“물론 솔레다토르께서 궁정인들을 귀찮아하시긴 하지만, 어디까지나 귀찮음일 뿐이니까요.”

이카르가 저리 애써 막아서지 않아도 고작해야 인간들 따위 몇이 몰려오든 얼마든지 내쫓을 수 있다. 심지어 솔레다토르까지 갈 것도 없이 노체나 케이어스만으로도 충분한 일이었다.

“하지만 방패막이가 되어주고 싶어 하는 도련님을 굳이 말릴 필요는 없으니까요.”

노체는 그렇게 말하며 시선을 천장 쪽으로 올렸다.

“좋은 시간을 괜히 방해하고 싶지도 않고 말이죠.”

좋은 시간. 그 말에 헤러시가 감자즙이 묻은 손가락으로 뺨을 붉적였다.

"그렇게 말하셔도 솔직히 제 눈에는 두 분 사이가…… 연인 같은 것과는 조금 멀어 보입니다만. 나비마마께서는 의욕이 넘치시는 듯하지만요."

솔레다토르 쪽이 영 적극적이지가 않다. 마음이 아주 없는 것은 아닌 듯싶지만 관계의 진전을 위해 움직일 기색은 보이질 않았다.

"작은 아가씨께서 아직 어리시니까요."

"올해로 열일곱이신데요?"

또래에 비해 몸집이 좀 작은 편이긴 하여도 어리다고는 할 수 없다. 여느 귀족 소녀라면 한창 사교계에서 사랑의 꽃을 피우다 못해 약혼에 결혼까지 해치울 나이인 것이다. 생쥐도 결혼이야 이미 하긴 하였고.

헤러시의 말에 노체가 작게 한숨을 내쉬었다.

"솔레다토르께서 보시기에는, 말이지요."

"수호룡 기준으로 보면 어리지 않은 인간이 없잖습니까? 팔십 먹은 노인이나 여덟 살 어린애나 몇백 살 연하일 테니까요."

"드래곤이 아닌 인간 기준으로 보아도 어리니까 문제예요."

"인간 기준으로도요?"

"작은 아가씨께서 처음 궁에 왔을 때, 정말 작으셨거든요."

노체의 목소리가 끝나기 무섭게 새장 속의 요정들이 끼어들었다.

"맞아, 작았어!"

"조그맣고 비썩 말랐었지!"

"지금도 작은 편이지만."

"그래도 키도 크고 살도 쪘다고~."

"우리가 열심히 먹였거든~."

"과자도 먹이고 거위도 먹이고."

"채소랑 과일도 챙겨 줬지!"

요정들의 재잘거림 속에서 헤러시는 생쥐의 모습을 떠올렸다. 지금보다 더 작고 말랐다면 확실히 여자로 느끼기는 힘들 터였다.

"그러니까…… 말하자면 예전 모습이 기억에 남아 솔레다토르의 발목을 붙잡는다 이겁니까?"

"그렇다고 볼 수 있겠지요."

노체가 작게 고개를 끄덕였다.

"하지만 시간이 자연스럽게 해결해줄 거예요. 빠르면 일 년, 늦어도 이삼 년이면 작은 아가씨께서도 어린 티를 완전히 벗어날 수 있을 테니까요."

지금까지의 긴긴 기다림에 비하면 극히 짧은 시간이다. 노체의 입술 위로 무심코 흐뭇한 미소가 떠올랐다. 그런 그녀의 표정을 본 헤러시가 의문을 표했다.

"전부터 궁금했던 건데, 여러분들께선 솔레다토르의 상대가 인간이라 해도 괜찮은 겁니까? 뭐랄까, 종족 차이가 꽤 크잖습니까."

초대황후라는 전례가 있는 일이긴 하였지만 그래도 일말의 거리낌 없이 자연스럽게 받아들이는 것으로도 모자라 반기기까지 하는 태도가 조금 이상하게 보였다.

원래 모습으로 치자면 고래와 금붕어 정도의 차이가 있었으니 말이다.

"드래곤은 보통 그렇답니다."

노체는 자세한 속사정은 감추고서 대답했다.

"마경의 주인은 자신의 영지를 떠나는 일이 거의 없으니까요. 하니 얼굴 한번 본 적 없는 동족과 맺어지는 경우는 극히 드물답니다."

물론 이름을 지닌 드래곤에 한해서였다. 이름 없는 드래곤은 사실상 마경의 주인과는 타 종족이라 해도 좋을 정도로 달랐기 때문이다. 마경의 권능을 지니지 못함은 물론이요, 이름 없는 드래곤의 알에서는 드래곤이 아닌 드레이크만 태어난다.

"인간과 맺어지는 것 역시 비슷한 이유로 드물지만요."

마경에 들어가려는 간 큰 인간은 몇 없다. 그 대담한 인간이 득시글거리는 마수들 사이에서 살아남아 드래곤의 눈에 들 확률은 더더욱 낮았다.

"그럼 보통은 마경 내의 타 종족이 상대가 되겠군요?"

"그렇긴 하지만 후계자를 만들기 위한 짧은 만남이 대부분이랍니다. 마경에 속한 이들은 아무래도 마경의 주인을 서슴없이

대하기 힘든 데다가 반드시 반려를 맞이해야 할 필요는 없으니까요."

"그렇군요."

헤러시가 이해했다는 듯 고개를 끄덕였다. 진심인 상대를 만나기 어려우니 이들이 생쥐를 반긴다고 생각한 것이었다.

"요정들은 솔레다토르를 거리낌 없이 대하는 듯하지만……."

솔레다토르와 생쥐를 방해하지 못하도록 새장에 가두어진 두 요정을 힐끗 쳐다보며 헤러시가 말끝을 흐렸다. 그가 말을 마저 잇지 않아도 노체와 케이어스 모두 뒷말을 알겠다는 표정이었다.

"음, 아무튼 잘되었으면 좋겠네요. 그래야 저도 덜 시달릴 테고 말입니다."

적어도 왜 둘 사이 진전이 더디냐며 예비 황후마마에게 멱살 잡힐 일은 없어질 것이다.

팽팽하게 당겨진 천을 뾰족한 바늘 끝이 찔러 통과한다. 생쥐의 손끝을 따라 붉은색 수실이 느릿하게 꽃잎을 만들어내는 모습을 솔레다토르가 못마땅하게 바라보았다.

지금은 제법 능숙해진 손놀림이지만 처음에는 바늘에 찔려 손가락에 피도 여러 번 맺혔었다. 그때의 일이 아직 생생한 솔레다토르로서는 생쥐의 쓸데없는 고집이 마음에 들지 않았다. 지금이라도 괜한 짓 그만두라 말하고 싶었지만.

　"이것 보세요, 하나도 안 흐트러졌습니다."

　"……그래."

　저 뿌듯해하는 얼굴 앞에서는 고개를 끄덕여주는 것 외의 행동은 할 수가 없었다.

　"아리에스 언니 결혼식이 한 달밖에 안 남았어요."

　생쥐가 들뜬 마음을 감추지 못한 채 말했다. 며칠 전, 황제의 결혼 일정이 발표되었다. 봄에 치르기로 예정되었던 것이 드디어 확실하게 정해진 것이었다.

　"그전까지 준비를 완벽하게 마쳐야 합니다."

　의욕으로 가득 찬 목소리에 솔레다토르가 소파에 기대고 있던 등을 약간 떼며 옆자리의 그녀를 내려다보았다.

　"준비를 해야 하는 건 그 녀석들이겠지. 넌 아리에스에게 줄 선물이나 완성하면 되지 않나."

　"물론 선물도 완성해야 하지만요, 다른 준비도 필요합니다. 언니의 동생으로서 모자란 모습을 보이면 안 되니까요."

　바깥 활동을 하지 않는 생쥐였지만 황제의 결혼식까지 불참할 수는 없었다.

설사 참석치 않아도 된다 하여도 소중한 언니의 결혼식에 빠지고 싶진 않았다. 그 자리에 함께하여 진심으로 축하해주고 싶었다.

"전야제와 본식만 참석해도 된다고 했지만 가능하다면 많이 가보고 싶습니다. 저도 그동안 많이 공부했으니까 혼자 가도……."

"안 돼."

생쥐의 말이 끝나기도 전에 솔레다토르가 딱 잘라 반대했다.

"노리는 사람이 한둘이 아닐 텐데 명청한 소리 하지 마라."

"……역시 안 될까요."

생쥐는 조금 풀죽어하며 중얼거렸다. 요정들은 되레 보호받아야 할 상태고 노체는 자신이 심어진 곳을 떠날 수 없으며, 케이어스는 솔레다토르와 마찬가지로 인간들이 득시글대는 장소를 싫어했다.

"음, 헤러시 시종장과 함께 가는 건요?"

"그놈은 제 일만으로도 벅차다."

같은 인간들이 있는 외궁보다 생쥐 외에는 마경의 주민들뿐인 내궁을 더 편해하는 지경이니. 그 외에는 더 이상 친분 있는 사람이 없는 생쥐가 한숨을 포옥 내쉬었다.

"사교활동을 좀 더 해둘 걸 그랬나 봐요."

다과회 이후로 서너 번 더 작은 모임을 가지기는 했으나 참석자들과는 여전히 데면데면한 상태였다.

서로의 관심사가 너무 다르다 보니 대화가 잘 통하지 않았기 때문이다. 수호룡이라는 공통 주제가 있기는 하였지만, 생쥐는 솔레다토르에 대한 이야기를 꺼내기 꺼렸기에 친분을 다지는 데에는 되레 역효과였다. 그런 탓에 새로운 친구를 만드는 것에는 실패하고 말았다.

"……그런 모임은 싫다고 하더니."

그새 마음이 바뀐 걸까. 솔레다토르의 중얼거림에 가까운 말에 생쥐가 고개를 끄덕였다.

"여전히 재미는 없습니다. 하지만 필요한 거니까요."

"전에도 말했지만 굳이 할 필요 없다."

"전에도 말씀드렸지만 제가 하고 싶습니다."

생쥐는 손에 든 수틀을 내려다보며 말을 이었다.

"할 수 있는 데까지는 해볼 거예요. 배우는 것들 중에 재밌는 건 별로 없지만, 수놓는 건 재밌거든요. 재능이 있다고 칭찬도 받았고요. 그러니까 다음번에는 자수 모임을 열어볼 생각입니다. 좋아하는 취미 모임이라면 대화를 나누기 수월할 거라고 시종장이 그랬습니다."

자수는 귀족 영애들이 흔히 가지는 취미 중 하나였다.

"아리에스 언니가 친구라고 할 만한 사람이 셋 생기면 모나르카궁을 관리하는 일을 배울 수 있게 해준다고 했어요. 관리인에게 필요한 가장 중요한 능력은 사람을 다루는 것이라 사교계에서 자리를 잡는 게 시작이라고 했거든요."

솔레다토르는 그렇게 말하는 생쥐를 복잡한 심정으로 바라보았다. 아랫사람들을 다루는 건 그리 쉬운 일이 아니다. 심지어 생쥐는 내내 그 반대의 입장으로만 지내왔으니 더더욱 적응하기 힘들 것이다. 그러니 말리고 싶었지만 몇 마디로 막을 수 있는 고집이 아니었다. 물론 그가 강경하게 반대한다면 순순히 굽힐 소녀였지만 그런 식으로 억누르는 건 내키지 않았다.

자유롭게 풀어놓기엔 신경 쓰이고 붙잡아 묶어두는 것도 꺼림칙하다.

'……그냥 내가 나설까.'

자신이 곁에 붙어 함께 다닌다면 걱정할 일은 없을 것이다.

인간들 사이에 섞이는 것은 질색인 데다가 이카르의 노력도 수포로 돌리게 되긴 하겠지만, 그 외의 뾰족한 방법은 떠오르지 않았다.

"전야제와 본식 외에도 내가……."

"안 돼요."

말이 끝나기도 전에 생쥐가 딱 잘라 거절했다. 조금 전 솔레다토르가 혼자 가겠다는 그녀를 막을 때와 비슷하게 단호한 목소리였다.

"솔을 귀찮게 만들기 싫습니다."

"……그리 많이 귀찮은 일은 아니다만."

"싫어하시잖아요, 그런 거. 그러니까 절대로 안 됩니다. 만에 하나 따라오시려 하면 내궁 밖으로 단 한 발짝도 나가지 않겠어요."

"내가 괜찮다고 해도?"

"네. 괜찮은 게 아니라 원하시는 거라면 저도 기꺼이 따라나서겠지만요."

솔레다토르는 자신을 빤히 올려다보는 연녹색 눈을 마주보았다. 원한다, 라. 생쥐가 아니었으면 나설 생각 따위 없었으니 당연히 그 정도까지는 아니었다.

"……싫지 않은 정도로는 안 되나."

"저는 솔이 좋아하는 일만 했으면 좋겠습니다. 물론 좋아하는 것만 하며 살 수는 없지만요, 최소한 저 때문에 좋아하지 않는 일을 굳이 하는 건 싫습니다."

이런 문제에 있어서는 절대로 물러서지 않는 생쥐였다. 그 고집을 이미 여러 번 겪었기에 솔레다토르는 대답 대신 그녀의 머리를 쓰다듬었다.

"그럼 일단은 예정대로 전야제와 본식에만 참석하도록 하마."

"네. 그런데요, 솔."

생쥐는 자신의 머리를 쓰다듬은 손을 양손으로 움켜쥐며 눈을 반짝거렸다.

"이제 곧 봄이니까요, 같이 자도 되지요?"

"……뭐?"

"겨울에만 안 된다고 하셨잖아요. 이젠 날도 따뜻해졌고 별로 졸려 하시지도 않으니까요. 그러니까 조만간 동침하겠습니다."

예전처럼. 그간 언급이 없어 까맣게 잊고 있었던 생쥐의 요구에 솔레다토르의 얼굴 위로 당혹감이 떠올랐다. 분명 겨울이라 안 된다고 핑계를 두긴 하였었다. 그리고 이제는 봄이 코앞이다.

"그건……."

"혹시 다른 문제라도 있습니까?"

생쥐가 고개를 갸웃 기울였다. 그녀의 물음에 솔레다토르가 눈가를 약간 찌푸렸다. 사실 생쥐와 같은 침대를 쓴다고 해서 문제가 될 일은 없긴 했다. 그녀를 계속 곁에 두기로 한 이상 굳이 참지 않아도 되었으니까. 게다가 생쥐에게 손을 댄다 하면 당사자는 물론이요, 주위에서도 반길 터였다.

'그래도 아직은 조금…….'

성급한 게 아닐까. 찡그린 금안이 자신의 옆구리에 달라붙다시피 한 소녀를 훑어 내렸다. 여전히 작다. 처음보다야 크긴 했지만 역시 작다. 붙잡힌 손을 움직여 한 줌짜리 손목을 쥐어보았다. 아니, 한 손에 들어오는 정도가 아니다. 감싸 쥐고도 한참이 남았다. 살이 올랐다고 해도 아직 뼈가 바로 만져진다.

"……역시 작아."

조그맣게 흘러나온 목소리에 생쥐가 눈을 확 치켜떴다.

"많이 컸어요!"

생쥐가 자리에서 벌떡 일어나며 잡히지 않은 손을 머리 위로 번쩍 들어 올렸다. 무릎 위에 놓아두었던 수틀이 데구루루 바닥에 떨어져 뒹군다.

"지금은 이 정도잖아요. 예전엔 이만큼 더 작았습니다. 몸무게도 많이 늘었고요. 절대 안 작아요. 나이도 한 살 더 먹었잖아요."

해가 바뀌어 이제는 열일곱 살이다. 자신만만하게 말했으나 솔레다토르는 코웃음을 쳤다.

"고작해야 한 살이지."

"솔한테는 고작일지 몰라도 저한테는 아닙니다. 열여섯 살에서 한 살 더해지는 거면 많은 거예요."

"그래도 작다."

"크다고 할 순 없지만 작은 것도 아닙니다. 저보다 작은 애들도 많아요."

"그건 진짜 애고."

솔레다토르는 잡고 있던 손목을 가볍게 끌어당겼다. 반항 없이 당겨진 몸이 그의 무릎 위에 올라앉는다. 제 딴에는 무거워졌다곤 하지만 그래봐야 솜털 같다.

"애가 아니면 어른이라는 거잖아요. 그러니까 작은 건 아니죠."

생쥐가 진지하게 주장했다.

"애든 어른이든 작은 건 작은 거지."

"안 작아요."

"작아."

연이은 작다는 소리에 뾰로통해졌던 생쥐가 다시 입을 열었다.

"……작아도요, 그래도 어른입니다."

어른이다. 그 주장에 웃어주려고 했다. 그러나 솔레다토르는 웃는 대신에 마른침을 삼켰다.

분명 어린애라고 할 수는 없을 것이다. 여전히 작다 해도 처음 보았을 때와는 다르다.

"솔?"

침묵이 길어지자 생쥐가 고개를 갸웃하며 솔레다토르를 올려다보았다. 그 순진한 몸동작에서는 어른스러움이 전혀 느껴지지 않았기에 솔레다토르는 잠시 막혔던 숨을 길게 흘려내었다. 역시 아직은 작다.

"두어 살은 더 먹고 나서 말해라."

"어른의 기준이 너무 높으신 거 같아요."

"기준이 높다라, 하긴 이카 녀석은 얼마 전까지만 해도 여전히 어린애로 보였지."

"……두 살이면 됩니까?"

금세 꼬리를 말아버리는 모습에 솔레다토르가 미소 지었다.

"아마도."

"하긴, 아직 제가 많이 모자라기는 해요. 하지만 이 년 뒤면 언니만큼은 아니어도 한 사람 몫은 할 수 있게 될 겁니다."

그때가 되면 모나르카궁의 관리인직도 맡을 수 있지 않을까.

그리고 그 밖의 좀 더 많은 것도 할 수 있게 될 것이다. 지금도 조금씩 늘어나고 있으니까. 커피 타는 것부터 읽고 쓰고 춤추고 수놓는 것 등등. 생쥐는 솔레다토르의 무릎에서 내려와 수틀을 주워 들었다.

배우는 것이 즐겁다. 처음에는 그저 시키는 대로 따랐을 뿐이지만 이제는 달랐다. 하나씩 하나씩 쌓여가는 능력이 가슴을 뿌듯하게 채워간다. 문제가 생길 때마다 그저 지켜보고 걱정만 하는 게 아니라, 뭔가 할 수 있는 날이 올 거라는 사실이 기쁘고도 설렜다.

생쥐는 수틀을 탁자에 내려놓고 몸을 돌려 고개를 살짝 숙였다.

"다과를 준비해드리겠습니다. 일주일 전에 핀 겨울마리아를 차갑게 말린 꽃차랍니다. 오렌지를 넣은 마들렌과 어울리는 차예요."

의식하지 않은, 이제는 익숙해진 우아한 움직임을 보이며 그녀가 미소 지었다.

봄이 다가오면서 온실 밖 공중정원에도 내궁 앞 정원에도 갖가지 색이 나타나기 시작했다.

목령인 노체가 있었기에 정원의 식물들은 유독 푸르고 무성하게 자라났다. 봄싹은 물론이요, 봄꽃에 이른 열매까지 매달려 높다란 담이 장애가 되지 않는 날벌레와 날짐승들이 연회라도 벌이듯 날아들었다.

"이거 봐요, 통통하게 살이 올랐어요."

나뭇잎에 붙어 있는 붉고 노란 애벌레를 가리키며 생쥐가 말했다. 그녀의 옆에서 바구니를 들고 서 있던 헤러시가 인상을 약간 찌푸렸다.

"통통한지 아닌지는 모르겠고 징그럽네요."

"애벌레는 먹을 만해요."

"……예?"

"물론 이렇게 알록달록한 건 먹으면 안 되지만 독성이 없는 건 껍데기가 있는 벌레보다 먹기가……."

"저기, 지금도 드시는 건 아니시죠?"

"물론 아니죠. 사정을 모르는 사람들 앞에서는 징그러운 척도 한답니다."

징그러워하는 건 물론이요, 무서워하고 부끄러워도 한다. 생쥐는 맨손으로 애벌레를 집어 헤러시가 들고 있는 바구니에 집어넣었다.

"독성이 있는 애벌레라 해도 먹을 수 있는 새가 있기 때문에 해가 완전히 뜨기 전에 벌레 장으로 옮겨놓아야 해요. 밤에 풀어놓는 건 계속 제가 할 거예요."

솔과 함께 자게 되면 아침 일찍 나오기 힘드니 잘 부탁한다며 생쥐가 말했다.

"음, 장갑 끼고 잡아도 됩니까?"

"네. 하지만 도구를 사용하는 건 안 돼요. 연약하거든요."

잘못하면 터져버린다는 말에 헤러시의 표정이 또다시 일그러졌다.

"부탁할 사람이 마땅치 않았는데 다행이에요. 요정들은 작아서 오래 걸리고, 케이어스 씨는 아침에 제일 바쁜 데다가 노체 부인은 벌레를 싫어하거든요."

"벌레를 싫어해요?"

"나무니까요. 애벌레는 물론이고 즙이나 잎을 먹는 벌레는 다 싫어해요. 그래서 겨울 내내 새 모이를 줘서 새를 불러 모았어요. 곧 말벌도 키울 거래요."

생쥐는 이슬 맺힌 잎을 뒤집어가며 벌레를 찾아 거두었다.

"이 애벌레의 고치 값은 같은 크기의 금과 맞먹는대요."

"무게도 아니고 크기라니, 비싼 몸이네요."

"목령의 영역에서만 번식하는 벌레거든요. 그래서 수도 적은 데다가, 고치에서 뽑은 실로 만든 천은 목령의 기운을 지니고 있어서

덮은 사람을 건강하게 해줘요. 잘 키워서 아기 이불을 만들 겁니다."

"예비 황후마마께 선물해드리게요?"

"네. 그리고 저도 쓸 거예요. 언젠가는요."

머잖은 미래에 꼭, 반드시.

"빠르면 이 년에서 늦어도 삼 년 정도면 가능하지 않을까요?"

"성공하시길 빌어드리겠습니다."

"고마워요."

벌레를 모두 찾고 나자 해가 완전히 떠오르고 이슬이 말랐다. 생쥐는 새가 침입하지 못하도록 창살이 달린 벌레 장의 문을 단단히 닫았다.

"예비 황후마마의 결혼 선물도 직접 만드신다죠?"

헤러시의 물음에 생쥐가 고개를 끄덕였다.

"네. 처음에는 돈을 모으려고 했는데 살 만한 게 별로 없더라고요."

예전이라면 단순히 자기 눈에 좋아 보이는 걸 샀겠지만 궁정 사회에 대해 공부를 하다 보니 그럴 수가 없게 되었다. 주위 시선을 생각해서라도 격에 맞는 선물을 준비해야만 한다. 자칫 잘못된 선물을 내밀었다가는 주는 쪽도 받는 쪽도 체면이 구겨지기 때문이다. 그러나 상대가 황후이다 보니 생쥐가 직접 모은 돈으로는 적당한 선물을 살 수가 없었다.

물론 아리에스는 신경 쓰지 말라 하겠지만 그녀에게, 또 솔레다토르에게 조금이라도 피해가 갈 일은 하고 싶지 않았다.

"다행히 마경에서 나는 것들은 귀한 취급을 받는다고 하니까요. 그래서 직접 키우고 있습니다."

"귀하긴 귀하죠."

　보통 사람은 목숨 걸고 구해야 하는 것들이다. 그중에서도 가장 값어치가 높은 것은 다름 아닌 마수였다. 그 마수에는 솔레다토르나 케이어스 등도 포함되어 있기에 헤러시는 굳이 길게 말하지 않았다. 그러나.

"사지랑 라지가 전과 달리 내궁 밖으로 못 나가는 이유도 비싸게 팔리기 때문이래요."

　이 조그만 소녀는 이미 그런 사실들을 알고 있는 모양이었다.

"살아 있는 게 제일 비싸지만 박제로도 원하는 사람이 많다나 봐요."

"그, 그렇습니까?"

"특히 케이어스 씨나 솔처럼 감당하기 힘든 상대는 박제가 더 관리하기 편하니까요."

"그……렇겠죠."

　헤러시가 난감해하며 중얼거렸다.

　생쥐가 이따금 외모와 어울리지 않는 과격한 말을 내뱉는 것에는 여전히 적응이 되질 않았다.

"물론 두 분이 그렇게 될 일은 절대로 없겠지만요."

"그야 당연하죠, 네."

"사람도 박제하기도 하잖아요. 그래서."

"네? 자, 잠깐만요?"

당황하는 그를 생쥐가 왜 그러냐는 듯 고개를 약간 기울이며 올려다보았다.

"물론 비싸진 않아요."

"가격이 문제가 아니라…… 안 비쌉니까? 사람인데요?"

"흔하니까요."

틀린 말은 아니다. 그래도 차마 긍정할 수는 없어 헤러시는 그냥 어설프게 웃어넘겼다.

"……슬슬 아침식사 하셔야죠."

"네, 그럼 아마도 내일 아침부터 잘 부탁드립니다."

"아마도요?"

헤러시의 물음에 생쥐가 조금 풀죽은 얼굴을 했다.

"그게, 아직 확실히 허락을 받은 건 아니거든요. 겨울만 지나면 같이 자도 괜찮다고 하셨었는데, 그런데 아직도 방해된다고 하셔서요. 오랫동안 제대로 겨울잠을 못 주무셔서 깨는 데 오래 걸리는 걸까요?"

걱정스러운 말에 헤러시가 제 뺨을 긁적였다.

"그 방해가…… 아마 그 방해가 아닐 겁니다."

"네?"

"그 방해가 아니라…… 그러니까…….""

말해줘도 괜찮은 걸까. 헤러시는 생쥐의 보호자들을 차례로 떠올려보곤 입을 다물었다. 아리에스는 말해도 좋다 하겠지만 솔레다토르는 반기지 않을 것이다. 그리고 이곳은 용의 둥지다.

"음, 정확히는 저도 잘 모르겠습니다. 예비 황후마마께 여쭤보시는 게 어떨까요."

"하지만 아리에스 언니는 많이 바쁘신걸요."

아리에스는 물론이고 이카르와 그 주위 사람들도 결혼식 준비로 한창 바쁘다.

"그럼 노체 부인께 물어보세요. 아마 대답해줄…….""

"헤러시 군 말대로 방해가 아닐 거랍니다."

노부인의 온화한 목소리가 갑자기 끼어들었다. 유령처럼 스르륵 나타나는 노체를 두 사람이 돌아보았다.

"……듣고 계셨습니까?"

헤러시의 물음에 노체가 미소 지었다.

"제 영역의 정원이니까요. 무슨 일이 일어나는지 소리도 모습도 냄새도 전부 알 수 있답니다."

"전부요?"

이번에는 생쥐가 놀라며 물었다.

"네. 아주 세세한 것까지요. 그래도 나무가 없는 실내까지는

알 수 없으니 침실에서든 욕실에서든 작은 아가씨께서는 신경
쓰시지 않아도 된답니다."

생쥐는 무엇을 신경 쓰지 말라는 건지 알아듣지 못했지만 헤
러시는 눈치채고 헛기침을 했다.

"정말로 제가 같이 자도 솔에게 방해가 되지 않을까요?"

"물론이고말고요. 문제가 있는 건 작은 아가씨가 아니라 솔레
다토르시거든요."

"솔에게 문제가 있다고요?!"

깜짝 놀라는 생쥐를 노체가 진정시켰다.

"걱정할 만한 문제는 아니에요. 그저 단순한 고지식함이랍니다."

"고지식함이요?"

"네. 쓸데없는 고집이라고도 하지요. 그러니 불편해하시더라
도 무시하세요."

"불편해하시는 걸 무시할 순 없어요."

생쥐가 얼굴을 딱딱하게 굳히며 말했다. 그런 그녀의 모습에
노체가 다시금 미소를 머금었다.

"괜찮아요. 불편해하는 척인 거거든요."

"……척이요?"

"사실은 좋은데 꺼리는 척하는 거지요."

좋은데 아닌 척이라니.

생쥐가 아, 하고 눈을 동그랗게 떴다.

"저도 그거 알아요. 궁정에서는 감정을 너무 드러내어선 안된다고 배웠습니다. 좋아도 싫은 척해야 할 때도 있다고요."

"그런 거랍니다. 예의나 체면, 도덕 등이 가져다주는 거리낌이지요. 솔레다토르는 인간들 사이에서 너무 오래 지내셨어요."

노체가 작게 한숨을 내쉬었다. 마음이 없는 것도 아니면서 생쥐에게 손대지 않는 것은 드래곤다운 행동이라고 할 수 없었다. 마경의 주민들 또한 마찬가지다. 그런 것에 얽매이는 종족은 인간뿐이다. 그녀는 손을 뻗어 생쥐의 뺨을 쓸어내렸다.

"사랑스러운 아가씨, 그러니 아가씨께서는 거리낌 없이 다가가주세요. 작은 아가씨가 지금처럼 솔레다토르를 생각해주는 이상, 절대로 미움받지 않을 거랍니다. 무엇이든 원하는 대로 하세요."

"무엇이든지요?"

"네, 무엇이든지요."

정말로 뭐든 원하는 대로 해도 될까. 생쥐는 노체의 손이 닿았던 뺨을 매만졌다.

이카르와 아리에스의 결혼식 날이 코앞으로 다가왔다.

생쥐는 물론이고 솔레다토르 또한 결혼식 참석을 위한 예복을 새로 맞추었다. 전야제와 본식에만 참석할 예정이었지만, 아리에스의 주도 아래 생쥐의 드레스는 옷장 하나를 새로 채울 만큼 늘어났다.

"언니는 괜찮다고 했지만 역시 아까워요."

새로 맞춘 드레스 중 하나를 입은 생쥐가 말했다. 물빛 하늘거리는 봄 드레스가 움직임을 따라 우아하게 흔들렸다.

"키도 더 클 거고 살도 더 찔 거라 내년에 또 새로 맞춰야 한다잖아요. 올해만 입을 봄용 드레스를 너무 많이 지은 거 같습니다. 다 입어보지도 못하고 버리게 될 거 같아요."

"고작 드레스 몇 벌일 뿐이다. 신경 쓸 거 없어."

생쥐와 마주 선 솔레다토르 또한 예복 차림이었다. 그는 못마땅한 시선으로 생쥐의 구두를 내려다보았다.

"굽 높은 구두는 신지 말라고 했을 텐데."

"이 정도면 그리 높은 것도 아닌걸요. 게다가 그간 많이 익숙해져서 괜찮습니다. 넘어지지 않아요."

"익숙해졌다고? 내가 분명……."

"굽이 있는 구두가 더 좋아요. 전 키가 작은 편이기도 하고, 또 더 예쁘거든요."

좋아한다는 말에 잔소리가 멈추었다. 그러나 구두를 향한 눈빛은 여전히 탐탁잖았다.

생쥐는 얼른 치맛자락을 살짝 들어 올리며 말했다.

"넘어지지도 않고 비틀거리지도 않고 춤도 출 수 있어요. 한 번 보세요."

그리곤 빙그르, 제자리에서 한 바퀴 돌았다. 이어 허리를 약간 숙여 보이곤 한쪽 손을 내밀었다.

"잡아주시겠어요?"

치켜뜬 눈이 솔레다토르를 똑바로 올려다본다. 그 태도와 자세가 미미하게 아리에스를 닮아 있어, 솔레다토르의 눈가가 조금 찌푸려졌다. 동경하는 상대이니만큼 닮아가는 게 이상한 일은 아니지만 마음에 들지 않았다. 그럼에도 내밀어온 손을 거절할 생각은 조금도 들지 않았다. 그는 희고 고운 손을 잡아 자신쪽으로 끌어당겼다. 구두가 가볍게 바닥을 두드리는 소리가 들려왔다.

"처음 가르쳐주신 거요, 똑똑히 기억하고 있습니다."

생쥐는 한쪽 손을 뻗어 너른 어깨 위에 얹었다.

"그때는 허리를 잡았지요. 제 키가 작았으니까요. 지금은 굽 높은 구두를 신으면 어깨를 잡아도 어색하지 않습니다. 그때처럼 발이 아파서 춤추지 못하지도 않을 거고요."

여전히 키 차이는 꽤 났지만 예전처럼 매달리는 꼴은 되지 않았다. 솔레다토르와 바싹 붙어 마주 선 채 생쥐가 자랑스럽다는 듯 웃었다.

"저는 계속 연습했으니까, 지금은 제가 더 잘 출지도 몰라요."

자신만만한 말에 솔레다토르도 피식 웃었다.

"어디 한번 확인해볼까."

"얼마든지요."

악단의 음악은 없었지만 생쥐는 정확한 박자에 맞춰 발끝을 옮겼다. 두 쌍의 구두가 서로 보폭을 맞추어 움직이고 맞닿을 듯 가까워졌다가 다시 성큼 멀어진다. 빙그르르 춤사위를 따라 흔들리는 드레스 자락이 우아한 원을 그린다. 한 송이 꽃처럼 피어났던 프릴이 꽃봉오리처럼 접혔다가 다시 피어나기를 반복했다.

그리 길지는 않지만 짧다고도 할 수 없는 춤의 시간 동안 생쥐는 한 치의 흐트러짐 없이 스텝을 밟았다. 그간의 노력이 무색하지 않은 결과였다.

들리지 않는 음악이 끝나고 두 사람은 마주 선 채 서로를 바라보았다. 먼저 움직인 것은 생쥐였다. 어깨에 있던 손을 올려 목을 감싸 잡고 한껏 발돋움을 하였다. 입술이 닿지는 않았다. 혼자 다가가기에는 여전히 너무 작았다. 솔레다토르는 그 모습을 바라만 볼 뿐 마주 다가와 주지는 않았다.

생쥐는 두 눈썹 사이를 찌푸리듯 살짝 모았다가, 붙잡은 목을 자신에게로 당겼다. 입술이 가볍게 맞닿았다. 옅게 화장한 입술 사이로 속살거리는 듯한 웃음이 흘러나왔다.

"어때요?"

춤이 어떠냐는 것인지, 키스가 어떠냐는 것인지 주어는 불분명했지만.

"나쁘진 않군."

둘 다 괜찮았다. 생쥐는 다시금 작게 웃었다. 조금 전보다 훨씬 만족스러운 웃음이었다.

황궁 구석진 곳에 자리 잡은 작은 별궁을 찾아오는 손님은 거의 없었다. 경비병만이 주위를 에워싸고 있을 뿐, 항시 조용하고도 쓸쓸했다. 그 별궁에 감금된 로제시아 황녀는 바깥소식도 거의 전해 듣지 못한 채 하루하루를 무의미하게 흘려보내고 있었다.

한때는 궁정에서 황태후 다음가는 귀부인으로 추앙받던 황녀였지만 이제는 모든 권력을 잃고 몰락하고 말았다. 황태후가 사망하고 그녀의 지지 세력이 황제에게 돌아서버린 이상 황녀에게 남은 것이라곤 황족이라는 혈통밖에 없었다. 심지어 그 핏줄이 황제와 수호룡에게 해를 끼칠 수도 있다 하여 머잖아 국외로 내쫓길 처지였다. 이미 먼 소국과 혼담이 오가고 있어 올해 내로 평생 살아온 황궁을, 조국을 영원히 떠나야만 한다.

"로제시아 황녀님. 카밀 부인이 뵙기를 청해왔습니다."

별궁의 단둘뿐인 시녀 중 하나가 방문객이 있음을 알려왔다. 예전에 비하면 초라할 정도로 소박한 침실에 앉아 있던 로제시아가 천천히 몸을 일으켰다. 그녀의 얼굴은 핏기 없이 창백하여 마치 병자를 연상케 했다.

"⋯⋯들어오라 해라."

허락이 떨어지고 잠시 뒤, 과거 황태후의 시녀였던 카밀 부인이 감시자인 황실기사와 함께 안으로 들어섰다. 카밀 부인은 황녀에게 공손히 인사를 올리곤 입을 열었다.

"그간 얼마나 심려가 크셨습니까."

그녀의 말에 황녀가 차가운 눈빛을 머금었다.

"걱정하는 척하지 마라. 어머니의 사람들이 내게 관심 없다는 사실은 잘 알고 있으니."

남의 시선을 신경 쓰지 않고 내키는 대로 살아온 황녀였으나, 모친조차 자신을 도구 이상으론 보지 않는다는 것 정도는 눈치채고 있었다. 황녀는 황실기사를 힐끗 쳐다보곤 말을 이었다.

"용건을 말하거라. 감시가 붙은 상태로야 별다른 이야기는 못하겠지만."

"감시 역은 신경 쓰지 않으셔도 됩니다."

카밀 부인의 자신만만한 태도에 황녀가 눈썹 끝을 치켜세웠다.

"아직 그 정도의 힘이 남아 있는 건가?"

"그렇지는 않습니다. 비고레 대백작을 위시로 한 주요 세력은 황제에게 흡수되거나 제거되었으니까요. 유약한 얼굴을 하고선 의외로 가차 없이 팔다리를 잘라내더군요."

황제 이카르는 지난겨울 내내 황태후의 남은 세력을 정리해나 갔다.

반역이라는 확실한 명분에 수호룡이라는 든든한 배경을 지닌 데다가 카얄룬 공작가까지 계승 문제로 바빠 잠잠했기에 그의 행보에는 거침이 없었다. 그런 탓에 지금까지 황제에게 돌아서 지 않고도 살아남은 황태후파는 위협이 될 만한 힘을 지니지 못 한 찌꺼기뿐이었다.

이복형제에 대한 이야기가 나오자 황녀의 표정이 더욱더 찌푸 려졌다. 그가 같은 아버지를 가진 남매라는 사실은 여전히 실감 이 나지 않을뿐더러 인정하고 싶지도 않았다. 황녀에게 있어서 이카르는 모친을 살해한 남자일 뿐이었다. 본래 황녀의 남편이 가져야 할 황제 위를 갑작스럽게 빼앗아가고 황태후의 목숨까지 앗아간 원수.

그는 자신이 가지지 못한 것을 전부 가지고 갔다.

황녀는 무심코 주먹을 꽉 틀어쥐었다. 그러나 분하고 원망스 럽다 해도 자신이 할 수 있는 것이 없었다.

"……남은 힘이 없다면, 다른 누군가의 힘을 빌린 것이겠군."

황녀의 나직한 말에 카밀 부인이 고개를 끄덕였다.

"예, 황녀님. 그렇기에 의사를 여쭙기 위해 온 것입니다. 황태후마마의 복수를 하실 마음이, 혹 있으십니까?"

"복수라."

황녀가 작게 웃었다. 복수는 핑계일 뿐, 아마도 그들이 원하는 무엇인가를 위한 도구로 움직여주길 바라는 것이겠지. 하지만.

"내가 할 수 있는 일이라면, 하겠다."

어떠한 선택을 하든 남에게 휘둘릴 뿐이니, 얌전히 쫓겨 나갈 바엔 마지막으로 긁힌 상처라도 내어주고 싶었다. 그저 그뿐인 약한 마음으로 황녀는 입술을 깨물었다.

황제의 결혼식이 다가올수록 궁정은 즉위식 때 이상으로 들뜨고 북적거리기 시작했다.

급작스럽게 치러지느라 준비기간이 짧았던 즉위식과 달리 초겨울부터 예고되었던 데다가 모나르카궁에서 두문불출하던 수호룡의 참석이 알려졌기 때문이다. 덕분에 즉위식 때는 시간 부족으로 올라오지 못했던 지방 유력 귀족들도 궁정에 모습을 드러내었다.

결혼식 준비에 더해 쉴 새 없이 이어지는 알현 요청으로 이카르는 물론이요, 곧 황후가 될 아리에스까지 눈코 뜰 새 없이 바쁜 나날이 이어졌다.

"어서 오세요, 헤러시 시종장."

우두머리 공작새처럼 화려한 차림에 내로라하는 가문의 영애들과 부인들을 줄줄이 달고서 나타난 아리에스가 기다리고 있던 헤러시를 향해 손끝을 내저었다. 이미 황후가 된 듯한 자태와 행동거지였다. 헤러시는 자신을 향해 쏟아지는 시선들에 마른침을 삼켰다. 시선이 만약 칼날이었다면 본래 형태를 짐작기 힘들 정도로 갈기갈기 찢어져 버렸을 것이다.

"저분이 모나르카궁의 시종장이로군요."

"예비 황후마마의 외사촌이기도 하다지요."

"저는 지금 처음 뵙는 거예요."

"사교활동을 하지 않거든요. 몇 번 초대장을 보냈었는데 전부 거절당했답니다."

"어머, 그럼 다시 뵙기 힘들겠네요."

이번 기회에 인사라도 해둘까. 그런 속삭임과 함께 먹이를 노리는 매와 같이 변하는 눈빛들에 헤러시가 아리에스를 간절하게 바라보았다. 다행히 그녀들에게 낚아채지기 전에 아리에스가 헤러시 외의 사람들을 밖으로 물렸다.

"아아, 피곤해."

둘만 남자 아리에스가 긴 한숨을 내쉬며 소파에 걸터앉았다.

"외사촌이라고 해도 젊은 남자와 단둘이 오래 있어서 좋을 건 없으니 빨리 끝내자고. 두 사람 준비는 언제?"

"별문제 없습니다. 단둘만 있지 않게 얼른 믿을 수 있는 시녀를 들이세요."

"말은 쉽지. 후보는 몇 추려놓았어. 폐하도 나도 제일 큰 문제가 믿을 만한 측근이 별로 없다는 거라니까."

그나마 아리에스의 경우는 친척이라도 있었지만 이카르에게는 그마저도 적당치가 않았다. 여느 황제라면 태어나서부터 황궁에서 지내고 자라나며 긴 시간에 걸쳐 믿을 수 있는 자기 사람을 만들었겠지만 이카르는 그럴 수가 없었다. 그나마 비고레 대백작 세력을 거두었기에 망정이지 자칫했다간 홀로 고립되었을지도 몰랐다.

"황태후 뒷정리도 그럭저럭 끝이 났으니 결혼식 후에는 본격적으로 자리 다지기에 들어가야지. 앞으로 한 오 년은 발이 부서져라 사교모임에 드나들어야 할걸. 그나마 행사 열어댈 돈은 넉넉해서 다행이야."

솔레다토르에게서 금괴를 뜯어내고 뜯어내고 또 뜯어냈다. 쌓여 있는 금덩이를 떠올리며 아리에스가 흐뭇한 미소를 머금었다. 앞으로도 핑계 생길 때마다 야금야금 빼앗을 생각이었다. 어차피 제국에서 바친 돈이 아니던가.

"권력이 모자라면 재력이라도 넉넉해야지~."

"수호룡을 뒤에 두고 권력이 모자라단 소리가 나옵니까?"

"그런 불안정한 힘에 기댈 수는 없지. 지금이야 다들 얌전하지만 솔레다토르의 잠적이 길어지면 슬금슬금 고개를 쳐들기 시작할걸?"

그리고 이카르는 솔레다토르에게 절대 나서달라 부탁하지 않을 것이다. 되레 그에게 들어갈 정보마저 차단하려 들겠지. 하니 안정적일 때 최대한 대비해두어야 했다.

"여기 전야제와 본식 일정표야. 등장에 적당한 시간대도 적어 두었고, 생쥐의 대화 상대로 붙여놓을 명단도 포함해두었어."

"그냥 자유롭게 놓아두지 그러세요. 쉽게 상처받을 성격도 아니던데."

"그 애 성격상 나나 솔레다토르의 체면을 해치는 사태가 생겼다간 자기가 욕먹은 것의 몇 배로 끙끙 앓을 거라고."

"그건 그렇군요."

아리에스는 그 밖의 결혼식 관련 사항을 알려준 뒤 소파에서 일어났다.

"이제 새 드레스로 갈아입고 새 연회장으로 가야겠군."

"몇 벌째입니까?"

"다섯 벌. 앞으로 세 벌 더 남았어. 어쩌면 네 벌."

"고생이시네요."

"말만 하지 말고 대신 입어주기라도 하지 그래?"

"하하하, 참 재미있는 농담입니다."

"이 고통을 분담할 수 없다니 억울해."

아리에스는 투덜거리면서 시녀들을 불러들였다. 그러곤 헤러시를 향해 까딱 고갯짓을 했다.

"앞으로도 모나르카궁을 잘 부탁해요, 시종장."

"기대에 부응키 위해 전심을 다하겠습니다."

헤러시는 곧 황후가 될 여인에게 정중히 인사를 올린 뒤 자리에서 물러났다.

생쥐는 한 손으로 꽃대를 잡고 다른 한 손으로 가위를 들어 조심스럽게 꽃을 잘라냈다. 활짝 핀 꽃송이가 살짝 흔들리며 은은한 빛을 흩뿌린다. 이날을 위해 얼마 전부터 꽃다발 만드는 방법을 배웠다. 큰 꽃과 작은 꽃과 자잘한 꽃, 가지와 이파리를 정돈하고 색과 모양새를 어울리게 구성해 커다란 꽃다발을 만들어냈다. 이어 온실 덕에 이르게 맺힌 열매를 따기 시작했다. 그간 정성을 다해 돌본 결과물들은 꽉 차오른 속과 매끄러운 껍질을 자랑하고 있었다. 농익은 향에 무심코 군침이 넘어갈 정도다.

희귀한 열매가 가득 담긴 보석함과 화려한 꽃다발. 이것이 생쥐가 준비한 아리에스의 결혼 선물이었다. 그녀는 준비한 선물을 품에 안아 들고서 온실을 나섰다. 아래로 내려가자 초조하게 기다리고 있던 헤러시가 그녀를 맞았다.

"외궁에서 사람들이 대기하고 있습니다. 시간에 맞추려면 바로 출발하셔야 해요."

"솔은요?"

"아직 욕실에 계십니다. 곧 나오실 거예요. 그건 제가 들겠습니다."

"괜찮아요."

"꽃다발은 몰라도 함은 꽤 무거워 보이는데요. 자칫 떨어뜨릴 수도 있잖습니까."

생쥐는 잠깐 고민하다가 함을 내밀었다.

그의 말대로 제법 무게가 있어 자칫 떨어뜨렸다간 속의 열매가 깨져버릴지도 몰랐다.

"어서 가시죠. 솔레다토르께서도 바로 뒤따라오실 겁니다."

"네."

두 사람은 내궁을 벗어나 외궁으로 들어갔다. 생쥐가 도착하자마자 기다리고 있던 시녀들이 우르르 그녀에게 달라붙었다. 머리부터 발끝까지 세심하고도 정성 어린 손길들을 받고 나자,

하늘이 까맣게 어두워졌다. 생쥐는 잠시 내려놓았던 꽃다발을 다시 조심스럽게 안아 들곤 등을 곧게 펴며 밖으로 나갔다.

건물 앞에는 마차와 함께 솔레다토르가 서 있었다. 그가 자신에게 다가오는 생쥐를 향해 손을 내밀었다. 생쥐는 풍성한 꽃다발을 한 손으로 바꿔 들기 위해 잠시 허둥거리다가 내밀어온 손에 자신의 손끝을 얹었다.

"그 여자는 이미 많이 뜯어갔으니 적당히 준비하라고 말했을 텐데."

몇 번에 걸쳐 가져간 금괴가 못해도 나라 반년 치 예산은 가볍게 넘어갈 것이다.

"제 선물은 아니니까요."

솔레다토르의 에스코트를 받아 마차에 오르며 생쥐가 말했다.

"그리고 많이 준비한 건 아닙니다. 물론 열심히 키우긴 했지만 온실에 있는 작물의 일부예요. 또, 헤러시 시종장이 이번 기회에 광고를 하는 것도 좋을 거라고 했고요."

"광고?"

"네. 귀한 거니까요. 게다가 황후의 선물로 바쳐지기까지 하면 관심을 가지는 사람이 생길 거라고 했습니다. 솔이 아닌 저한테요."

지금도 생쥐에게 접근하려 드는 사람은 많았지만 그것은 어디까지나 수호룡과 연결고리를 만들기 위한 목적이었다.

그녀 자체에는 별다른 가치가 없었기 때문이다. 하지만 인맥을 위한 징검다리가 아닌 직접적으로 얻어낼 수 있는 것이 생긴다면 상황은 달라질 터였다.

"지금은 만나는 사람의 대부분이 솔에 대해 이야기하고 싶어 해요. 제 호감을 사려고는 하지만, 그래도 기회가 되면 어떻게든 수호룡에 대해 캐물으려 들거든요. 그게 별로 마음에 들지 않았습니다."

"……자기 힘으로 관심을 얻어내고 싶은 건가?"

솔레다토르의 약간 탐탁잖은 물음에 생쥐가 고개를 살짝 기울였다.

"음, 그건 아니에요. 저는 다른 사람들은 뭐랄까, 안중에 없습니다. 솔이랑 언니만 있으면 돼요. 사지랑 라지도 좋아하긴 하지만요. 노체 부인도 친절하고 헤러시 시종장도 여러 가지로 도움을 주긴 하지만 두 사람의 관심을 받고 싶은 건 아니에요. 잘 알지도 못하는 다른 사람들도 마찬가지입니다. 저를 좋아하든 싫어하든 무관심하든 아무래도 상관없어요."

생쥐는 덤덤하게 말을 이었다.

"물론 누구 상대든 미움받는 것보다야 호감을 사는 것이 더 좋긴 하지만요, 간절한 건 아닙니다. 솔이랑 언니만 절 좋아해주면 돼요. 그런데도 제가 직접 관심을 받고 싶어 하는 이유는……."

연녹색 눈이 옆에 앉은 남자를 올려다보았다.

"궁의 관리인이 되는 데 필요한 일이기도 하고요, 또 이야기하는 게 싫어서이기도 합니다."

"이야기하는 게 싫다고?"

"네. 솔에 대한 이야기요. 솔에게 너무 관심 보이며 접근하고 싶어서 안달 내는 모습도 보기 싫습니다. 마음에 안 들어요."

생쥐의 입술이 조금 삐죽거렸다. 그녀는 한숨을 섞어 투덜거렸다.

"특히 기분 나쁜 건 솔이 자신을 마음에 들어 하지 않겠느냐며 슬쩍 떠보는 행동이에요. 그러니까 그건…….."

이유를 대려던 생쥐가 말문이 막혀 더듬거렸다.

"그게, 어, 일단 솔은 사람들이 귀찮으시잖아요?"

간절함마저 약간 담긴 물음에 솔레다토르가 고개를 끄덕여주었다.

"대체로 귀찮아하지."

"그러니까요! 그리고 보통은 그걸 알고 있잖아요? 황제이실 때부터 사람들 상대하는 거 싫어하셨으니까요. 그걸 알면서 접근하게 해달라고 하는 건요, 무례하다고 생각합니다. 만약에 몰랐다면 더더욱 문제고요. 관심을 끌고 싶은 상대에 대해 제대로 알지도 못한다는 거잖아요?"

흥분 어린 목소리가 다다다 이어졌다. 그간 쌓인 게 꽤 많은 모양이었다.

"그러면서 뭐가 마음에 들 거라는 거래요? 커피도 내릴 줄 모르면서. 어, 물론 저보다 할 줄 아는 거야 많겠지만, 솔에게 필요한 건 아니잖아요. 음…… 노래 듣는 거 좋아하세요?"

"그다지."

"노래를 무척이나 잘하니까 솔레다토르께서도 들어보시면 분명 마음에 들어 하실 거라던 사람도 있었어요. 요리를 잘한다는 사람도 있었는데, 그 사람이 만든 과자보단 케이어스 씨가 만든 게 더 맛있었습니다. ……저보다는 잘 만들긴 했지만요."

그 외에도 이런저런 자기자랑을 하는 사람이 많았다는 이야기를 하는 사이사이 한숨 소리가 섞여들었다. 그 사람들에 비해 자신의 역량이 부족하다는 사실이 신경 쓰이는 듯했다.

"……물론, 물론 솔이 그 사람들을 만나보고 싶어 할 수도, 있긴 할 테지만요. ……혹시 관심 가는 사람이 있으세요?"

"아니."

짧은 대답에 그림자가 살짝 드리워졌던 얼굴이 환히 밝아졌다. 생쥐의 목소리 또한 경쾌하게 높아졌다.

"그렇죠? 없으시죠?"

다행이라며 미소 짓는 사이 달리던 마차가 서서히 멈추었다. 마차 문을 열자 황실기사들이 건물로 들어가는 길을 빽빽하게 호위하고 있었다. 정체가 밝혀지고 모나르카궁을 떠났던 솔레다토르가 공식적인 행사에 참가하는 것은 이번이 처음이었다.

당연하게도 수많은 사람들이 접근을 시도할 것이기에 이카르는 특별히 철저한 호위를 명령했다. 그럼에도 주위를 기웃거리는 이들은 많았다. 그나마 체면을 중시하는 귀족들이기에 별다른 소란은 없었지만, 일반적인 군중이었더라면 두 사람이 마차에서 내리는 순간 아무리 기사들이라 해도 몰려드는 사람들의 무게를 버티기 힘들었을 게 분명했다.

솔레다토르와 생쥐는 마차에서 내려 연회장이 아닌 그들에게 배정된 개인실로 먼저 향했다. 마차를 타고 오느라 흐트러진 옷차림을 정돈하기 위해서였다. 원래라면 방이 따로 주어졌겠지만 생쥐의 안전을 우려하여 함께 쓰기로 하였다. 요정들을 대신할 만한 경호인을 구하기 전까지는 따로 둘 수 없었다.

시녀들의 손길 속에서 생쥐는 긴장 어린 숨을 길게 내쉬었다. 자신의 결혼식 연회는 제대로 된 참석이라 할 수 없었고 최근의 모임은 소소한 것뿐이었다. 하니 수많은 사람들이 모이는 큰 행사에 참석하는 것은 이번이 처음이나 마찬가지였다.

'두 사람에게 폐를 끼치면 안 되는데…….'

자신의 실수는 솔레다토르와 아리에스의 평판 문제로 이어진다. 그러니 겨우내 열심히 공부를 했다 해도 불안해질 수밖에 없었다.

"두 분 모두 준비되셨습니까?"

헤러시 시종장이 생쥐의 선물상자를 든 채 물었다.

"괜찮으시다면 슬슬 입장을 알릴까 합니다만."

그의 말에 생쥐가 솔레다토르의 의견을 구한 뒤 대답했다.

"네, 그렇게 하세요."

생쥐는 시녀에게 상자를 넘긴 뒤 먼저 방을 나서는 헤러시의 뒷모습을 바라보다가 솔레다토르에게 시선을 돌렸다. 그녀의 **뺨**은 긴장과 기대가 섞여 발가니 상기된 채였다.

"솔레다토르께 접근하는 사람은 최대한 막을 예정입니다. 호위가 있긴 하지만 저도 노력할 거예요."

다가오는 사람이 있다면 먼저 말을 걸어 막아설 것이다. 솔레다토르는 의욕을 불태우는 생쥐의 머리를 습관적으로 쓰다듬으려다 흠칫 손을 멈추었다. 손을 대면 화려하게 꾸민 머리가 흐트러지고 말 것이다. 아리에스의 결혼 전야제라서인지 그간 하지 않던 나비 머리핀이 연회색 머리칼 위에 사뿐히 앉아 있었다.

"그렇게까지 할 필요는 없다."

"네?"

"오랜만이니까. 가끔은 어울려주는 것도 괜찮겠지."

물론 인간들 사이에 섞이는 것은 백 년이 지난 뒤라 하여도 달갑지 않겠지만 자신 때문에 생쥐가 묶여 있는 것은 더욱 내키지 않았다. 특히 그녀가 하고자 하는 일을 위해서는 이런 자리에서 활발한 활동을 할 필요가 있었다.

솔레다토르의 말에 생쥐가 고개를 갸웃거렸다.

"가끔은 괜찮으세요?"

"예전에도 가끔씩은 참석했다만."

"그렇군요. 가끔은 괜찮으시군요."

생쥐는 작게 끄덕거리며 시녀로부터 꽃다발을 건네받았다. 잠시 뒤 헤러시가 돌아와 입장 준비가 되었다고 알려왔다. 기다렸다는 듯이 커다란 손이 내밀어지고, 생쥐는 그 위에 자신의 손을 사뿐히 얹었다.

"잘된 거죠."

솔레다토르가 호위를 물리라고 했다는 말을 전해 듣고 난색을 표하는 이카르에게 아리에스가 나직이 속삭였다.

"다른 목적이 있으실 거 같진 않고, 그사이 좀 둥글어지셔서 사교적으로 변하신 거거나 번거로움을 감수할 만큼 생쥐를 좀 더 좋아하게 되신 걸 테니까요. 솔직히 전자는 무리고, 후자겠네요. 잘된 거 맞죠?"

"그건…… 그렇지만요."

"아니면 혹시 질투하세요?"

"······네?"

웃음기 섞인 목소리에 이카르가 눈을 동그랗게 떴다.

"질투라니요."

"왜요, 저는 좀 질투 나는걸요. 두 사람 사이가 좋아지는 건 환영할 만한 일이긴 하지만, 동시에 아쉽기도 해요. 당신도 그렇지 않아요?"

아리에스의 솔직한 말에 이카르도 머뭇거리면서 고개를 끄덕였다.

"······조금은, 그렇습니다."

"그래도 덕분에 연회가 활기를 띠겠어요. 주인공은 바뀌겠지만요."

아리에스는 씁쓸한 미소를 지으며 연회장을 바라보았다. 솔레다토르와 생쥐 외의 참석자들은 이미 이곳에 다 모여 있었다. 그리고 그들 대부분은 황제 내외보다 수호룡에게 더 관심이 많았다. 물론 황제와 새로운 황후도 절대 소홀히 할 대상은 아니었지만 수호룡은 이번 기회가 아니라면 얼굴 한번 보기 어려우니 당연하다면 당연한 일이었다.

그때 드디어 솔레다토르와 생쥐가 연회장에 도착했다. 순간 대화 소리가 모두 사라지고 사람들의 시선이 일시에 한곳을 향하였다. 그들이 가장 먼저 느낀 것은 짙은 꽃향기였다. 입 안에 꿀을 머금은 듯한 착각이 드는 달콤한 내음으로 시작하여 풍성하게 퍼져 나가다가 그 짙은 단내가 점차 부드럽게, 또는 우아하게 옅어지며 마지막에는 이른 아침의 경쾌한 풀잎 냄새가 기다란 베일처럼 흔들리며 여운을 남기는, 그런 향기였다.

그 꽃향기에 취해 있는 사이 운 좋게 앞줄에 선 사람들은 향기의 주인을 볼 수 있었다. 가느다란 한 팔에 가득 넘쳐나는 그 꽃다발에는 거금을 들여 온갖 꽃을 모아 들이는 취미를 지닌 귀족조차 본 적 없는 희귀한 품종들이 활짝 만개해 있었다. 그중에서도 가장 눈에 띄는 것은 은은한 빛을 뿌리는 금분홍 장미였다. 꽃다발의 심장을 이루는 장미꽃들이 주위를 둘러싼 꽃들까지 빛나게 만들어, 마치 보석으로 이루어진 꽃다발처럼도 보였다.

"황제 폐하와 황후마마를 뵙습니다."

솔레다토르와 함께 이카르와 아리에스 앞으로 다가간 생쥐가 공손하게 머리 숙여 인사를 올렸다. 수호룡은 황제 부부와 동격의 위치였기에 솔레다토르는 생쥐처럼 예를 표하지는 않았다. 대신 가볍게 결혼 축하의 말을 던졌다.

"두 분의 결혼식을 축하드리기 위해 작은 선물을 준비하였습니다."

생쥐는 그간 열심히 공부한 대로 말투와 어조의 높낮이에 신경 써서 목소리를 내었다. 실수할까 봐 걱정되었지만 다행히 흠잡을 곳은 없었다.

"어머나, 고맙기도 해라."

아리에스는 약간 호들갑을 떨며 내밀어온 꽃다발을 받아 들었다. 그녀는 꽃의 향기를 맡고 활짝 웃으며 받은 선물을 칭찬했다.

"어쩜, 하나같이 난생처음 보는 진귀한 꽃들이구나. 향기도 향기지만 눈부시게 아름다워. 직접 만든 거니?"

아리에스는 일부러 친근감을 가득 담아 말을 놓았다. 체통은 좀 떨어져 보이겠지만 생쥐와의 친분을 과시해두는 편이 둘 모두에게 유리하기 때문이었다. 그녀의 물음에 생쥐가 고개를 끄덕였다.

"네. 모나르카궁 온실에서 직접 가꾸어 만들었답니다."

"쉽지 않았을 텐데, 대단하구나. 재주도 좋지."

연이은 칭찬에 생쥐의 두 눈이 기쁨으로 빛났다. 그녀는 뒤쪽에 있는 헤러시를 불러 상자를 건네받았다.

"이것도 직접 키워 수확한 것입니다."

아름답게 장식된 함을 열자 크기를 맞춰 흔들리지 않게 넣은 작은 바구니들 속에 종류별로 담긴 열매들이 나타났다. 상처 없이 잘 익은 것만 골라 담은 과실들은 모양도 색도 무척이나 먹음직스러워 보였다.

"몇몇은 황후마마께서도 알고 계신 열매일 거예요."

생쥐의 말에 아리에스가 고개를 살짝 숙여 상자 속을 들여다보았다. 그러곤 놀란 양 눈을 동그랗게 떠 보였다.

"세상에나, 이건 가날림이잖니."

그녀의 들으란 듯 큰 감탄사에 몇몇 사람들이, 특히 귀부인들이 작게 웅성거렸다. 그 담홍색의 동전만 한 열매는 피부 미용에 좋기로 유명했다. 마경의 외곽부에서 흔히 볼 수 있었기에 상자 속의 다른 과실에 비해 귀한 편은 아니었지만, 수요 대비 공급이 한참 모자라 돈을 주고도 구하기 어려웠다.

"그리고 이건…… 다하 열매였던가?"

"네, 다하 열매예요."

생쥐가 공손히 대답했다.

"작은 새의 알이라고도 하죠. 물에 살짝 데쳐 껍질을 벗기면 마치 삶은 새알과 같은 알맹이가 나타나는데 식감도 맛도 무척이나 뛰어납니다."

"맞아, 궁에 들어와서도 딱 한 번 먹어봤는데 정말 맛있었지. 탄력적으로 말캉거리면서도 부드럽게 녹아나고 새콤달콤한 즙이 풍부하게 흘러넘치는 최고의 후식이었어."

아리에스는 과실의 맛을 되새기며 군침을 삼켰다. 이번에는 의식한 것이 아닌 자연스럽게 나온 행동이었다.

생쥐는 황실에도 잘 들어오지 않는 귀한 진미에 이어 다양한 열매들을 하나하나 소개하였다. 대부분이 구하기 극히 힘든 것들에 대귀족들조차 생전 처음 보는 신기한 과실도 있었다. 생쥐는 자랑스럽게 선물의 설명을 끝내고 뒤로 한 걸음 물러섰다.

"부디 마음에 드시기를 바랍니다."

"마음에 들고말고!"

아리에스는 활짝 미소 지으며 물러선 생쥐에게 다가갔다. 그러곤 그녀의 뺨에 살짝 키스했다.

"이렇게나 귀한 선물을 받았는데 어떻게 흡족하지 않을 수가 있겠니. 물론 사랑하는 동생의 선물이라면 무엇을 받았든 기뻤겠지만 이건 정말이지, 내 예상을 훌쩍 뛰어넘는구나."

"과찬의 말씀이십니다."

"과찬이라니, 겸손한 말 하지 말렴."

그녀는 생쥐를 자신 쪽으로 끌어당기며 이카르의 옆에 서 있는 솔레다토르를 바라보았다.

"잠시 빌려도 괜찮겠지요?"

"뭐?"

"솔레다토르."

아리에스가 그를 향해 목을 빼며 작게 속삭였다.

"당신이 곁에 있어서야 호위를 물린 보람이 없을걸요? 생쥐는 틀림없이 작은 불도그처럼 당신을 지키고 설 테니까요."

그녀의 말이 맞았다. 아무리 괜찮다 달랜다 해도 생쥐는 고집스럽게 솔레다토르의 곁을 지키느라 다른 사람들과 어울리지 못할 것이 분명했다.

"그러니 생쥐는 제게 맡기세요."

몸을 돌리며 아리에스가 다 들으라는 듯 목소리를 높였다.

"폐하, 솔레다토르. 오랜만에 부자지간의 대화를 나누시는 건 어떠세요? 방해꾼은 잠시 물러나드리겠습니다."

황후가 스스로를 방해꾼이라 칭하며 피해준 자리에 섣불리 접근하려 드는 사람은 없을 것이었다. 그렇게 호위 없이도 가볍게 사람들을 막은 아리에스가 생쥐와 함께 자리를 떠났다. 뒤에 남은 이카르는 난감해하며 솔레다토르와 이쪽으로 접근하지는 못하고 쑥덕대기만 하는 사람들을 바라보았다. 아리에스가 내뱉은 부자지간이라는 말 때문이었다.

수호룡이 현 황제를 어릴 때부터 보호해온 사실이야 유명했지만 두 사람이 양부와 아들이라는 것은 공식적으로 알려지지 않았다. 그런데 아리에스가 지금 이 자리에서, 대부분의 유력 귀족들이 모인 자리에서 가볍게 밝혀버린 것이었다.

"아직 공표하지 않았던 모양이로군."

이카르가 당황하는 것을 눈치챈 솔레다토르가 말했다.

"그…… 네. 그러니까……."

"표정 고쳐. 더듬지도 말고. 너는 황제다."

나직한 충고에 이카르가 얼른 얼굴에 어린 난색을 지워냈다.

"굳이 밝힐 필요는 없다고 생각했습니다."

"네게 유리한 사실인데도?"

"수호룡이 있다는 사실만으로도 충분합니다……는 솔직히 변명이고요."

이카르가 짧게 한숨을 내쉬었다.

"아버지를 이용하는 기분이 들어서 꺼려졌습니다."

"별달리 피해를 주는 것도 아닌데 그 정도는 이용해."

"하지만……."

"저 여자는 혈육도 살뜰히 써먹고 있지 않나. 조금 전 생쥐도 그렇고."

해가 되는 일이 아니라 판단되면 친동생처럼 아끼는 생쥐라 해도 제가 원하는 대로 끌고 다니는 여자다. 이카르도 그런 면을 조금쯤은 배울 필요가 있었다.

"부부는 닮는다더니만 변한 게 없군."

"아직 본식은 올리지도 않았습니다만."

부부나 다름없이 지낸 지 수개월째고 아리에스도 결혼식 일정이 시작된 이후 황후로 불리곤 있지만 본식은 바로 내일이다. 이카르는 고개를 돌려 귀부인들 사이에 섞여 있는 아리에스와 생쥐를 바라보았다.

"고작해야 반년 조금 더 전이었죠, 그녀와 처음 만난 것이. 그때는 이렇게 될 거라곤 조금도 생각지 못했는데."

첫인상도 그리 좋지 않았었다.

"알지도 못했던 사람인데. 그랬는데, 지금은 그녀가 없는 것을 상상도 하지 못하겠습니다. 사랑만이 아니라 많이 의지하고, 도움을 받고 있으니까요."

"독립하는 건가 싶었더니 아직 멀었군."

"인간은 혼자서는 못 살아요. 그리고 예전과는 다릅니다. 아버지께는 제가 일방적으로 의지하고 있었으니까요."

주는 것 없이 받기만 했던 그때와는 다르다. 이카르는 조금 멋쩍게 웃었다.

"아리에스에게도 아직은 그녀보다는 제가 더 많이 기대고는 있지만요. 그래서인지 조금 전처럼 상의도 없이 제멋대로 구는 경우도 있긴 하지만…… 그런 점도 그녀다워서 좋다고 생각합니다. 당황스럽긴 해도 어디까지나 저를 생각해서 하는 행동이기도 하고요."

그래도 처음에 비하면 휘둘려 끌려다니는 것도 많이 줄었다. 이카르는 다시 솔레다토르를 향해 시선을 옮겼다.

"음, 생쥐와는…… 어떠십니까?"

"어떠냐니?"

"그러니까, 그사이 무언가 관계에 변화가 있었다거나 하는…… 그런 거 말입니다."

"그다지."

"그렇군요……."

이카르는 어색해하며 말꼬리를 흐렸다. 아리에스에게 전해 듣기로는 꽤 진전이 있었다고 했는데 정작 당사자는 별말이 없다. 역시 생쥐는 적당한 상대가 되지 못하는 걸까. 그는 망설이면서 말을 이었다.

"연인이라면, 역시 어느 정도 의지가 될 만한 사람이어야 하겠지요?"

"새삼스럽게 자신이 없어지기라도 한 건가. 내일이 결혼 본식이다만."

"예? 아뇨, 제가 아니라…… 아버지 말입니다."

이카르의 말에 솔레다토르의 눈가가 약간 찌푸려졌다.

"갑자기 무슨 소린가 했더니. 참견하는 건 저 여자로도 충분해."

"……아리에스가 많이 귀찮게 굴었습니까?"

"시종장이 다른 놈이었다면 그랬겠지."

출세 욕심이 조금이라도 있는 자였다면 꽤나 귀찮아졌을 것이다. 하지만 현 시종장인 헤러시는 솔레다토르의 심기를 최우선으로 여겼다. 아리에스의 명령에 따르기는 했지만 적극적으로 움직이지는 않았기에 크게 눈에 거슬리는 일은 없었다.

"시종장이 마음에 드신 모양이로군요."

연회장 구석에서 자신에게 접근하는 사람들을 차분히 돌려보내고 있는 헤러시를 바라보며 이카르가 말했다.

"마음에 든다는 말은 한 적 없다만."

"귀찮지 않으면 마음에 드신 거죠."

솔레다토르는 그 말에 긍정의 대답은 하지 않았지만 부정 또한 하지 않았다. 최소한 나쁘지 않다는 건 사실이었으니.

"아리에스의 말로는 그사이 진전이 좀 있었다고 하던데요. 그러니까, 생쥐와의 사이에 말입니다."

"글쎄."

대충 얼버무리곤 입을 다물어버리는 그의 모습에 이카르가 묘한 표정을 지었다.

어쨌거나 무언가가 아주 없지는 않았던 모양이다. 그게 반갑기도 하고 조금 떨떠름하기도 하였다. 솔레다토르가 계약에서 벗어나는 것이야 환영할 일이지만 그 상대가 생쥐라니. 만약 일이 잘 풀린다면.

'저 애가 내······.'

어머니뻘이 되는 건가. 사실 지금도 후궁이니 그 비슷한 관계이기는 했다. 생쥐를 바라보는 이카르의 눈이 복잡한 심정으로 일그러졌다.

"어, 저기, 황후마마."

아리에스에게 붙잡힌 생쥐가 당황하며 멀어지는 솔레다토르와 자신을 잡은 손의 주인을 번갈아 바라보았다. 그런 생쥐에게 아리에스가 나직이 속삭였다.

"이 방법이 제일 나아."

"네?"

"우리가 방해꾼이라면서 빠져나온 이상 솔레다토르에게 접근할 사람은 없을 테니까."

"그런가요? 하지만 솔은 가끔은 사람들과 어울리는 것도 괜찮다고 했습니다."

"당연히 거짓말이지."

"거짓말이에요?"

생쥐가 깜짝 놀라며 눈을 동그랗게 떴다.

"그렇고말고. 가끔은 괜찮을 만큼 성격 좋은 사람, 아니, 용이 아니거든. 솔직히 성격 나쁘지. 못해도 백 년은 더 꽁해 있을걸?"

"……솔은 성격 나쁜 용이 아닙니다."

생쥐의 토라진 목소리에 아리에스가 입꼬리를 올려 소리 없이 웃었다.

"그래. 네가 그렇게 생각한다면 좋은 일이지. 하지만 가끔은 괜찮다는 건 거짓말이 맞아. 생쥐 널 위해서 괜찮다고 한 거란다."

"저를요?"

"넌 솔레다토르의 곁에 붙어 있으려 할 테고, 그럼 호위에 둘러싸여 사람들과 대화를 나눌 수 없게 될 테니까. 그래서야 이 좋은 기회에 인맥을 쌓을 수가 없잖니."

아리에스는 자신들에게로 다가오는 사람들을 향해 미소 지으며 말을 이었다.

"그러니 솔레다토르 쪽은 힐끔거리지 말고 열심히 관심을 즐기렴. 성격 더러운 용 아저씨가 호위를 물린 보람이 있게 말이야."

"성격 더럽지 않아요."

"그래, 그래. 카닐프 백작부인, 오랜만이네요."

긴 금발을 은사슬로 치장해 올려 묶은 귀부인이 아리에스의 인사에 반색한다. 카닐프 백작부인은 황후에게 공손히 고개 숙인 뒤 생쥐에게도 시선을 돌렸다.

"처음 뵙겠습니다, 나비 후궁마마. 소문대로 무척이나 사랑스러우세요."

"칭찬 감사드립니다, 카닐프 백작부인."

생쥐는 아리에스와 비슷한 미소를 머금으며 인사를 받았다. 이어 주위의 다른 귀부인들도 하나둘 앞다투어 말을 건네왔다. 생쥐는 살갑다 못해 아첨 어린 말들을 하나씩 하나씩 차분히 받아주었다.

"하온데 황후마마, 감히 한 말씀 여쭈어도 괜찮을까요?"

젊다 못해 어린 후작부인이 조심스럽게 입을 열었다.

그녀의 질문을 예상하고 있었던 아리에스가 가볍게 고개를 끄덕였다.

"얼마든지요."

"조금 전 폐하와 솔레다토르께…… 부자지간이라고 말씀하시지 않으셨나요?"

후작부인의 목소리는 속닥거리듯 작았으나 주위 모두가 한껏 그녀의 목소리에 귀를 기울이고 있었다. 아리에스는 어머나, 하고 곤란하다는 듯 눈썹 사이를 모았다.

"이런, 무심코 그만…… 폐하께서는 아직 밝히고 싶어 하지 않으셨거든요."

"그럼 말씀하신 게 사실인 건가요?"

"물론 사실이랍니다. 그러니까, 꽤 오래전부터 사실이었지요. 두 분이 부자지간이라는 사실이 너무도 당연해서 무심코 입 밖으로까지 나와버렸지 뭐예요. 아, 물론 양부와 아들이랍니다."

"세상에!"

깜짝 놀랐다는 감탄사가 여기저기서 새어 나왔다.

"수호룡께서 어린 폐하를 보호해주셨다는 이야기는 유명하지만 부자의 연까지 맺으셨을 줄이야……."

"수호룡이시라는 것이 알려지기 전부터 비슷한 소문은 있었었죠."

"그러게요. 소문이 사실이 되었어요."

솔레다토르와 이카르의 관계에 대해 떠들썩한 사이 생쥐에게도 질문들이 던져졌다.

그녀가 수호룡에 대해 이야기하는 것을 꺼린다는 사실은 눈치 빠른 영애들에 의해 알려져 있었기에 주로 오늘 가지고 온 선물에 대한 질문이었다.

"온실을 손수 가꾸신다니 대단해요. 힘들지는 않으신가요?"

"작은 온실이라 손이 많이 가지는 않는답니다."

"저도 직접 돌보고 있는 온실이 하나 있답니다. 혹 괜찮으시다면 모종을 하나쯤 얻을 수 있을까요? 어떠한 종이라도 기쁠 거예요."

"죄송해요, 부인. 제가 기르는 식물들은 모두 특별한 조건이 필요해서 밖에서는 제대로 자랄 수가 없습니다."

"그럼 전부 마경에서 채취해 온 것들인가요?"

"네. 마경에서 자생하고 있던 꽃과 나무들이랍니다."

"정말 대단한 온실을 가지고 계시는군요!"

"제국에서 가장 놀라운 온실일 거예요."

생쥐는 한 번쯤 방문해보고 싶다는 요청들을 정중히 거절했다. 이어 온실의 작물을 얻고 싶다는 부탁에는 아리에스의 조언을 들어가며 일부만을 받아들였다. 그렇게 한동안 사람들 사이에 섞여들었던 두 사람은 다시 두 남자가 기다리는 곳으로 돌아갔다.

"아무 일 없으셨어요?"

생쥐의 물음에 솔레다토르가 그녀를 향해 한쪽 손을 뻗으며 끄덕였다.

"별일 없었다. 아무도 다가오지 않았으니까."

"저도 별문제 없었습니다. 언니가 곁에 있어줘서 대화하기 더 편했어요."

대부분 친절하게 대해왔지만 이따금 대답하기 곤란하거나 말실수를 유도하는 질문도 찔러왔다. 아리에스는 그런 질문들에도 생쥐가 직접 대답하게 하되, 문제가 생길 것 같으면 재빠르게 말꼬리를 낚아채어 무마해주었다. 그런 사교 기술은 이카르는 물론이고 솔레다토르보다도 아리에스가 더 뛰어났다.

그때 시녀장에게 무어라 명령한 아리에스가 두 사람에게로 다가왔다.

"쉬운 곡으로 신청했답니다. 그동안 연회 참석할 일이 없었다고 춤추는 방법을 잊으신 건 아니시죠, 솔레다토르?"

"잊을 리가."

아리에스가 먼저 이카르의 손을 잡고 연회장 가운데로 걸어 나갔다.

황제 부부의 등장에 하객들이 물러나 공간을 만들었다. 이어 생쥐와 솔레다토르도 나란히 걸음을 옮겼다. 두 쌍의 커플이 마주 서기를 기다려, 악단의 연주가 바뀌었다. 네 사람은 각각의 파트너와 어울려 춤추기 시작했다.

흘러나오는 무도곡은 연습용으로도 자주 쓰이는 것이었기에 연회장에서 춤추는 것이 처음인 생쥐도 긴장하지 않고 발끝을 움직일 수 있었다. 리듬에 맞춰 스텝을 밟고 오른쪽으로 반 바퀴, 부드럽게 앞으로 나아가다가 이번에는 왼쪽으로 반 바퀴. 그렇게 춤을 추다가 두 커플이 바싹 맞붙어, 자연스럽게 파트너를 바꾸었다.

여태껏 잡고 있던 손이 아닌 다른 손과 맞닿은 순간 생쥐의 표정이 미미하게 일그러졌다. 그것을 눈치챈 이카르가 쓰게 미소했다.

"너무 티 내지는 마라."

나직한 속삭임에 생쥐 역시 작게 대답했다.

"티 내면 안 된다는 건 압니다. 그래도 싫은걸요."

"……싫을 것까진 없잖아? 아니, 애초에 왜 유독 나만 꺼리는 거야?"

이카르가 이해할 수 없다면서 조그맣게 투덜거렸다. 그녀에게 잘해준 기억은 있어도 괴롭히거나 한 기억은 없다. 황태후로부터 생쥐를 지켜달라고 솔레다토르에게 부탁한 것도 자신이다. 그런데도 이런 취급이라니.

"질투예요. 부러워서 그러는 거니까 신경 쓰지 마십시오."

"질투라니. 그렇게 치자면 나도 네가 썩 마음에 드는 건 아니거든? 내가 네 언니와 결혼하긴 하지만 그건 너도 마찬가지잖아."

그의 말에 생쥐의 미간이 이번에는 제법 진하게 골이 파였다.

"아리에스 언니가 먼저 고백하고 감정적인 이유로 원해서 하는 결혼이죠. 저와는 달라요."

"……그렇게 말하면 할 말 없긴 하네."

이카르가 조금 머쓱해하며 말했다. 확실히 생쥐의 결혼은 사랑의 결과물이 아닌 필요에 의한 정략적인 것이었다.

"그래도 겨울 사이 감정적인 진도도 꽤 나갔다고 들었는데, 아닌가?"

"감정적인 진도요?"

"서로 더 많이 좋아하게 되었다거나, 뭐 그런 거."

"저는 솔을 많이 좋아하고 있습니다."

"……아버지께서는?"

"아직은 좋아해주시는 거 같아요. 제가 싫어지지 않도록 노력해야죠."

"더 좋아하게 노력하는 게 아니라?"

생쥐는 고개를 갸웃 기울이려다가 춤추는 중이라는 것을 상기하고 멈추었다.

"물론 솔이 저를 더 좋아해주면 기쁘겠지만 너무 과한 것은 바라지 않습니다."

"과하다니, 그런 게 아니잖아. 그러니까, 서로 좋아하는 건 좋은 일이지. ……그렇잖아 보통?"

이카르의 자신 없는 설명에 생쥐가 빙그르 턴을 돌곤 되물었다.

"좋은 일인가요?"

"어, 그렇지 않을까? 사랑하는 사람이 없는 것보다는 있는 편이 더 낫잖아. 아버지도 그러실 거고."

단순히 감정적인 이유 외에도 중요한 이유가 하나 더 있었지만 그것까지는 말하지 않았다.

"더 낫다……고요."

생쥐가 멍하게 중얼거렸다. 더 낫다, 라. 분명 자신의 경우는 훨씬 더 나아졌다. 아리에스가 그랬고 솔레다토르가 그러했다. 두 사람을 좋아하게 된 것이 그렇지 않을 때보다 훨씬 더 기분 좋고 행복했다. 솔레다토르도 그런 걸까.

"윽! 조심해."

"아…… 죄송해요."

생각에 빠져 있다가 이카르의 발을 밟고 말았다. 생쥐는 사과하고 나서도 다시 넋을 놓았다가 또다시 발을 밟아버렸다.

"……설마 일부러 이러는 건 아니겠지."

"아닙니다. 일부러 밟는 것도 괜찮겠다 싶긴 하지만요."

"밟지 마."

"보기에 안 좋으니까 안 밟을 거예요."

톡 쏘듯 말한 생쥐가 이카르의 손을 놓았다. 그러곤 솔레다토르의 손으로 옮겨갔다.

"일부러 밟은 거 아닙니다."

곧장 튀어나온 생쥐의 변명에 솔레다토르가 옅게 미소 지었다.

"안다. 들었어."

"아, 들으셨겠군요. 가까우니까요."

"남의 이야기를 엿듣는 취미는 없지만 이 정도 거리에서는 어쩔 수 없이 들려."

여느 인간보다 뛰어난 청력을 지니고 있다 보니 근거리의 속삭임 정도는 싫어도 귀에 박혀들었다.

"이카 녀석의 말에 신경 쓸 필요 없다. 다른 꿍꿍이가 있어서 저러는 거니 무시해."

솔레다토르가 이카르 쪽을 힐끗 쳐다보며 낮게 말했다. 수호룡의 계약을 깨트리고 싶어서 괜한 소리를 해대는 것이다.

"하지만 틀린 말은 아닌 것 같았습니다."

생쥐는 생각에 잠긴 표정으로, 그러나 솔레다토르의 발은 밟지 않으려고 신경 쓰며 말을 이었다.

"저는 솔을 좋아하게 된 걸 좋아해요."

그녀는 자신과 춤을 추고 있는 남자를 바라보았다.

"그러기 전보다 훨씬 더 좋아졌거든요. 모든 게요. 그러니까, 솔도 그럴 수 있을까요?"

"……글쎄."

솔레다토르는 떨떠름하게 대답했다. 벗어날 수 없는 계약에 묶여 있었기에 누군가와 가까워지는 것은 그에게 있어 항상 일정량 이상의 부담감을 가져다주었다.

　지킬 수 있는 힘을 가지고 있음에도 지키지 못할 때가 있었다. 하고 싶지 않은 일에 억지로 끌려가야만 했던 때도 있었다.

　스스로의 의지대로 움직이지 못하게 하는 목줄.

　그것이 있기에 곁의 누군가에게 쌓여가는 정만큼 불안도 함께 커졌다.

　눈앞의 소녀처럼 순수한 마음으로 누군가를 좋아한다는 것이 불가능했다. 지금은.

　만약 계약에서 풀려나게 된다면, 어떻게 될까.

　"……모르겠군."

　혼잣말 같은 대답 속에는 한숨이 옅게 스며 있었다. 대화가 끊기고 음악만이 흐르는 사이 다시 파트너가 바뀌었다. 생쥐는 이카르의 손을 잡기가 무섭게 작게 종알거렸다.

　"잘 모르시겠대요."

　그녀의 말에 금색 눈썹이 찌푸려졌다.

　"그새 다 말했어?"

　"다 들으셨어요."

　"아, 그, 그랬지……."

　이카르의 뺨이 창피함으로 희미하게 붉어졌다. 그간 평범한 사람들과 어울리는 것에 익숙해지는 바람에 솔레다토르의 청력이 뛰어나다는 사실을 잊고 말았다.

"이 거리면 당연히 다 들으셨겠지……."

"솔은 평범한 인간이 아니니까요. 저희와는 다를 수도 있지 않을까요?"

생쥐의 말에 이카르가 솔레다토르 쪽을 힐끔거리며 입을 열었다.

"다르다기엔 이미 선례도 있잖아."

"선례요?"

"초대황후."

"아…… 그러네요."

"그리고 또, 음…… 아무튼 나는 크게 다르진 않다고 생각해."

솔레다토르가 듣고 있다는 것이 신경 쓰이는지 이카르가 말을 얼버무렸다.

"역시 혼자보다는 누군가 있는 편이 낫지. 또, 한쪽만 좋아하는 것보다는 서로 좋아하는 편이 더 나을 거고. 그건 확실해. 아리에스와도 그랬고, 음, 아버지와도 그랬지."

생쥐는 장담하는 이카르를 빤히 바라보다가, 이번에는 실수인 척 고의로 그의 발을 꽉 밟아주었다.

황제의 혼례식 전야제는 늦은 밤이 되어야 끝이 났다.

마차를 타고 모나르카궁으로 돌아와 외궁을 지나고 내궁으로 들어선 생쥐는 무척이나 기분이 좋아 보였다. 그녀는 굽 높은 구두를 벗어 양손에 들고 정원을 가로지르는 길을 사뿐사뿐 걸어갔다. 돌이 깔린 길은 적당하게 차가웠고 어두운 하늘에는 달이 둥글게 떠 있었다.

"집에 돌아왔다, 고 말하잖아요."

생쥐는 고개를 돌려 자신을 뒤따라오고 있는 솔레다토르를 바라보았다.

"이런 기분이겠지요. 물론 언젠가는 여기도 떠나게 될지도 모르지만요."

"여기가 좋다면 계속 머물러도 돼."

"아뇨, 중요한 건 어디냐가 아니에요."

그녀는 다시 앞을 바라보며 걸어갔다.

"몇 번이나 말씀드렸지만 어디든지 괜찮아요. 중요한 건 누구와, 니까요. 지금도 그래요. 집에 돌아왔다, 라는 기분은 여기에 돌아와서가 아니라 함께 돌아와서예요. 혼자 드나드는 건 이따금씩 하고 있잖아요?"

모나르카궁을 나설 때면 케이어스와 헤러시도 따라붙곤 했지만 지금 이 느낌과는 다르다. 동행한 사람이 다를 뿐인데도 폴짝폴짝 뛰고 싶을 정도로 들뜬다. 생쥐는 작게 소리 내어 웃었다.

역시 좋아하는 건 좋은 거다.

"이카가 얄밉기는 하지만요, 틀린 말을 하는 것 같지는 않습니다."

"그 녀석 헛소리는 신경 쓰지 말라고 했다만."

"헛소리가 아니에요. 최소한 제게는 절대로 아닙니다."

단호하게 말하며 생쥐가 몸을 완전히 돌려 달처럼 빛을 품은 금안과 시선을 마주했다.

"그러니까 저를 좋아해주세요."

"지금도 좋아하고 있다."

"지금보다 더 많이요. 제가 솔을 좋아하는 것만큼 좋아해주세요."

"······그건 힘들 것 같군."

솔레다토르는 당돌하게 애정을 요구하는 소녀를 바라보았다. 그녀가 자신에게 쏟아붓는 마음의 전부는커녕 절반조차도 따라잡을 자신이 없었다.

망설임 하나 없이 전부 내어주겠노라 말하는 마음을, 대체 어떻게 감당한다는 말인가.

"어려우신가요?"

"쉽진 않지."

"저는 무척이나 쉬웠어요."

생쥐는 몸을 돌려 길을 따라 자박자박 걸어갔다.

"물론 솔에게도 쉬울 거라고 생각하진 않습니다. 저도 솔과 언니 외에는 그렇게 많이 좋아하진 않으니까요. 그래도 솔이 저와 비슷한 기분을 느낄 수 있으면 좋겠어요. 그 상대가 제가 아니라고 해도요."

좋아하는 사람이 좀 더 행복해질 수 있다면 자신은 조금쯤 더 불행해져도 괜찮다.

"내가 그렇게 될 수 있을지는 모르겠다만."

솔레다토르는 보폭을 넓혀 생쥐를 따라잡으며 말했다.

"장담컨대 너 외의 다른 상대는 없을 거다."

그것만큼은 확신할 수 있었다. 그의 장담에 생쥐의 입가에 걸려 있던 미소가 더더욱 짙어졌다.

"기뻐요. 정말로."

"내 말이 기쁘다면 다른 상대 같은 건 생각도 하지 마라."

"네, 하지만……."

"안 돼."

"네."

생쥐는 얌전히 고개를 끄덕거렸다.

"내일 있을 결혼식이요, 제 때와는 좀 다르겠죠? 저는 후궁이고 언니는 황후니까요."

"크게 다르지는 않아. 후궁과 달리 입장을 동시에 하고 나란히 서고 서약문도 좀 더 평등하고…… 좀 다르긴 하군."

식장의 꾸밈새나 절차 자체는 비슷하지만 당사자의 위치는 전혀 달랐다. 과거의 결혼식이 새삼스럽게 못마땅해진 솔레다토르가 눈살을 찌푸렸다.

"······다시 할까."

"요란한 행사인데요? 안 좋아하시잖아요."

"쓸데없는 하객들은 치워버리면 돼."

"그럼 넓은 데서 할 필요도 없겠네요. 소소한 결혼식이 나오는 책을 읽은 적 있습니다. 소소하다고 해도 황궁에서 하는 것에 비해서지만요."

그 결혼식이 퍽 마음에 들었던지 생쥐가 눈을 빛내며 말을 이었다.

"초여름 호숫가에, 하얀 꽃이 잔뜩 핀 나무 아래서 화분과 꽃바구니로 울타리를 만들고 예쁜 테이블에 과자와 케이크를 놓고 금빛 샴페인 탑과 공작새가 있는 결혼식이었어요. 공작새를 보신 적 있으세요? 그림으로만 봤는데 꼬리 깃이 정말 화려하고 아름답습니다."

"황실 조류원에 몇 마리 있다고는 하더군."

"진짜 그림처럼 커다란 꼬리를 가지고 있을까요?"

"결혼식 일정이 끝나면 조류원에 가보자."

"네!"

"그리고 초여름에 공작새가 있는 결혼식을 하는 것도 괜찮겠지."

"결혼식을 또 해도 될까요? 보통은 한 번만 하잖아요."

"같은 상대니까 해도 돼."

"그렇군요! 온실에 꽃을 더 많이 심어야겠어요."

초여름까지는 얼마 남지 않았으니 지금부터 열심히 준비해야
한다며 생쥐는 활짝 웃었다.

23
납치극

오늘은 젊은 황제의 결혼 본식이 있는 날이었다.

로제시아 황녀는 아침 일찍부터 옷을 갈아입기 시작했다. 죄수의 수수한 드레스가 아닌 화려한 연회복이었다. 항상 여러 명의 시녀가 달라붙어 도와주던 치장을 처음부터 끝까지 스스로의 손으로 끝마쳤다. 그간 보고 겪어온 경험이 있었기에 서투르게나마 그럭저럭 만족할 만하게 완성된 차림새를 거울에 잠시 비추어 보곤, 문 쪽을 향해 몸을 돌렸다.

오늘이 그녀가 참석하는 마지막 연회가 될 것이다.

비록 결혼식에 초대받지 못했고 식장에 들어설 수도 없겠지만, 훌륭한 주연으로서 등장하게 될 터였다.

황녀는 그리듯 미소를 지어보았다. 그리고 잠시 후, 닫혀 있던 문이 열렸다.

"정리가 끝났습니다."

열린 문 너머로 피 냄새가 희미하게 느껴졌다. 황녀는 무장한 남자들의 안내에 따라 별궁을 벗어났다. 준비되어 있던 마차를 타고 달려가 도착한 곳은 첨탑 앞이었다. 황제의 결혼식이 진행되고 있는 야외식장이 훤히 내려다보이는 탑의 꼭대기에는 경사를 알리는 붉은 기가 펄럭이고 있었다. 깃발 아래로 난 커다란 아치형 창문에서 축포용 대포의 끝이 불쑥 튀어나와 있는 것이 보였다. 식장을 둘러싸고 있는 다른 탑들도 마찬가지였다. 혼례가 끝이 나면 일제히 축포를 쏘아 올릴 것이다.

로제시아 황녀는 흔들리는 깃발을 잠시간 바라보았다. 저 붉은 기가 언젠가 자신을 위해 걸리게 될 것임을 믿어 의심치 않았던 때가 있었다. 하지만 이제는 영원히 불가능한 일이 되었다. 그녀는 치렁한 드레스 자락을 붙잡고 탑을 오르기 시작했다. 계단은 길고 길었지만 발이 아프다는 생각은 들지 않았다. 숨도 별로 차지 않았다. 오히려 이상하리만치 몸이 가뿐했다. 탑 끝에서 몸을 던진다면, 떨어지는 것이 아니라 날아오를 수 있을 것처럼.

탑의 꼭대기 방, 축포가 있는 곳에서 기다리고 있던 남자가 황녀를 향해 머리를 숙였다.

"준비가 되시면 신호를 보내겠습니다."

황녀는 대답 대신 창가로 걸어갔다. 창문이라고 해도 마치 문처럼 낮고 크게 나 있어, 자칫 발을 헛디디면 아득한 바다으로 떨어지고 말 위태로운 장소였다. 그녀는 축포 옆에 서서 결혼식이 진행 중인 광장을 내려다보았다. 수많은 사람들이 마치 개미 떼처럼 바글바글 모여 있었다. 그녀의 시력으로는 누가 누구인지 분간이 불가능한 먼 거리였다. 저곳의 사람들 또한 황녀를 알아보지 못하겠지만, 단 한 명만은 다를 것이었다. 단 한 명만이 그녀를 알아보고, 그리고.

"신호를 보내라."

로제시아는 두려움 한 점 없이 허공을 향해 두 팔을 뻗었다.

무척이나 화창한 봄 날씨였다. 그림으로 그린 듯 맑고 푸른 하늘 아래 이카르와 아리에스의 결혼식이 진행되고 있었다. 생쥐는 붉은 샴페인 잔을 양손으로 감싸 쥔 채 방글방글 미소 지었다. 아리에스를 이카르에게 빼앗기는 것은 여전히 마음에 들지 않았지만, 신부복 차림의 언니를 보고 있자면 참을 수 없이 웃음이 새어 나왔다. 동네방네 자랑하고 싶을 정도로, 정말로 아름다운 봄의 신부였다.

"샴페인도 술이니 너무 많이 마시진 마라."

계단을 오르는 아리에스를 보느라 목을 쭉 빼다가 샴페인을 홀짝이는 생쥐에게 솔레다토르가 말했다. 두 사람의 자리는 단상 바로 아래쪽이었다. 호위가 있기는 했지만 둘러쌀 정도로 많지는 않았기에 잿밥에 관심 있는 사람들이 주위를 기웃거려대었다. 전야제에서는 시종장으로서 동행했던 헤러시는 오늘은 황후의 외척으로서 가문 사람들과 함께 결혼식에 참가하여 곁에 없었다.

"너무 가까워서 위쪽이 잘 안 보여요. 조금 뒤쪽으로 가도 괜찮을까요?"

"뒤로 가는 것보다는 아예 올라가는 편이 더 낫겠지."

"하지만 가면 안 되잖아요?"

"수호룡으로서 축복이라도 해주겠다 말하면 막지는 않을 거다."

"그럼 올라가서 봐요!"

"조금만 기다려라. 혼인 서약은 끝내야 해."

생쥐는 발을 동동 구르며 단상 위쪽을 기웃거렸다. 그러다 참지 못하고 몇 발짝 뒷걸음질 치던 그 순간이었다.

"동쪽 탑에서 사람이 떨어진다!"

누군가 목청이 터져라 크게 외쳤다. 그 소리에 놀란 사람들이 일제히 동쪽 탑을 바라보았다.

그러나 외침과는 달리 축포 근처에 누군가가 서 있는 것만 어렴풋이 보일 뿐이었다. 축포를 쏘기 위해 대기하고 있는 사람을 잘못 보고 소리친 모양이다. 모두들 그렇게 생각하고 관심을 돌렸다. 단 한 명을 제외하고는.

'황녀……!'

로제시아 황녀. 무심코 탑을 향해 고개 돌린 솔레다토르는 그녀를 알아보고 말았다. 긴 금발에 보라색 두 눈, 바람에 흔들리는 드레스 자락과 그 아래, 허공으로 반쯤 내밀어진 발끝까지. 드래곤의 황금색 눈동자는 황녀의 모습을 머리부터 발끝까지 똑똑히 담아내었다.

"……솔?"

이변을 느낀 생쥐가 솔레다토르를 불렀으나 그는 고개를 내릴 수가 없었다. 로제시아는 아직 황족이고 수호룡에게는 황족을 보호해야 할 의무가 있었다. 보지 않았다면 모를까, 금방이라도 떨어질 듯 위태롭게 서 있는 황녀를 발견한 이상 그녀로부터 눈을 떼는 것은 불가능했다.

그리고 황녀가 한쪽 발을 앞으로 내밀었다. 드레스에 감싸인 몸뚱이가 앞으로 기울어진다. 그 모습을 머리가 이해하기 전에 몸이 먼저 움직였다. 황녀를 구해야만 한다.

그녀가 추락하여 땅에 부딪치기 전에 낚아채는 것은 인간의 육신으로는 불가능했다.

황녀의 두 발이 탑을 떠남과 거의 동시에, 솔레다토르는 본래의 모습으로 돌아갔다.

"솔…… 윽!"

하늘을 거멓게 가리는 드래곤의 모습을 제대로 확인하기도 전에 돌풍이 휘몰아쳤다. 생쥐는 거친 바람에 떠밀려 바닥을 나뒹굴었다. 그녀 주위의 사람들 또한 마찬가지였다. 엄청난 속력을 내는 날갯짓이 남긴 바람 속에서 두 다리로 제대로 서 있는 자는 없었다.

땅에 쓰러진 생쥐는 바동대며 몸을 일으키려 애썼다. 갑작스러운 상황에 놀라고 어리둥절했지만 일단 솔레다토르를 찾아야했다. 그런 그녀에게 누군가가 손을 내밀었다. 부축해주려는 건가 싶어 생쥐는 내밀어온 손을 붙잡았다.

"감사합……."

감사의 말이 채 끝나기도 전에 입이 틀어막혔다. 반사적으로 발버둥 쳤지만 아무런 소용이 없었다. 사람들의 당황한 아우성 속에서 생쥐는 정신을 잃고 말았다.

갑작스럽게 밀려든 강풍에 이카르는 얼른 아리에스를 감싸 안았다. 사람들의 비명 소리가 귀를 따갑게 후려치고 이어 놀란 외침들이 들려왔다. 그 외침에 들어간 수호룡이라는 단어에 이카르는 화들짝 고개를 들었다.

"솔레다토르!"

바람이 채 가라앉기도 전에 동쪽 탑에 다다른 검붉은 드래곤의 모습이 그의 눈에 비쳤다.

"무, 무슨 일이에요?"

영문을 몰라 하는 그에게 역시나 어리둥절해진 아리에스가 물었다.

"나도 무슨 일인지……."

잘 모르겠다고 대답하려던 이카르가 말꼬리를 흐렸다. 솔레다토르가 자리를 떠났다. 십중팔구 자의는 아닐, 누군가의 의도에 의하여. 저 속도라면 연약한 인간의 몸은 버티기 힘드니 생쥐를 데리고 가진 못했을 것이다. 즉, 생쥐 홀로 단상 아래에 남아 있다. 이카르는 등골이 서늘해지는 것을 느꼈다.

"생쥐!"

"네? 그 애가 왜요?"

이카르는 길게 설명하는 대신 생쥐가 있던 자리를 내려다보았다. 날갯짓의 여파를 가장 크게 맞은 곳이라 대부분의 사람들이 아직 쓰러져 있었다. 그러나 그 중앙에 있어야 할 나비 머리핀을 한 소녀의 모습은 어디에서도 보이지 않았다. 이카르는 아리에스를 놓고 계단을 뛰어 내려가며 소리쳤다.

"지금 당장 광장의 출구를 전부 막아라! 아무도 빠져나가지 못하게 해!"

황제의 명령에 궁정 시종들과 기사들이 사방의 출구를 향해 달려가기 시작했다. 이카르는 그에 이어 수호룡의 후궁을 찾음과 동시에 황궁의 성문을 모두 닫으라는 비상 신호를 보내도록 명령했다.

"생…… 나비 후궁이 실종된 겁니까?"

이카르를 따라 단상에서 내려 온 아리에스가 걱정 가득한 표정으로 말했다. 그녀의 물음에 이카르의 고개가 무겁게 끄덕여졌다. 수많은 사람들 사이, 생쥐의 모습은 여전히 찾아볼 수가 없었다. 출구를 막도록 하였지만, 성문까지 모두 닫았지만 그녀를 쉽게 찾을 수 없을 것만 같은 불길한 느낌이 들었다.

아래를 향해 떨어지던 몸이 바닥에 닿기 직전 멈추었다. 로제시아 황녀는 감았던 눈을 떴다.

자신을 안아 들고 있는, 다시 인간의 모습으로 변한 솔레다토르를 확인하자마자 그녀가 재빠르게 말했다.

"후궁의 목숨이 아깝다면 움직이지 마세요."

그렇잖아도 잔뜩 일그러져 있던 금안에 짙은 노기가 서렸다.

"……무슨 소리냐."

"당신이 저를 떼어놓는다면 곧장 신호가 보내질 것이고, 라린 살타토르를 붙잡고 있는 자가 그녀를 살해할 것입니다."

말이 채 끝나기도 전에 으드득, 이를 가는 소리가 들려왔다. 금방이라도 죽여버릴 듯 살벌한 시선이 노려봐왔지만 황녀는 태연하게 말을 이었다.

"천천히 저를 내려주세요. 제 곁을 떠나셔선 안 됩니다."

솔레다토르는 순순히 그녀의 말에 따랐다. 바닥에 내려선 황녀가 구겨진 드레스 자락을 정돈했다.

"걱정 마세요. 섣부른 행동만 하지 않으신다면 그 계집애는 무사할 겁니다."

"공작인가."

으르렁거리는 듯한 목소리가 말했다. 그 늙은이 외에는 이런 짓을 꾸밀 만한 사람이 떠오르지 않았다.

"전대 공작이지요."

황녀가 솔직하게 대답했다.

"지금의 공작은 그의 아들이니까요."

"원하는 게 뭐냐."

"글쎄요. 저도 잘 모른답니다. 저는 언제나 그렇듯이 이용당하는 중이거든요."

그녀는 꾸며낸 듯 생기 없는 미소 지으며 분노를 억누르고 있는 드래곤을 바라보았다.

"함께 가시면 직접 알아보실 수 있으실 거예요."

황녀가 손을 내밀어왔으나 솔레다토르는 꿈쩍도 하지 않았다. 그는 자신이 떠나온 광장 쪽을 돌아보며 입을 열었다.

"내가 없다 하더라도 내 후궁을 납치하는 것은 그리 쉬운 일이 아닐 텐데, 네 말만 믿고 따라가라는 것인가."

"제 말을 믿으시라는 것이 아니에요. 전대 카얄룬 공작의 수완을 믿으시라는 것이지요."

전대 카얄룬 공작의 수완. 그 말에 솔레다토르는 다시 황녀를 향해 시선을 돌렸다. 상대는 수십 년간 정계의 우두머리로 군림해온 노인이다. 황제의 결혼식장에서 생쥐를 납치하는 일쯤 충분히 해낼 수 있을 터였다. 무엇보다, 가장 강력한 보호자를 그녀의 곁에서 떼어내는 데 이미 성공하지 않았던가.

"……안내해라."

어쩌면 이카르가 생쥐를 보호하고 있을지도 모른다. 납치범이 결혼식장을 탈출하지 못하고 붙잡혔을 수도 있다. 그러나 생쥐의 목숨을 걸고 도박을 할 수는 없었다.

당장이라도 그녀 곁으로 돌아가고 싶은 충동을 억누르며 솔레다토르는 무거운 발걸음을 떼었다.

수호룡의 유일한 후궁, 라린 살타토르가 납치되었다.

황제는 곧장 그 누구도 황궁을 벗어나지 못하도록 막으라 지시하고 수색을 시작했지만 그녀를 찾지 못하였다. 그사이 발이 묶인 귀족들의 항의가 슬금슬금 터져 나오기 시작했으나 황제는 그들의 목소리를 모조리 무시했다. 아니, 한 술 더 떠 수호룡의 후궁을 찾기 전까지는 유력한 용의자인 귀족들을 모두 감금하도록 명령했다.

"난리네요."

아리에스가 지금의 상황을 한마디로 표현했다. 그리 가볍게 말했지만 그녀의 표정은 어두웠다. 생쥐가 사라진 데다가 솔레다토르 또한 아무런 소식이 없다. 결혼식이 중단된 것쯤은 신경 쓰이지 않을 정도로 두 사람이 걱정되었다.

"솔레다토르는 모나르카궁으로 돌아가신 것으로 발표하셨다죠?"

아리에스의 말에 생각에 잠겨 있던 이카르가 고개를 끄덕였다.

"생쥐를 붙잡는 것으로 아버지를 움직일 수 있다는 사실이 알려져서 좋을 건 없으니까요."

그래서야 생쥐를 노리는 자들만 늘어날 뿐이다.

"귀족들의 발을 묶어놓은 지금 수호룡의 부재가 밝혀져서도 안 되고요."

이카르의 말에 아리에스가 한숨을 푹 내쉬었다.

"귀족들의 불만이 엄청나요. 그나마 섣불리 움직였다간 생쥐를 납치한 범인으로 몰릴까 봐 얌전히 갇혀는 있지만요."

"저는 만만해도 드래곤은 무서울 테니까요."

이카르가 쓰게 웃었다.

"글쎄요, 지금만큼은 만만히 여길 수 없을 거라 생각합니다만. 쟁쟁한 권력자들을 죄다 가두어버린 것은 솔레다토르가 아닌 폐하이시니까요."

수호룡이라는 무기를 가지고 있다고 해도 그것을 어떻게 휘두를지는 전적으로 황제의 손에 달려 있다. 여태까지의 이카르는 무기를 쓰기는커녕 감춰두는 데에만 급급했다. 그러나 이제는 상황이 완전히 달라졌다.

"심지어 이번 일은 황제가 꾸민 것이라는 말까지 나오고 있어요."

갓 즉위한 황제나 왕이 제 자리를 확고히 다지기 위해 보란 듯이 권력을 휘두르는 것은 흔히 있는 일이었다.

"그렇잖아도 약해져 있는 황권이니까요. 제국의 내로라하는 귀족들이 한 번에 모이는 결혼식을 기회 삼아 수호룡의 힘을 보여주려는 게 아닌가 하는 거죠."

만약 수호룡이 없는 과거였더라면 귀족들을 저렇게 확실한 증거도 없이 구금하기란 불가능할 것이었다. 그러나 지금은 모두들 억울하다 투덜거리기만 할 뿐 반항치 않고 황제의 명에 얌전히 따르고 있었다. 그야말로 황권의 강력함을 확실하게 과시하고 있는 것이다.

"그렇게 말이 나오도록 유도했습니다."

이카르가 창문 쪽으로 고개를 돌리며 말했다.

"생쥐가 진짜 납치된 것보다는 제가 꾸민 일로 여겨지는 편이 훨씬 유리할 테니까요. 이번 일로 단단히 압박해둔다면 솔레다토르와 그 후궁을 건드리고 싶어 하는 마음이 깨끗이 달아나지 않겠습니까."

"덤으로 황권도 강화되고요?"

"그⋯⋯렇죠⋯⋯."

이카르는 생쥐의 납치로 자신이 얻는 것이 있다는 사실에 떨떠름해하며 고개를 끄덕였다.

"노린 건 물론 아닙니다."

"노린 거였으면 좋았을 텐데요."

"⋯⋯네?"

"노련한 정치가는 위기를 기회로 만들 줄 알아야 하니까요."

"그…… 하지만, 생쥐가 납치되었잖습니까……?"

아끼는 동생이라고 생각했는데 납치를 기회로 삼으라니. 당황해하는 이카르에게 아리에스가 담담히 대답했다.

"생쥐가 걱정되기는 하지만 납치범이 그 애를 해칠 거라곤 생각하지 않아요. 오히려 솔레다토르 쪽이 더 문제죠."

"아버지가요?"

"네. 소식이 없는 것으로 보아 납치범이나 그와 관계된 사람과 함께 간 것이 분명한데, 제대로 협상을 할 수 있을실지 모르겠어요. 가장 좋은 건 얌전히 따르는 척해서 주모자를 알아낸 뒤 강경하게 나가는 것인데……."

"아버지께 원하는 것이 있다면 생쥐의 목숨을 가지고 협박하려 들지 않을까요? 그럼 강경하게 나가기 쉽지 않을 듯합니다만."

"아뇨, 주모자만 알면 생쥐의 목숨은 걱정할 필요 없어요. 원하는 게 무엇이든 살아 있어야 손에 쥘 수 있는 것 아니겠어요? 하니 솔레다토르께서 후궁을 적당히 아끼는 것처럼 보이면 쉽게 물러날 겁니다. 요구를 들어줄 정도로 소중하지는 않지만, 이번 일을 눈감아줄 정도는 되는 것으로요."

물러날 데 없는 범죄자이거나 납치 자체가 목적이라면 위험한 협상일 것이다. 그러나 상대는 수호룡의 후궁 납치를 성공할 정도의 능력을 지닌, 다시 말해 가진 것이 많은 자이다.

가진 것이 많을수록 제 목숨의 값어치 또한 높게 칠 터이니 생쥐를 절대 해칠 리 없었다. 그녀가 죽는 순간 납치범들은 수호룡의 분노를 피하지 못하게 될 테니까.

"하지만 아리에스……."

아리에스의 자신 있는 설명에도 이카르의 표정은 여전히 어두웠다.

"그렇게 쉽게 생각하기에는 상대가 너무 나쁩니다."

이카르의 말에 아리에스가 아랫입술을 잘근 씹었다. 잠시 밝아졌던 그녀의 얼굴 위로 다시금 그림자가 드리워졌다.

"……역시, 그 사람일까요."

"카얄룬 공작, 아니, 전 카얄룬 공작 외에는 없겠지요."

물론 전 카얄룬 공작 외에도 이번 일이 가능한 대귀족은 몇 있었다. 그러나 이런 무모하다면 무모한 짓을 벌일 만한 사람이라곤 갑작스럽게 자리에서 물러나 잠적해버린 전 카얄룬 공작 외에는 떠오르지 않았다.

"가진 것이 많은 사람은 분명 수호룡의 후궁을 납치하는 짓을 쉽게 저지르지 못할 것입니다. 하지만 많이 가진 것을 넘어서 더 가질 필요가 없어진 노인이라면, 무슨 짓을 저지를지 상상이 가질 않습니다."

"……전 카얄룬 공작이 솔레다토르께 무엇을 요구할까요."

두려움이 희미하게 섞인 목소리에 이카르가 짧게 고개 저었다.

"모르겠습니다. 대체 그가 무엇을 원할는지는. 황위 같은 것은 아니겠지요."

보통 사람이 원할 수 있는 가장 큰 것이라면 황제의 자리일 것이다. 하지만 그 노인이 황위 정도로 만족할 것 같진 않았다. 만약 황제가 되고 싶었더라면 황권이 바닥을 쳤던 선선대 황제 때 반란이라도 일으켰겠지.

"지금은 그저 뒤처리나 하며 소식을 기다리는 수밖에요. 일단 현 카얄룬 공작을 추궁해볼 생각이지만 별다른 소득은 없을 듯합니다."

평생을 부친의 꼭두각시로 살아온 남자다. 인제 와서 태도를 바꿀 것이라고는 기대치 않았다.

"카얄룬 공작은 오늘 결혼식에 참석하지 않았더군요. 가주 계승과 관련된 급한 문제가 생겼기 때문이라는데, 연락이 닿았으니 곧 입궁할 겁니다."

"순순히 나타날까요?"

"오지 않겠다면 강제로 끌고라도 와야죠."

"공작을 상대로요?"

"수호룡의 일에 협조하지 않는다면 무언가 다른 꿍꿍이가 있는 것이겠죠. 혹은 진범이거나. 다른 귀족들도 잡혀 있는 상황에서 혼자 피해갈 수는 없을 겁니다."

냉랭하게 말하던 이카르가 돌연 힘없이 어깨를 늘어뜨렸다.

이어 작아진 목소리가 혼잣말처럼 중얼거렸다.

"……좀 더 주의를 기울였어야 하는 건데."

"자책하지 마세요. 솔레다토르가 곁에 있는데 생쥐를 납치할 수 있을 것이라고 누가 상상이나 했겠어요?"

생쥐의 안전에 대해서는 그다지 걱정하질 않았었다. 모나르카 궁이야 말할 것도 없고, 이따금 있는 외출에도 항상 드레이크인 케이어스가 따라붙었으니 인간의 힘으로는 그녀를 해칠 수 없으리라 생각했던 것이다.

"아버지께서 결혼식에 참여하는 이틀간이라도 황녀를 멀리 떼어놓았어야 했습니다."

"전야제 때도 결혼식 때도 참석자는 철저하게 신원을 확인했잖아요. 황녀가 솔레다토르와 마주칠 일은 절대 없었을 텐데, 그런 식으로 끌어낼 줄이야 아무도 몰랐죠."

아리에스의 말에 이카르가 길게 한숨을 내쉬었다.

"……저는 예상했어야 합니다. 인간 중에서는 누구보다도 아버지와 오랜 시간을 보냈는데, 그 거리에서 황녀를 알아보실 수 있을 거라는 생각을 하지 못하다니. 결혼식장을 실내로 바꾸지 않은 제 책임이 큽니다."

적어도 자신만큼은 예상했어야 했다. 솔레다토르의 능력을 잘 알고 있고 오랜 시간 겪어온 자신만큼은. 탈출한다더라도 단시일에 돌아올 수 없는 먼 곳으로 로제시아 황녀를 잠시 보내놓거나 실내에서 결혼식을 진행했더라면 이런 일은 일어나지 않았을 텐데.

"미리 눈치챘다고 해도 둘 다 쉽게 할 수 있는 일은 아니잖아요."

아리에스가 자책하는 이카르를 달래며 말을 이었다.

"직계 황족인 황녀를 수도 밖으로 내보내는 것도, 전통적으로 정해져 있는 식장을 바꾸는 것도 반대가 극심했을 테니까요."

"식장은 아버지께서 참석하신다는 명목 아래 큰 반발 없이 변경 가능했을 겁니다."

"이카르."

하얀 두 손이 이카르의 뺨을 감싸 쓰다듬다가, 찰싹 가볍게 때렸다.

"그렇게 치자면 제일 멍청한 건 솔레다토르겠죠."

"······예?"

"맞잖아요? 자기 능력을 제일 잘 아는 건 자기 자신이니까. 세상사에 무지한 촌뜨기 얼뜨기도 아니고, 전 황제였으면서 황녀를 저렇게 이용해먹을 걸 짐작지 못했으니 책임이 가장 크다고요."

"그래도 지금은 제가 황제이니······."

"이카 당신은 솔레다토르의 보호자가 아니에요. 오히려 그 반대죠. 수호룡이잖아요? 그리고 만약 최악의 결과가 나와버린다 해도…… 솔레다토르는 무사하겠죠."

일이 잘못된다면 가장 위험해지는 것은 생쥐다. 마경의 주인이야 그 육신만큼은 해치려 해도 해칠 수가 없을 터이니.

"물론 그렇게까지 될 가능성은 낮긴 하겠지만요. 전 카얄룬 공작은 만만한 상대가 아니니만큼 인질을 섣불리 해치거나 하는 어리석은 짓을 하지도 않을 테니까요. ……그렇겠죠?"

그녀의 목소리 끝이 다 감추지 못한 불안으로 가늘게 떨렸다. 그것을 느낀 이카르가 아리에스를 살짝 끌어안았다.

"무사할 겁니다. 아버지는 물론이고 생쥐도요. 제가 먼저 안심시켜주었어야 했는데, 약한 소리만 늘어놓아 죄송합니다."

"괜찮아요. 앞으로 전부 다 받아낼 테니까."

"기대하고 있겠습니다."

"각오가 아니라요?"

"그때의 저는 당신에게 무엇이든 내어줄 수 있을 만큼 성장했을 테니까요. 하니 당연히 기대되죠."

아직 자리 잡지 못한 풋내기 황제에게 과한 욕심을 부릴 그녀가 아니다. 그러니 그전까지는 지금처럼 받기만 할 거라고 생각하니 새삼스럽게 미안해졌다. 이카르는 아리에스의 손등에 정중히 입 맞추었다.

"열심히 노력할 테니 기다려주세요."

"얼마든지요. 물론 무리는 하지 마시고요."

그러는 사이 카얄룬 공작이 도착했다는 연락이 왔다. 이카르는 마음을 다잡고 방을 나섰다. 카얄룬 공작이 기다리고 있는 곳은 공적인 알현실이 아닌 조용한 접객실이었다. 앞으로 나눌 이야기가 밖으로 새어 나가선 안 되었기에 주위 사람은 모두 물린 채였다. 이카르가 안으로 들어서자 공작이 예를 갖추었다. 딱 모자라지 않을 정도로만 고개를 숙여왔지만 젊은 황제를 얕보는 기색을 대놓고 드러내곤 했던 선대 공작을 생각하자면 충분히 정중하게 느껴졌다.

이카르는 공작의 인사를 받아준 후 곧장 용건을 꺼내 들었다.

"길게 돌려 말하지 않겠다."

흘러나온 목소리는 평소답지 않게 차가웠다. 황제 위에 오른 뒤 많은 변화가 있었다곤 하나 성격은 여전히 유약한 편인 그였다. 그러나 여리다고 해서 분노를 느끼지 못하는 것은 아니다. 이카르는 짧게 숨을 삼키고 말을 이었다.

"솔레다토르와 그 후궁을, 순순히 돌려보내라."

황제의 명령에 공작이 의아스럽다는 표정을 지어 보였다.

"수호룡의 후궁이 실종되었다는 소식은 들었습니다만, 솔레다토르께서는 모나르카궁으로 귀궁하신 것이 아니었습니까?"

"전 카얄룬 공작이 이번 일을 꾸몄다는 사실은 이미 알고 있다."

이카르는 태연하게 거짓말을 내뱉었다. 정황상 추측 외에는 증거 하나 없었지만 솔직하게 털어놓아서야 눈앞의 남자로부터 아무것도 얻어낼 수 없을 터였다.

"대체 어찌하여 그런 억측을 하시는지 이유를 들을 수 있겠습니까?"

"물론 지금의 내 능력으로는 추측 이상은 할 수 없을 것이다. 그러나 마경의 주인은 다르지. 모나르카궁에는 주인을 따르는 이들이 있으며 평범한 인간은 해낼 수 없는 일을 할 수 있다. 비록 인질이 있는 탓에 섣불리 움직이지는 못하나, 이번 일의 전모를 확인하는 것 정도는 어렵지 않았다."

마경의 주민들에 대해서는 카얄룬 공작가라 해도 자세히 알지 못한다. 그들의 능력이 미지수인 만큼 자신의 허풍을 쉽게 흘려 넘길 수 없을 것이다. 이카르는 그렇게 생각하며 공작을 똑바로 바라보았다.

"수호룡을 따르는 드레이크에 대해서는 들어본 적이 있습니다. 전 황태후의 반란 때도 활약했었다지요."

"그 한 명만이 아니다."

"그렇습니까."

공작은 흐린 미소를 지어 보이며 고개를 끄덕였다.

"설사 폐하의 말씀이 사실이라 하여도 하문하셔야 할 대상이 잘못되었습니다."

"……잘못되었다고?"

"예. 소신은 선대 공작의 행보에 대해 무지합니다."

대놓고 자신의 무능을 털어놓는 공작의 태도에 이카르는 일순 할 말을 잃고 말았다. 현 공작이 선대 공작의 꼭두각시나 다름없다는 사실은 알고 있었지만 이렇게 서슴없이 드러낼 줄은 상상치 못했다. 심지어 지금은 예전처럼 후계자의 입장이 아닌 카얄룬 공작가의 주인이 아니던가.

　"……솔직히 말해 놀랍군. 물론 몰랐던 바는 아니나 이제는 마노로스 카얄룬, 당신이 현 공작이 아니던가. 예전과는 위치가 달라진 만큼 조금쯤은 변화가 있을 것이라 생각하였는데."

　공작과 그 후계자는 손에 쥐는 권한이 다르다. 비록 실세가 따로 있다고 해도 권한, 즉 권력이 늘어나게 되면 여러 가지로 바뀌게 되는 것이 보통이다.

　이카르는 눈을 가늘게 뜨며 말을 이었다.

　"부친의 그림자로부터 벗어날 마음이 조금도 없는 것인가."

　"그런 마음을 먹을 필요 자체가 없을 뿐입니다."

　단호한 목소리에 이카르의 미간이 불쾌감으로 찌푸려졌다. 카얄룬 공작의 반응이 원하던 것과 거리가 먼 탓도 있었지만 과거의 자신이 떠올랐기 때문이기도 했다.

　"선대 공작을 상당히 믿고 따르는 모양이로군."

　"그러지 않을 이유가 있겠습니까? 물론 제대로 인정받지 못하는 것에 대한 불만 정도는 있습니다만, 소신과 부친의 차이는 명확합니다. 폐하께서라면 충분히 이해하실 거라고 생각합니다만."

"드래곤과 인간을 비교하는 건가."

이카르의 말에 공작의 입꼬리가 슬쩍 올라갔다. 그 입술에 맺힌 것은 옅었지만 명백한 비웃음이었다.

"만약 폐하의 말씀대로 이번 사건의 범인이 전 카얄룬 공작이라면 크게 걱정하실 필요는 없을 겁니다. 소신의 부친은 수호룡을 꽤나 아끼시거든요. 그렇기에 선황제 시절이 평화롭지 않았겠습니까. 모나르카궁으로 물러나신 뒤에도 바로 어제까지는 별다른 간섭이 없었지요."

선대 공작이 사정을 봐주었기에 솔레다토르가 궁정에서 편히 지낼 수 있었던 것이라는, 자만 가득한 말이었다. 그의 말에 이카르의 눈매가 더욱 사나워졌지만 반박을 내뱉지는 않았다. 사실상 틀린 소리는 아니었기 때문이다. 물론 단순히 무력만 치자면 전 공작의 능력이 얼마나 뛰어나든 수호룡을 이기는 것은 불가능하다. 그러나 내전이라도 일으킬 각오를 하지 않는 이상, 그의 움직임은 이카르는 물론이요 솔레다토르에게도 큰 영향을 미칠 수밖에 없었다. 당장 모나르카궁의 출입을 제한하는 안건도 전 공작이 작정하고 막아섰다면 통과시키기 힘들었을 테니.

"……공작이 뜻하는 바는, 확실히 이해했다."

이카르는 술렁이는 마음을 가라앉히며 말했다.

"분명 나 또한 그대와 다를 바 없었을 때가 있었으니, 제안을 하나 하지."

"말씀하십시오."

"수호룡과 그 후궁이 무사히 귀궁한다면 전 카얄룬 공작의 목숨을 보장하겠다."

이번에는 공작의 눈가가 약간 찌푸려졌다. 무슨 엉뚱한 소리를 하느냐는 표정이었다.

"관대한 제안이로군요, 라고 대답해야 할지 모르겠군요. 일단 소신의 부친은 스스로의 목숨 정도는 챙길 수 있습니다만."

"챙길 수는 있을지 모르나 챙길 생각이 있느냐고 묻는다면, 어떠한가."

이번 일을 위해 굳이 공작 위를 내려놓았다. 그것이 의미하는 바가 무엇이냐고, 질문을 던졌다.

이카르는 곧장 대답치 않고 입을 다무는 남자를 바라보았다. 만약 그가 자신과 비슷하다면, 부친에게 강제로 끌려다닌 것이 아닌 존경과 애정으로 복속되길 원한 것이었다면. 그렇다면 만일을 대비해서라도 자신의 제안을 그냥 들어 넘기지는 못할 것이다.

"……그렇게까지 말씀하시니 조금 더 자세히 들어두어야 할 것 같습니다."

공작이 약한 한숨과 함께 말을 이었다.

"대체 어떻게 보장을 해주실 것인지 말입니다."

"황족이 수호룡에게 쓸 수 있는 단 한 번의 기회를 주겠다."

수호룡은 황족을 지켜야만 한다는 제약을 이용한, 단 한 번 가능한 명령.

"그것으로 수호룡을 막아주마. 무엇을 뜻하는 것인지는 알고 있겠지."

"예. 아깝지 않으십니까?"

어차피 쓸 생각은 없었다. 이카르는 굳이 대답하지 않고 속으로만 중얼거렸다. 황가에 묶인 것을 지독히 싫어하는 솔레다토르에게 그런 짓을 할 수 있을 리 없다. 다만 이번은, 그를 위한 것이니.

"내 제안을 받아들이겠다면……."

"하오나 폐하."

카얄룬 공작이 조금 곤란하다는 표정을 지었다.

"이제까지의 말씀은 전부 이번 일의 범인이 소신의 부친이라는, 만약의 경우를 전제한 것입니다. 사실과 가정은 전혀 다르지요."

"인제 와서 부정하는 건가."

"긍정한 적도 없습니다."

그가 딱 잘라 말했다. 협조할 생각이 없는 공작의 태도에 이카르의 어깨에서 힘이 빠졌다. 일이 쉽게 풀리리라 생각진 않았지만 그래도 실망하지 않을 수가 없었다.

"머무를 객실은 내가 직접 정해주지."

"소신 또한 감금하실 생각이십니까."

"예외는 없다."

"황궁에 발이 묶이게 되면 마음이 바뀐다 하여도 선대 공작에게 연락할 수가 없습니다만."

"마음이 바뀐다면 언제든지 말해라. 동행해줄 터이니."

어차피 부친의 목숨을 부지하려면 자신이 직접 가야 하지 않겠느냐고, 냉랭히 말한 이카르가 먼저 방을 나섰다. 홀로 남은 공작은 잠시간 생각에 잠겼다가 길게 한숨을 내쉬었다.

'……믿지 못하는 건 아니지만.'

어릴 때부터 지금까지, 수십 년의 세월을 우러러보아온 부친이다. 인제 와서 그 능력과 수완에 대한 믿음이 쇠퇴할 일은 없었다. 하지만…… 완벽하다 해도 좋을 부친이 수호룡과 관련되기만 하면 나쁜 의미로 변해버린다는 것만큼은, 분명했다. 황제의 말에 귀 기울여버린 것만 보아도 불안은 가슴속 뚜렷이 자리잡고 있었다. 거절은 했지만 지금이라도 그의 제안을 받아들이고 싶다.

하지만 자신은 여전히 부친의 명령을 거역할 수 없었다. 아직까지는.

정신이 들었지만 생쥐는 곧장 눈을 뜨진 않았다. 등 뒤는 푹신하고 가슴께까지 천 같은 게 덮여 있는 것이 침대 위인 듯했다. 입 안은 씁쓸하고 목이 약간 따가웠다. 그녀는 여전히 잠에 빠진 척 고른 숨소리를 내며 생각을 정리했다. 누군가 자신의 입을 틀어막았고, 이내 의식이 흐려졌다. 그 누군가는 분명 좋은 의도를 지닌 자는 아닐 터였다. 그럼 어떻게 해야 할까. 자신이 할 수 있는 일은 별로 없다. 그러니 우선은…… 최대한 무해하게 보이는 편이 유리할 것이다. 험한 일은 겪은 적 없는 곱게 자란 여느 귀족 소녀처럼 말이다.

　그렇게 결론 내리고 생쥐는 천천히 눈을 떴다. 낯선 천장이 보이고 이어 그녀를 내려다보는 시선이 느껴졌다.

　"나비 후궁마마, 깨어나셨군요."

　여자의 목소리였다. 생쥐는 최대한 느리게, 연약해 보이는 몸짓으로 상체를 일으켰다. 원체 유약한 외모였기에 그렇게 보이게끔 하는 건 쉬웠다. 그녀는 고개를 약간 기울이며 침대 옆에 서 있는 여자를 바라보았다.

옷차림을 보아선 그리 높은 신분은 아닌 듯했다. 생쥐는 목소리를 약간 날카롭게 하여 입을 열었다.

"……너는 누구지? 나는 분명 황제 폐하의 결혼식에 참석하고 있었는데."

여기는 또 어디냐는 물음에 여자가 공손히 대답했다.

"마마께오선 결혼식 도중 갑자기 의식을 잃으셨습니다. 기력이 많이 쇠하셨으니 일어나지 마시고 쉬십시오."

갑자기, 라. 여자의 거짓말에 생쥐는 당황한 표정을 지으며 주위를 살폈다. 침실은 고급스러웠고 별다른 장치 없이 평범해 보였다. 다만 문고리의 잠금장치가 안이 아닌 밖에서 잠그도록 되어 있었다. 누군가를 가둘 수 있도록.

"솔레다토르께서는 어디에 계시지?"

"아직 식이 끝나지 않아 식장에 계십니다."

이것 또한 거짓말이다.

솔레다토르가, 아리에스가 자신을 아무런 보호자 없이 낯선 장소에 낯선 사람과 놓아둘 리 없다. 하지만 생쥐는 곧장 따져드는 대신 천진하게 고개를 갸웃 기울였다.

"나를 혼자 두시다니, 그럴 리가 없는데."

"결혼식이 끝나면 이쪽으로 오실 테니 걱정하지 마십시오."

"아니, 내가 직접 가겠다. 솔레다토르를 번거롭게 해드려서는 안 되니."

그렇게 말하며 침대에서 내려섰지만 여자는 어째서인지 생쥐를 막아서지 않았다.

생쥐는 그녀를 한 번 바라보곤 문 쪽으로 향했다. 닫힌 문 앞에 서서 문고리를 붙잡고 돌리려 했으나 덜컥 소리만 날 뿐 움직이지 않았다.

"문을 열어라."

생쥐는 돌아서서 여자에게 명령했다. 그러나 그녀는 제자리에 선 채 고개만 약간 숙여 보일 뿐 움직이지 않았다. 생쥐는 화난 표정을 지어 보였다.

"문을 열라 말했다만."

"이곳에서 기다려주십시오, 마마."

"나는 얼마든지 기다릴 수 있지만 솔레다토르를 기다리게 할 수는 없다. 당장 문 열어."

여전히 꼼짝도 하지 않는 여자의 태도에 생쥐는 그제야 의심스럽다는 눈빛을 해 보였다.

"……설마 뭔가 다른 꿍꿍이가 있는 건가?"

"아닙니다, 마마."

"다른 이유가 없다면, 왜 문을 열어주지 않는 거지?"

"마마의 안전을 위해서입니다."

"안전? 참으로 멍청한 소리를 하는구나. 세상 그 어디보다 수호룡의 곁이 가장 안전하다. 그러니 당장 문을 열어!"

평소와 다른 말투는 꾸며낸 것이었지만 그 내용만큼은 진심이었다. 솔레다토르의 곁이 가장 안전하다. 그리고 안심된다.

"문을 열어드린다 해도 빠져나가실 수는 없을 것입니다."

"……뭐라고?"

"이곳에서 얌전히 기다려주십시오."

이제는 더 이상 변명할 생각이 없는 모양이다. 생쥐는 한껏 눈살을 찌푸렸다.

"그 말인즉, 나를 여기에 가두겠다는 것인가?"

"잠시간 보호받는다 생각해주십시오."

"이러고도 네가 무사할 줄 아느냐? 내 뒤에 누가 계신지 모르는 것은 아닐 텐데?"

솔레다토르를 들먹이는 것은 싫어한다. 하지만 지금은 든든하다 못해 위협적인 뒷배를 내밀어야만 했다.

"내가 모시는 분은 지고하신 수호룡 솔레다토르시며 나의 자매는 이 나라의 새로운 황후시다. 그러한데 감히 나를 가두겠다고?"

"최대한 불편한 점이 없도록 모시도록 하겠습니다."

"이미 충분히 불편하다."

생쥐는 이를 갈며 여자를 노려보았다. 몇 마디 말로 이곳을 벗어나기는 불가능할 듯싶었다. 하기야 애초에 저 여자는 누군가의 수하일 뿐으로, 밖에 또 다른 감시자들이 여럿 있을 터이니 그녀만 협박한다고 해서 끝날 일이 아니었다.

이제는 어떻게 해야 할까.

생쥐는 노기를 억누르는 척하며 머리를 굴렸다. 자신을 납치한 사람의 목적이야 길게 고민할 필요도 없다. 틀림없이 솔레다토르를 노리는 것이겠지. 그에 대해서는 이미 여러 번 주의도 받고 교육도 받았다. 수호룡을 움직이기 위해 유일한 후궁을 노리거나 해를 끼치려는 자가 있을 것이라고. 그래서 모나르카궁을 벗어날 때면 항상 케이어스나 솔레다토르가 동행하곤 했다.

'그렇다면 지금쯤 납치범이 솔에게 연락을 했을까?'

그가 누구인지, 무엇을 원하는지는 알 수 없다. 하지만 중요한 것은 자신 때문에 솔이 곤란해질 수도 있다는 사실이었다. 그렇게 생각하자 가슴이 덜컥 내려앉았다. 납치당했다는 사실을 알았을 때도 떨리지 않았던 심장이 마구 요동쳤다.

'어떻게든 빠져나가야 하는데…….'

쉬운 일은 아니겠지만 그렇다고 가만히 앉아만 있을 수는 없었다. 생쥐는 길게 한숨을 내쉬곤 여자를 똑바로 바라보았다.

"불편한 점이 없도록 모시겠다고? 그렇다면 문부터 열어라."

"돌발적인 행동을 하시지 않으시겠다면 열어드리겠습니다. 혹여 부상이라도 입으시면 안 되니까요."

"열어라."

연이은 명령에 여자가 순순히 문을 열었다. 열린 문 밖으로 무장한 병사 둘이 서 있는 것이 보였다.

탈출하기 쉽지 않겠다는 걱정이 들었지만 생쥐는 아무렇지 않은 척 발걸음을 옮겼다.

"나는 정원을 좋아한다."

생쥐가 뒤따라오는 여자에게 말했다.

"그러니 방은 정원과 이어진 곳으로 해다오."

"원하시는 대로 준비해드리겠습니다. 잠시만 기다려주세요."

얼마 지나지 않아 생쥐는 정원과 연결된 침실로 안내되었다. 이동한 거리가 제법 긴 것으로 보아 이곳은 상당히 넓은 저택인 듯싶었다. 잘 꾸며진 침실로 들어선 생쥐가 여자를 돌아보며 차갑게 말했다.

"밖을 지키는 자들까지 치우라 말하지는 않겠다. 그러나 침실과 정원까지 감시하는 눈은 두지 말도록. 내 부상이 걱정된다면 말이야."

계속 곁에 붙어 감시한다면 자해라도 하겠다는 협박을 품은 말에 여자가 알겠노라 공손히 대답하고 물러났다. 생쥐가 도망칠 수 있을 거라곤 생각지 않는 태도였다. 혼자 남게 되자마자 생쥐는 정원으로 나갔다. 제법 넓은 정원은 높은 담으로 둘러싸여 있었다. 반면에 나무는 작은 것이 대부분인 데다 단 두 그루의 키 큰 나무도 타고 넘을 수 없도록 담에서 멀리 떨어진 채였다. 정상적인 방법으로는 절대 빠져나갈 수 없어 보였다.

'담을 넘는다고 해도 지키는 사람이 당연히 있겠지.'

게다가 이 담이 가장 바깥쪽의 것이 아닐 가능성도 있었다. 생쥐는 주위를 살펴본 뒤 장미 울타리에 감싸진 커다란 나무로 다가갔다. 그러곤 나무를 조금 오르다가, 일부러 떨어졌다.

"까악!"

비명을 지르며 바닥에 쓰러진 그녀는 일어나지 않고 그대로 엎드린 채 신음성을 흘렸다. 한참을 그렇게 크게 다친 척하고 있다가 천천히 몸을 일으켰다.

'감시는 정말로 없나 보네.'

만약 몰래 지켜보는 사람이 있었다면 중요한 인질이 잘못되기라도 할까 봐 접근해왔을 것이다.

'좋아, 그럼 이제…….'

출구를 찾아야 한다. 담을 위로 넘는 것이 불가능하다면 아래로 지나가면 된다. 물론 땅을 파서 탈출하는 것은 무리다. 시간도 오래 걸릴 것이고 담 너머의 상황을 몰라서야 들키고 말 테니까. 하니 이미 파여진 곳을 이용해야 한다.

'이런 대저택이라면 하수도 시설이 있겠지.'

그리고 하수도가 모여 흐르는 통로는 대부분 정원에 위치해 있었다. 건물 아래나 돌을 깐 길 밑에 자리하면 하수도가 막히거나 무너질 경우 고치는 데 돈과 시간이 더 많이 들기 때문이었다. 그래서 경로상 어쩔 수 없는 부분을 제외하고는 맨땅, 즉 정원을 통과했다.

'그렇게 깊지 않을 테니 물이 흐르면 소리가 들릴 거야.'

생쥐는 일단 하수도가 있을 만한 위치를 물색했다. 큰 나무나 포장된 길이 없는 장소를 봐둔 뒤 방으로 돌아가 하녀를 불렀다.

"씻고 싶으니 목욕 준비를 해라. 커다란 욕조 다섯 개에 네 개는 각기 다른 입욕제를 넣고 하나에는 씻어낼 깨끗한 물을 채우도록."

"송구하오나 마마, 욕실에 욕조가 다 들어가지 않습니다."

"욕실에 넣을 수 없다면 거실에라도 놓아. 목욕 시중은 필요 없으니 욕조와 수건, 갈아입을 옷만 준비해두고 다시 나가도록 하거라."

"예, 마마. 곧 준비해드리도록 하겠습니다."

잠시 뒤 여러 명의 하녀들이 나타나 분주하게 욕조를 옮기고 물을 채운 뒤 입욕제를 풀었다. 다섯 개나 되는 커다란 욕조에 뜨거운 물을 가득 채우자 수증기가 안개처럼 퍼져 나갔다. 목욕 준비를 끝낸 하녀들이 다시 밖으로 나가고 생쥐는 줄줄이 놓인 욕조들을 만족스럽게 바라보았다.

'이 정도면 하수도를 찾을 수 있겠지.'

혹여 의도를 눈치챌세라 목욕도 진짜 했다. 대충 몸을 씻고 준비된 옷으로 갈아입은 뒤 화병과 침대의 시트를 챙겨 정원에 가져다 놓았다. 그러곤 하녀를 불러 욕조를 치우도록 명하고 산책후 쉴 테니 부르기 전에는 절대 들어오지 말라 단단히 일러둔 뒤 정원으로 나왔다.

얼마 지나지 않아 하녀들이 욕조의 물을 비우기 시작하고 정원 어디에선가 대량의 물이 흐르는 소리가 희미하게 들려왔다. 생쥐는 땅에 귀를 대고 정확한 장소를 찾았다.

연신 물이 흘러내려왔기에 쉽게 하수도를 찾아낼 수 있었다. 그녀는 화병을 살짝 깨트려 커다란 조각을 시트로 감싸 쥐고는 땅을 파내기 시작했다.

흙투성이가 되어가며 한참을 파내자 드디어 단단하게 막힌 구조물이 나타났다. 모인 오물이 흘러내려가는 통합 하수도는 관이 아니라 석재로 감싼 굴로 이루어져 있었다. 건물 밖까지 관으로 설치하기에는 금속은 비싸고 부식하기 쉬웠기에 굴을 파고 돌로 벽과 천장을 만들어 지탱하는 식이었다.

당연하게도 사람이 직접 판 굴이기에 몸집이 작다면 충분히 기어 들어갈 수 있었다.

이 하수도 시설에 대한 것은 헤러시로부터 들었다. 정확히는 생쥐가 도둑질에 재능이 있다고 농담처럼 말하면서 하수도를 통해 침입한 도둑 이야기가 나온 것이었다. 하수도 시설이 무방비한 편이긴 하지만 밖에서 침입해 들어오기에는 정확한 위치를 뚫고 올라오기가 불가능에 가까워 보수하지 않고 기존 시설대로 내버려두는 것이라고. 다만 안에서 밖으로 나가는 통로로 쓰이는 것에 대해서는 이야기하지 않았다.

하수도 공사는 몸집이 작은 천민이 맡는 것이 보통이기에 잘 먹고 자란 성인 귀족이라면 여자라 해도 쉽게 들어갈 수 없는 크기였기 때문이다. 생쥐를 감시하는 사람들이 자유롭게 정원을 드나들 수 있게 해준 것도 하수도를 도주로로 이용할 수 있다는 생각 자체를 하지 못한 덕이었다.

생쥐는 화병 조각을 내려놓고 드러난 벽돌을 발로 힘껏 내리밟았다. 몸무게를 실어 몇 번 두드려 밟자 이내 하수도 천장의 일부가 무너져 내렸다. 동시에 역한 냄새가 왈칵 새어 나왔다.

"윽……."

목욕물만이 아닌 다른 온갖 오물이 흘러나가는 관이다. 그 오물에는 대소변도 포함되어 있기에 관에서 새어 나오는 냄새는 지독했다. 무너진 틈사이로 썩은 찌꺼기 같은 게 걸려 있는 것도 보였다. 곱게 자란 귀족 여성이라면 목숨이 경각을 다투는 급박한 상황이라 해도 쉽게 뛰어들 수 없을 그런 더러운 곳이었다.

하지만 생쥐는 망설이지 않았다. 그간 풍족한 생활에 익숙해졌다곤 하나 과거를 완전히 잊은 것은 아니다. 썩어가는 음식물 쓰레기를 뒤진 적도 있고 마구간을 청소하다가 말똥 더미에 넘어져 뒹군 적도 있다. 그러니 이 정도야 아무것도 아니다.

자신은 라린 살타토르이기 전에, 생쥐였으니까.

그녀는 드레스 안쪽에 입는 원피스 하나만을 걸치고 옷을 전부 벗었다.

이어 나비 머리핀을 포함한 장신구들을 벗은 옷으로 감싸고 그 옷 뭉치를 다시 시트로 감싸 등에 대고 묶었다.

'……괜찮겠지?'

걱정되는 것은 더러움보다는 익사의 위험이었다. 하지만 흘러내려오는 욕조 물이 채 반도 차지 않는 것을 보아 갑자기 폭우라도 쏟아지지 않는 한은 괜찮을 듯싶었다. 생쥐는 깊게 숨을 들이켠 뒤 하수도 틈새로 기어 들어갔다.

이내 빛이 사라지고 한 치 앞도 보이지 않는 어둠이 길게 이어졌다. 코를 찌르는 악취에 질척하게 휘감기는 잔여물들. 등에 멘 옷 뭉치가 꽉 끼일 만큼 좁은 공간에 방향도 알 수 없었지만 생쥐는 무작정 앞을 향해 나아갔다. 간간히 나오는 갈림길에선 물이 흘러나가는 방향을 더듬어 찾으면서 기어가고 기어가고 또 기어가고. 끝없는 늪지대를 헤매듯 한참을 버둥거리기를 한참, 드디어 앞이 희미하게나마 밝아졌다. 동시에 하수도의 크기 또한 조금씩 커지다가, 천장이 일어설 수 있을 만큼 확 높아졌다. 생쥐는 좁은 통로에서 넓은 지하도로 빠져나와 몸을 일으켰다.

'여기가 어디쯤일까.'

정확한 장소는 알 수 없었지만 아마도 수도 외곽이나 빈민가일 것이었다. 악취가 올라오고 쥐와 벌레가 드글대는 하수도는 보통 그런 곳에 위치하고 있으니까. 넓어진 하수도는 물이 흐르는 곳과 마른 길로 나뉘어 있었다.

겨울이었다면 추위를 피하기 위해 들어온 집 없는 부랑자들로 가득했을 것이었다. 헐벗은 소녀에게는 무척이나 위험한 환경이었겠지만 다행히 지금은 아무도 없었다. 날도 따뜻하거니와 황제의 결혼식을 기념한 무료급식이 열흘간 이어지고 있었기 때문이다.

밖으로 나가기 전 생쥐는 더러워진 속옷을 벗고 시트로 몸을 최대한 닦아낸 뒤 드레스를 입었다. 옷차림은 그럭저럭 깔끔해졌지만 머리카락과 몸에 밴 악취는 어쩔 수 없었다. 머리핀을 포함한 장신구는 드레스 안쪽에 숨긴 뒤 조심스럽게 하수도를 빠져나갔다.

예상했던 대로 하수도 밖은 허름한 뒷골목이었다. 무료급식 덕에 한산하기는 했지만 그래도 사람이 아예 없는 것은 아니었기에 생쥐는 발걸음을 빨리해 뒷골목을 벗어났다. 그렇게 무사히 거리로 빠져나왔지만 아직 안심할 수는 없었다.

'지금쯤이면 들켰을지도 몰라.'

하수도로 내려오고 상당히 긴 시간이 지났다. 훤하던 하늘이 어느새 붉게 변해 있었으니 저녁식사 때문에라도 자신이 도망친 것이 발각되었을 확률이 높았다.

'들켰다면 사람을 풀어서 나를 찾으려 하겠지.'

납치한 것이니 공개적으로 찾아다니지는 못할 것이다. 하지만 자신이 향할 곳은 몇 군데 되지 않으니 그 주위를 감시하고 있을

게 분명했다. 황궁 주위는 물론이고, 살타토르 백작가의 수도 저택 주위까지도.

'일단 옷을 갈아입고 그리고…….'

우선은 돈이 필요했다. 가능한 한 많이. 생쥐는 주위를 두리번 거리며 상점을 찾았다. 번화가는 아니었지만 장신구를 다루는 그럭저럭 큰 가게가 하나 눈에 띄었다. 그녀는 곧장 가게 안으로 들어갔다. 가게 안에 진열된 장신구들은 대부분 저렴한 종류였 지만 그럭저럭 비싼 보석이 박힌 것도 몇 있었다. 생쥐는 최대한 당당하게 보이려 애쓰며 가게 주인으로 보이는 남자 앞에 섰다.

"매입도 하느냐?"

"합니다만……."

가게 주인이 조금 떨떠름하게 대답했다. 드레스는 고급스러워 보였지만 지저분한 머리칼에 몸에서 풍기는 악취가 옷을 훔쳐 입은 부랑자처럼 느껴졌기 때문이다. 생쥐는 눈꼬리를 치켜세우 며 나비 머리핀을 제외한 장신구들을 꺼내 들었다.

"이것들을 팔고 싶다."

언뜻 봐도 값비싼 보석들이었지만 가게 주인은 선뜻 받아 들 지 못했다. 그는 의심 어린 눈길로 생쥐를 힐끔거렸다.

"출처가 불분명한 장물은 취급하지 않습니다."

"전부 틀림없는 내 소유물이다."

"어느 가문 영애이신지 확인하게 해주신다면 얼마든지 구매해

드리겠습니다."

그의 말에 생쥐의 미간이 찌푸려졌다. 단순히 가문을 밝히는 것이 아닌 확인까지 요구하고 있다. 자신의 정체를 밝히는 것은 곤란했지만 그렇다고 그냥 떠나기에는 도둑으로 의심하고 붙잡으려 들지도 몰랐다. 지금만 해도 대답이 늦어지자 찔러오는 시선이 험악해지고 있었다. 생쥐는 고민 끝에 어금니를 꽉 깨물며 아리에스로부터 받은 나비 머리핀을 꺼내 들었다.

"이 머리핀은 내 가문의 보물이다."

다른 장신구들도 예사 것은 아니었지만 살타토르 백작가의 보물에 비할 바는 못 되었다. 조악하나마 보석장신구도 다루는 가게 주인이 셀라스 마리포사를 보고 두 눈을 크게 떴다.

"그, 확실히 대단해 보이기는 합니다만……."

"집안의 여주인에게 대대로 물려 내려오는 가보로, 만일 도둑맞았다면 이미 거리가 떠들썩해졌을 것이다. 모든 성문의 출입을 통제하고 수백 수천의 사람들이 범인을 잡기 위해 온 수도를 헤집고 다녔겠지."

살타토르 백작가의 가보가 아닌, 황후의 보물이자 수호룡의 후궁이 아끼는 머리핀을 도둑맞았다면 수도를 뒤집어놓을 법했다. 생쥐의 말에 가게 주인이 마른침을 꼴깍 삼켰다. 그 말이 사실이라면 눈앞의 소녀는 대단한 권력가의 영애일 것이 틀림없었기 때문이다.

"하니 이 머리핀은 팔 수 없다. 다만 다른 장신구의 보증으로 서 잠시 맡기겠다."

맡기는 것이라고 해도 아리에스가 준 소중한 머리핀을 낯모르 는 타인의 손에 넘기는 것은 불안하고도 싫었다. 그러나 지금은 솔레다토르에게 자신의 무사함을 알리는 것이 급선무였다. 그를 위해서라고 생각하니, 가슴을 가득 메웠던 거부감이 조그맣게 줄어든다. 생쥐는 가게 주인의 눈을 똑바로 쳐다보며 위협적으 로 말을 이었다.

"다시 한 번 분명히 말해두마. 사정상 잠시만 맡기는 것일 뿐 이다. 며칠 내로 돌려받을 터이니 허튼 생각은 절대 하지 마라. 대신 흠 없이 잘 보관해둔다면 충분한 보상을 해주겠다."

겉모습은 조금도 위협적이지 않았지만 말투와 어조는 그럴 듯 했다.

일부는 아리에스를, 일부는 솔레다토르를 닮은 태도는 그녀가 불과 일 년 전만 하더라도 빈민가 고아였다는 사실을 믿을 수 없을 만큼 귀족적이었다. 덕분에 가게 주인은 더 이상 의심하지 않고 순순히 머리핀을 제외한 장신구를 받아 들었다.

"귀한 보물을 보여주신 것만으로도 충분합니다. 다만 제가 지 금 당장 대금을 전부 지급할 능력이 되지 않습니다. 가게의 현금 을 다 끌어모아도 이 귀걸이 한 쌍 사기 힘들 듯하군요. 기다려 주시면 은행에 가서……."

"아니, 적어도 상관없다. 믿음에 따른 대가라고 해두지. 귀걸이와 팔찌를 가져가고 줄 수 있는 돈을 모두 내어다오."

생쥐의 말에 가게 주인이 얼른 금고를 꺼내왔다. 그는 금고 속의 금화와 은화를 모두 긁어모아 주머니 두 개에 나누어 담은 뒤 가게에서 파는 붉은색 수가 놓인 핸드백에 넣었다.

"여기 있습니다, 아가씨."

"고맙다."

생쥐는 핸드백을 받아 들며 말을 이었다.

"나에 대해서는 누구에게도 말하지 마라. 며칠 정도만 비밀로 해두면 된다."

"명심하겠습니다."

장신구 가게를 나온 생쥐는 이번에는 편지와 펜을 샀다. 자신이 직접 황궁이나 살타토르 백작가로 가는 것은 위험하다. 하지만 사람을 고용해 편지를 전달하는 건 괜찮을 것이다. 그녀는 모두 열 장의 편지를 쓰고 머리카락 몇 개를 뽑아 편지와 함께 봉투에 넣었다.

편지는 일반적인 글이 아닌 암호문으로 썼다. 헤러시가 가르쳐준 제누르 백작가에서 쓰는 암호문이었다. 세 있는 귀족가라면 전용 암호를 가지고 있는 경우가 많았다.

다섯 장의 편지는 각각 다른 사람에게 맡겨 제누르 백작가로 보내고, 나머지 다섯 장의 편지에는 제누르 백작가로 전달해달라는 내용을 첨부한 뒤 역시나 다섯 명의 사람들에게 맡겨 살타토르 백작가로 보냈다.

자신을 찾아오라는 내용은 쓰지 않았다. 그 대신 모나르카궁에 소식을 알려주기를 부탁하였다. 솔레다토르에게 자신의 탈출 사실이 전해진다면 가장 좋을 것이고, 그게 아니더라도 케이어스나 노체에게 도움을 청한다면 굳이 위험하게 자신의 위치를 쓰지 않아도 찾아내줄 것이었다. 케이어스만 하여도 충분히 그럴 능력이 되었고 아니면 솔레다드 산맥의 마수들을 불러들이면 된다.

'머리카락에 외부 사람은 모르는 이야기도 적었으니 내가 보낸 것이라는 걸 알아봐주겠지.'

편지 열 장에 열 명의 사람을 통해 보냈으니 한 장 정도는 무사히 도착할 것이다. 만약 내일 낮까지 별다른 소식이 없다면 무언가 다른 방법을 찾아야 하겠지만.

생쥐는 길게 한숨을 내쉬곤 길을 따라 걸어갔다. 급한 불을 끄고 나니 더러워진 머리카락과 몸에서 나는 냄새가 신경 쓰였다. 혹여 솔레다토르가 직접 찾아온다면 지금의 이 모습으로 맞이하고 싶진 않았다. 그게 아니더라도 뒤쫓아올 사람들이 알고 있는 지금의 복장은 바꿔야만 했다.

'일단 씻고 옷을 갈아입고…… 저녁도 먹어야겠어.'

종일 굶었다는 것을 인식하기가 무섭게 허기가 밀려왔다.

생쥐는 숙박업소를 찾아 들어갔다. 솔레다토르와 함께 갔던 곳보다는 훨씬 작지만 깔끔하게 잘 꾸며놓은 건물이었다.

"어서 오세요."

젊은 여자 직원이 생쥐를 반갑게 맞이하다가 악취를 느끼곤 움찔 인상을 찌푸렸다. 하지만 생쥐의 드레스를 보곤 다시 미소를 머금었다.

"비료를 쌓은 수레 옆을 지나가다가…… 이 이상은 말하고 싶지 않네요."

생쥐가 과장된 한숨을 쉬어 보였다.

"다행히 드레스는 새것이 있었는데 속옷은…… 음, 그리고 씻지도 못했고요. 바로 씻을 수 있게 준비해주세요. 가장 좋은 욕실이 있는 방으로, 갈아입을 옷도 부탁합니다. 룸서비스 되나요?"

"네, 물론이죠. 정말 곤란하셨겠어요. 바로 욕실을 준비해드리겠습니다. 상태에 따라 세탁비와 청소비가 기본료에 추가될 수 있습니다."

이내 따뜻한 물이 가득한 욕조가 준비되고 생쥐는 몸에 남은 오물을 씻어냈다. 악취가 쉽게 지워지지 않아 물을 여러 번 갈고 향료까지 써야 했지만 하수도에 들어가기 전처럼 깨끗해질 수 있었다.

목욕을 끝내고 저녁까지 먹고 나자 노곤해 졸음이 밀려들었지만 생쥐는 침대에 드러눕지 않고 몸을 일으켰다.

그사이 소식이 당도하여 누군가 자신을 찾으러 나왔을 수도 있다. 어쩌면 솔레다토르가 직접 오고 있을지도 모른다고 생각하자 맘 편히 잠들 수가 없었다.

그를 마중 나가고 싶다. 한시라도 빨리 다시 만나고 싶다. 떨어진 지 채 하루도 되지 않았지만, 이곳에 있는 편이 더 안전할지도 모르지만, 참고 기다릴 수가 없었다. 결국 생쥐는 머리카락을 틀어 올리고 눈이 가려질 정도로 창이 너른 보닛을 쓰고서 밖으로 나갔다.

생쥐가 보낸 편지는 제누르 백작가에 무사히 도착했다. 제누르 백작은 편지를 곧장 아들인 헤러시에게 전달했다. 헤러시는 편지의 내용과 동봉된 머리카락을 노체 부인에게 확인받은 뒤 황제 부부를 모나르카궁 내궁으로 불러들였다.

"직접 오시게 하여 죄송합니다."

"여기가 가장 안전한 곳이니까. 마음에도 없는 소리 하지 말고 편지는?"

아리에스가 초조함을 숨기지 못하며 재촉했다.

헤러시가 편지를 내밀자마자 낚아채어 들여다본 그녀가 눈살을 찌푸렸다.

"……암호문? 제누르 백작가의 것 같은데."

"제가 가르쳤습니다."

"……내가 가르칠 시간은 없긴 했지만, 그 앤 살타토르가 사람이라고."

우리 집 암호도 있건만. 아리에스는 투덜거리며 편지를 다시 헤러시에게 건네주었다.

"내용은 별것 없습니다. 탈출해 수도 내에 있으며 찾아와달라는 것 외에는 신분을 증명하기 위한 이야기일 뿐이에요."

"무사하다는 거지?"

"장소는 어디인가."

이카르의 물음에 헤러시가 짧게 고개 저었다.

"장소는 적혀 있지 않습니다. 암호문이라고 해도 풀 수 없는 건 아니니 일부러 감춘 듯합니다."

"그렇긴 한데, 장소를 몰라서야 우리도 생쥐를 찾을 수가 없잖아?"

사람을 풀어 찾는 것은 위험했다. 드넓은 수도를 뒤지려면 많은 인원이 필요할 텐데, 그렇게 되면 카얄룬 공작가의 사람이 끼어들 확률이 높았다. 그때 한쪽에 서서 이야기를 듣고만 있던 케이어스가 끼어들었다.

"그건 솔레다토르께 맡기면 된다. 마경의 주인의 감지 범위는 넓으니 단시간 내에 찾아낼 수 있어."

그의 말에 아리에스가 의아한 표정을 지었다.

"그 솔레다토르부터가 행방불명인데요?"

"저희는 찾을 수 있답니다."

노체가 커다란 새장을 들고 들어오며 대답했다. 새장 속에는 불만이 가득한 얼굴의 요정들이 갇혀 있었다.

"작은 아가씨께서 위험해질까 걱정되어 움직이지 않은 것뿐이지요. 해가 질 때까지 기다려야 했던 것도 있지만요."

"그럼 이제는 찾을 수 있겠네요? 어두워졌으니."

"물론이에요. 정확히는 해가 지기 전에는 눈에 띄어서 찾으러 갈 수 없었던 것이랍니다. 마경의 주민으로서 주인인 솔레다토르의 위치를 느낄 수는 있지만 정확히 알기 위해서는 근처까지 가야만 하거든요. 그것도 원래의 모습으로요. 인간으로 변했을 때는 여러모로 능력이 떨어지거든요."

지금 모나르카궁 밖으로 나갈 수 있는 마경의 주민은 케이어스뿐이다. 그러나 그의 원래 모습인 드레이크는 너무 눈에 띄었다.

"이제는 작은 아가씨께서 안전하니 밤을 틈타 몰래 접근할 필요도 없게 되었지만요."

"아뇨, 그래도 가능한 한 조용히 접근해주십시오."

이카르가 노체와 케이어스를 번갈아 바라보며 말했다.

"향후를 위해서라도 이번 일은 가짜 납치극으로 끝나는 편이 좋습니다. 수호룡과 그 후궁을 제대로 보호하지 못했다는 사실이 알려지면 귀족들이 기회를 틈타 간섭하려 들 테고 모나르카 궁의 접근 제한도 유지하기 어려워질 테니까요."

황제의 무능을 핑계로 들어 수호룡의 보호에 협조하겠다며 목소리를 높여댈 것이 분명했다.

"그렇다면 이 둘을 케이어스와 함께 보내면 될 거예요."

노체가 새장 문을 열자 사지예와 라지예가 투덜거리며 밖으로 나왔다.

"이제야 풀어주다니!"

"처음부터 우리가 생쥐를 찾으러 가면 되는 건데!"

"맞아, 우린 작아서 눈에 잘 띄지도 않잖아!"

"그러다 붙잡히면 포로만 더 늘어나는걸요. 자아, 화 풀고 솔레다토르께 지금의 상황을 전해주세요."

이미 해는 졌다. 케이어스와 두 요정이 밖으로 나가려고 하는데 아리에스가 막아 세웠다.

"잠깐만요. 조금 성급한 게 아닐까요? 그러니까, 생쥐가 정말로 탈출한 게 맞는지 백 퍼센트 확신할 수가 없으니까요."

편지의 내용과 머리카락으로 확인은 했다지만 그래도 걱정이 들었다. 무엇보다도.

"대체 어떻게 탈출할 수 있었던 건지, 솔직히 불가능에 가까운 일이잖아요."

그런 의심이 들었기 때문이다. 힘없는 소녀가 쉽게 빠져나올 수 있을 정도로 감시가 허술했을 리는 없었을 텐데. 이카르 또한 비슷한 생각을 하는 표정이었다. 섣불리 움직였다가 자칫 생쥐를 위험에 빠뜨리게 되는 건 아닐까. 그 둘의 걱정에 노체가 연회색 머리카락을 들어 보였다.

"아마 하수구를 통해서 나왔을 거예요. 하수구 냄새가 나거든요."

"하수구요?"

아리에스의 물음에 헤러시가 아, 하고 눈을 크게 떴다.

"그렇군요. 후궁마마라면 아직 빠져나올 수 있으실 테니까."

"대체 무슨 소리야? 알아듣게 설명을 해줘."

"예전에 하수구를 통해 침입을 시도한 도둑이 있었습니다. 후궁마마와 그에 대한 이야기를 한 적이 있죠."

아리에스가 여전히 이해가 가질 않는다는 표정으로 고개를 갸웃 기울였다.

"하수구가 사람이 드나들 정도로 커?"

"어른은 못 들어가죠. 정확히는 굶주리지 않고 잘 먹고 자란 성인은 여자라고 해도 들어가기 힘듭니다. 하지만 나비 후궁마마는 아직 작으니까 가능했을 겁니다. 하수구를 어떻게 찾아내고 감시를 물렸는지까지는…… 짐작이 잘 가지 않지만요.”

“하수구를 찾는 거야 물소리를 들으면 되잖아. 나라면…… 그
래, 목욕 준비를 시키겠어. 욕조를 한 열 개쯤 가지고 오라고 명
령하는 거지.”

“욕조 열 개분의 물이라니, 못 찾는 게 더 이상하겠네요. 보통
은 그리 깊이 묻힌 것도 아니니까요.”

“아무튼 하수구로 나왔다 이거지? 우리 생쥐, 똑똑하기도 해라.”

한시름 덜어낸 아리에스가 손뼉을 치며 미소 지었다. 이어 멈
춰 섰던 케이어스가 다시 요정들과 함께 밖으로 나갔다.

로제시아 황녀가 솔레다토르를 안내해 간 곳은 수도 외곽부의
작은 저택이었다. 무장한 사병들이 지키고 서긴 했지만 감시는
그다지 철저하지 못했다. 애초에 물리적으로 잡아놓을 수 있는
상대도 아니니 겹겹이 둘러싸든 그렇지 않든 별 차이는 없을 터
였다.

“여기서 기다려주세요.”

응접실로 들어서며 황녀가 말했다.

솔레다토르는 노기를 감추지 않으며 눈살을 찌푸렸다.

"기다리라고?"

"예."

"내 후궁을 인질로 붙잡아 협박하여 여기까지 오게 만들어놓고 하는 소리가 고작 기다리라는 것인가."

"고작 그 소리밖에 할 수 없지만, 솔레다토르께서도 기다리시는 수밖에 없으시겠지요."

황녀는 그렇게 말하며 눈앞의 남자를 향해 정중하게 고개 숙여 인사했다. 이제 자신의 역할은 끝났다. 전 카얄룬 공작으로부터 이런저런 대가를 약속받기는 하였으나 그다지 기대치는 않았다. 정확히는, 아무래도 상관없었다. 다만 바람이 하나 있다면.

"애송이 황제의 얼굴이 보고 싶네요. 지금쯤 어떤 표정을 짓고 있을지."

"그 앤 네 이복……."

"원수죠. 어머니를 살해한."

그리고 자신의 자리를 빼앗아 차지한. 그 이상도 이하도 아니다. 로제시아는 냉정히 말하곤 돌아섰다. 그녀가 나가고 문이 닫혔다. 실내에는 간단한 다과와 그보다 좀 더 배를 채울 수 있는 음식은 물론 커피를 내릴 수 있는 도구도 마련되어 있었지만 솔레다토르는 거들떠보지도 않았다. 아니, 눈에 들어오지 않았다는 편이 맞을 것이다.

'……너무 방심했어.'

얽히고설킨 것들이 일단락되었다고 생각했다. 황태후는 죽었고 이카르는 황제가 되었다. 그 밖의 일들은 시간이 흐르면 해결되리라 생각했다. 자신이 버티고 있는 한 황권이 흔들릴 일은 없을 것이고 묶여 있는 계약 또한 기다리기만 하면 풀려날 수 있었다.

그렇게 겨우내 평화로웠다. 황궁에 갇힌 신세는 여전했건만 하루하루가 느긋하고도 평온했던 것은, 아마도 맹목적인 애정을 던져오는 소녀 덕분이었을 터다. 환하다 못해 반짝거리는 빛을 품은 연녹색 두 눈을 마주 보고 있자면 제아무리 거칠어진 기분이라 해도 부드럽게 녹아내리곤 했다. 행복하게 재잘대는 목소리에 무심코 미소를 지을 수밖에 없었다.

그런 온화한 일상에 취해서 마음을 놓아버리고 말았다. 자신에게 위협이 될 만한 일은 없을 것이라는 자만 또한 있었다. 단둘뿐인 황족 중 하나는 갇혀 있었고 다른 하나는 위해를 끼쳐올리 없는 아이다. 카얄룬 공작의 힘은 여전했지만 황제가 아닌 수호룡에게는 통하지 않을 것이라 생각했다. 기껏해야 이카르를 괴롭히는 이상은 할 수 없을 줄 알았는데.

'황녀를 이런 식으로 이용할 줄이야.'

그리고 솜씨 좋게 생쥐까지 납치했다. 물론 그녀가 전 카얄룬 공작에게 붙잡혀 있다는 증거는 없었지만.

'······아직 소식이 없으니.'

긴 한숨이 흘러나왔다. 만약 생쥐가 무사하다면 지금쯤 케이어스가 자신을 찾아왔을 것이다. 마경의 주인을 찾아낼 수 있는 드레이크가 움직이지 못하고 발이 묶였다는 것은 생쥐의 행방이 묘연하기 때문일 가능성이 높았다.

솔레다토르는 초조함을 감추지 못한 채 창가로 향했다. 날은 아직 밝았다. 혹시나 싶어 하늘을 올려다보았지만 태양을 가리는 검은 그림자는 보이지 않았다.

'생쥐를 해칠 리는 없겠지만.'

전 공작이 자신에게 원하는 것이 있다면 십중팔구 생쥐의 목숨을 걸고 계약을 하려 들 것이다. 만약 계약의 대가를 내놓지 못한다면 계약은 무효가 될 것이니 생쥐의 상태를 속이는 것도 불가능하다. 하니 그녀는 무사하다. 무사하겠지만.

'엉뚱한 짓을 하는 건 아니겠지.'

생쥐가 얌전히 잡혀 있을지 걱정이 들었다. 그다지 겁먹거나 하진 않았을 것이다. 작고 여린 겉모습으론 상상키 힘들 정도로 험한 환경에서 살아온 소녀니까. 아마 꽤나 침착하게 행동하겠지만, 그렇다고 가만히 앉아만 있진 않을 터였다. 생쥐가 가장 걱정하고 두려워하는 것은.

'······내게 폐를 끼치는 것이니.'

솔레다토르는 한 손으로 마른세수를 했다.

그 조그만 소녀의 머릿속이 눈앞에 훤히 보였다. 어떻게든 탈출해야 한다고, 솔레다토르를 곤란하게 만들어선 안 된다고 안절부절못하고 있겠지. 자신을 위해 목숨도 기꺼이 내놓으려고 했던 그녀다. 갇힌 곳을 빠져나오기 위해 위험한 짓도 얼마든지 저질러버리고 말 것이다. 제 안전 따위 조금도 생각지 않겠지.

"젠장!"

속이 타다 못해 욕설이 입 밖으로 튀어나왔다. 탈출 시도 정도라면 그래도 괜찮다. 무리하다 다칠 수는 있겠지만 목숨이 위험해지지는 않을 테니. 그러나 만약에, 만에 하나 탈출에 실패한 생쥐가 극단적인 선택이라도 해버린다면. 인질이 되지 않기 위해 스스로의 목숨을 버린다는 멍청한 짓이라도 해버린다면.

으드득 이가 갈렸다. 평범한 인간이었다면 부러져버릴 정도로 강하게. 더는 얌전히 기다리고만 있을 수가 없어 솔레다토르는 문을 박차고 나갔다. 문 양옆으로 무장한 남자들이 서 있는 것이 보였다. 솔레다토르는 그들 중 한 명의 멱살을 틀어쥐었다. 몸이 반쯤 들린 남자가 괴롭게 캑캑거렸다.

"드베르 카얄룬은 어디 있나!"

"기다리, 컥!"

솔레다토르는 붙잡고 있던 남자를 벽에 내던졌다. 요란한 소리와 함께 기절한 몸뚱이가 바닥을 나뒹군다. 대답할 입이야 많다. 그는 엉거주춤 서 있던 다른 한 명의 목을 움켜쥐었다.

"망할 늙은이를 당장 불러라."

"소, 송구하오나 저희는……."

이놈도 쓸모없다. 솔레다토르는 들고 있던 남자를 가볍게 내던지곤 다시 걸음을 옮겼다. 저택 내에 한 명 정도는 선대 공작과 곧장 연락할 수 있는 사람이 있을 것이다. 그사이 소란을 듣고 사람들이 몰려왔다.

"이러시면 곤란합니다! 인질이……."

"여길 떠날 생각은 없다."

솔레다토르의 손이 그를 막아선 중년 남자의 머리통을 붙잡았다.

"그 늙은이라면 네놈들 몇이 죽어 나가든 눈 하나 깜빡 안 하겠지. 내가 여기 머무르기만 한다면 무슨 짓을 하든 인질에 손대지는 않을 거다."

"그, 그건……."

"네 머리통이 무사하길 바란다면 당장 연락해라."

"여기서 먼저 연락하는 건 불가능합니다!"

필사적인 외침에 솔레다토르의 눈가가 찌푸려졌다.

"불가능하다고?"

"예, 예! 선대 공작의 위치를 모릅니다. 작위 계승 후 카얄룬 공작가를 떠난 상태라 거처를 아는 사람은 극소수입니다!"

"내 후궁이 잡혀 있는 곳도 모르나."

"그, 후궁마마께서 계신 장소도 이곳도 선대 공작과 그 측근만이 알 뿐 서로 연락이 되진 않습니다. 만약의 경우 통째로 버릴 수 있도록 짜여 있어서……."

"……철저하군."

그는 잡고 있던 머리통을 옆으로 밀어내듯 치웠다. 역시 만만한 노인이 아니다. 만약 자신이 인질을 개의치 않고 움직인다면 없었던 일로 치고 잘라낼 수 있도록 준비를 갖춘 것이다.

'빨라야 해 질 무렵에나 나타나겠군.'

어쩌면 하루 이상 늑장을 부릴지도 모른다. 자신이 이곳을 벗어나지 않고 가만히 기다리는지, 즉 생쥐의 인질로서의 가치가 충분한 것인지 확인한 뒤에야 직접 얼굴을 비칠 생각인 듯했다. 솔레다토르는 타는 듯한 심정으로 몸을 돌렸다.

'제발 얌전히 있어라, 제발.'

전 공작이 원하는 것이 무엇인지는 몰라도 들어주면 그만이다. 그 늙은이가 원하는 대로 해준다면 생쥐는 무사히 돌아올 것이다. 솔레다토르는 다시 방으로 돌아가 소파에 몸을 묻었다. 폐부 깊숙한 곳부터 목구멍을 따라 혀끝까지 시꺼멓게 타들어가는 기분이 들었다. 아무 일 없었더라면 바로 이 옆에 생쥐가 앉아 있었을 것이다. 절대 떨어지지 않을 듯 몸을 딱 붙여, 예의 그 애정 어린 눈빛을 반짝거리면서. 그리고 손을 뻗으면 은빛 도는 연회색 머리카락이 부드럽게 매만져지고, 여린 풀잎색 두 눈은 쓰다듬는 손길에 만족스럽게 가늘어질 것이다. 기쁜 듯 작게 웃는 소리가 귓가에 맴도는 듯한데, 그 목소리의 주인은 곁에 없다.

목이 따갑다. 숨이 막히는 듯도 했다.

솔레다토르는 불길한 상상을 하지 않으려고 애를 썼다. 그럼에도 심장을 죄는 단편적인 장면들이 자꾸만 머릿속에 떠올랐다. 신 따위 믿지 않았지만 지금만큼은 기도라도 하고 싶어졌다. 초조함이 쌓이고 쌓여서, 만약 드베르 카얄룬이 눈앞에 서 있었더라면 당장에 무엇이든 들어주겠노라 소리쳤을지도 몰랐다.

그 정도로 절박하고 간절한 심정은.

'……두려운 건가.'

그는 손을 들어 자신의 얼굴을 감추듯 덮었다. 마경의 주인과는 어울리지 않는 감정이다. 하지만 지금의 이 오싹한 떨림은 틀림없는 공포였다.

지난겨울 내내 이런 식으로 그녀를 놓치게 될 수도 있으리라곤 상상조차 하지 못했다. 생쥐가 자신을 떠나려고 할지도 모른다는 걱정 또한 희미해져, 평온한 일상이 영원히 이어질 것이라 무심코 믿고 있었다.

그런데 지금, 그 모든 것이 파도 앞에 놓인 모래성과도 같아졌다. 심지어 밀려드는 파도를 바라보면서도 손발이 묶여 아무것도 할 수가 없다. 그 사실이 전신이 떨릴 정도의 공포로 다가왔다.

생쥐를 잃을까 봐 두렵다. 그녀를 두 번 다시 만날 수 없을까 봐 무섭다.

황태후의 반란에 발이 묶였을 때에도 무력감에 괴로워하였지만 지금처럼 겁이 나지는 않았다. 그때의 생쥐도 사랑스러웠다. 지켜주지 못한 것이 안타까웠고 상처 입게 한 것이 미안했다. 그러나 지금과 같은 두려움까지는 없었다. 금방이라도 무너져 내릴 듯 약해지지는 않았다.

하지만 이제는, 이제는……

"네가 없으면 안 된다."

솔레다토르는 목소리를, 아니 심장을 쥐어짜내듯 말했다. 듣는 이는 아무도 없었지만 애원하듯 간절하게 말하였다.

대체 어느새 이렇게까지 생쥐의 존재감이 커져버린 것일까. 흔히들 잃고 나서야 소중함을 깨닫는다 말들 하지만 자신 또한 그리될 줄은 몰랐다. 바로 어젯밤에 그녀를 그렇게 많이 좋아하지는 않는다고 말했던 사실이 어이없었다. 이렇게 어쩔 줄 몰라 하고 가슴 쥐어뜯게 될 주제에 온 마음을 다해 그녀를 좋아하는 것은 힘들다 말했었다.

멍청한 소리였다. 기가 막히다 못해 허탈한 웃음이 새어 나올 정도로 스스로가 한심했다.

고소 다음에는 신음성이 새어 나왔다. 비명이라도 지르고 싶은 것을 겨우 억누른 그런 소리였다.

그러나 제아무리 애끓어 해도 지금 그가 할 수 있는 일은 없었다. 그저 부디 그녀가 무사하기를, 자신을 기다려주기를 기도할 뿐이었다.

지독히도 느린 시간이 서서히 흘러가고 창밖이 조금씩 어두워졌다. 불도 켜지 않은 방 안은 무서울 정도로 고요했다. 솔레다토르는 숨소리조차 거의 내지 않은 채 석상처럼 굳어 있었다. 후회와 걱정이 짙어지다 못해 절망의 색마저 띠기 시작했을 즈음, 반쯤 숙여졌던 그의 고개가 번쩍 들렸다.

'케이어스?'

드레이크와 두 요정이 접근해오는 기척이 느껴진 것이었다. 솔레다토르는 뛰는 가슴으로 몸을 일으켰다. 셋이 이곳으로 오고 있다면, 생쥐의 안전을 확보했을 가능성이 높았다. 낙관하기에는 일렀지만 그의 표정에는 감출 수 없는 화색이 떠올라 있었다. 잠시 뒤 드레이크의 기운이 저택의 상공에서 멈추었다. 이어 상대적으로 작은 존재감이 솔레다토르가 있는 방의 창문 쪽으로 다가오기 시작했다.

"솔레다토르!"

"쉿, 조용히 해!"

솔레다토르는 조용히 하라는 라지예의 말에 눈살을 찌푸렸다. 비밀리에 움직이고 있다는 뜻은 생쥐를 아직 구하지 못했다는 것과 같았기 때문이다. 잠시 들떴던 심장이 다시금 싸늘하게 얼어붙는 듯했다.

"생쥐는."

"빠져나왔대요."

"혼자서요."

"혼자서?"

두 요정이 동시에 고개를 끄덕였다.

"수도 거리 어딘가에 있을 거예요."

"연락이 왔거든요."

"어디인지는 가르쳐주지 않아서 솔레다토르가 찾는 게 가장 빠를……."

사지예의 말이 채 끝나기도 전에 반쯤 열렸던 창문이 확 밀쳐졌다. 자세한 이야기를 듣는 시간조차 아깝다는 듯 솔레다토르는 곧장 창을 뛰어넘었다. 밤의 어둠 사이로 쫓아갈 수 없을 만큼 빠르게 사라져가는 그의 모습에 두 요정은 서로를 쳐다보며 어깨를 으쓱했다.

전 카얄룬 공작, 드베르는 솔레다토르가 저택에서 사라졌다는 보고를 듣고 짧게 한숨을 내쉬었다.

"풀어놓은 사람들을 불러들여라."

도망친 생쥐를 찾기 위해 추적자들을 여럿 보내어 놓았으나 솔레다토르가 움직인 이상 쓸모가 없어졌다. 제법 잘 숨어버린 생쥐를 수호룡보다 먼저 찾기란 불가능에 가까웠기 때문이다. 게다가 어차피 생쥐를 이대로 놓친다 하더라도 계획의 진행에는 차질이 없었다.

"마신 것은 확실하겠지."

노인의 물음에 그의 앞에 공손히 선 남자가 고개를 숙이며 대답했다.

"예. 납치하자마자 먹였습니다."

"그렇다면 되었다. 경거망동하지 말라고들 일러라."

이제는 기다리기만 하면 될 일이다. 그는 서두르지 않고 차분하게 어두운 창 너머를 바라보았다.

얌전히 앉아 기다릴 수 없어 밖으로 나왔지만 목적지는 없었다. 생쥐는 무작정 길을 따라 걸어가다가 우뚝 멈추어 섰다. 무언가 다른 이유가 있어서는 아니었다. 그저 조금.

　'……어지러워.'

　손끝으로 눈가를 비볐다. 피곤한 탓인 듯도 했고 감기에 걸린 것 같기도 하였다. 열이 올랐나 이마를 한번 눌러 만져보곤 다시 걸음을 옮겼다. 그러나 몇 발짝 걷지 못해 또다시 눈앞이 흔들리는 느낌이 들었다.

　'……그냥 쉬는 게 나을까.'

　내내 긴장한 데다가 하수구를 기어 나오느라 한참을 푹 젖어 있었으니 몸에 이상이 생길 만도 했다. 게다가 밤이 꽤 깊어져 혼자 돌아다니기엔 위험한 시간이었다. 생쥐는 잠깐의 고민 끝에 숙박시설을 찾아 주위를 두리번거렸다. 하지만 작은 상점 몇 외에는 보이지 않았다.

　헤매느니 왔던 길을 다시 돌아가는 편이 낫겠지. 그렇게 생각하고 돌아서는 그녀의 앞을 누군가 막아섰다.

"이런 시간에 혼자 돌아다니면 험한 꼴 당한다고, 아가씨."

생쥐의 앞을 가로막은 남자가 비웃음을 담아 말했다. 그 옆으로 두 명의 사내가 더 서 있는 것이 보였다. 결코 좋은 의도로 접근해온 자들은 아니었지만, 생쥐는 되레 안심했다. 자신을 쫓아온 추격자가 아닌 질 나쁜 부랑배일 뿐이다. 그녀는 침착하게 핸드백을 열었다.

"제가 가지고 있는 것은 이게 전부입니다."

우선은 은화가 든 주머니를 꺼내어 안에 든 것을 내보였다. 반짝거리는 은빛 동전들에 사내들의 눈이 커졌다.

"이거 부잣집 아가씨였구만."

"그런 것치곤 밤중에 혼자 돌아다니는 게 수상쩍은데, 가출이라도 했나?"

"도망 나오는 중인지도 모르지!"

사내들 중 한 명이 킬킬대며 생쥐의 손에 들린 주머니를 빼앗았다. 그것으로 만족하면 좋을 텐데. 그러나 그들은 물러날 생각이 없어 보였다.

"집이 어디지? 응? 레이디~."

"돈도 받았겠다, 우리가 안전하게 모셔다 주지."

"아니면 즐거운 밤놀이에 끼워줄 수도 있고."

"밤놀이 좋네!"

생쥐는 따라오라면서 내미는 손을 뒤로 물러서서 피했다.

금화까지 준다면 만족할까, 아니면 더 욕심을 낼까. 남은 주머니를 반쯤 꺼내어 만지작거리며 고민하는 그때, 불쑥 뻗어 나온 팔이 가느다란 허리를 낚아채듯 휘감았다. 두 번 다시 놓치지 않겠다는 듯 힘주어 꽉 끌어안는다.

"뭐야, 네놈은!"

"남편이다."

귀에 익은 무뚝뚝한 목소리에 생쥐의 얼굴이 환해졌다.

"솔!"

얼른 고개를 들어 자신을 안고 있는 남자를 확인하려 했지만 보닛의 창이 방해가 되었다. 허둥지둥 보닛을 뜯어내듯 벗는 통에 올려 묶었던 연회색 머리칼도 함께 풀려 어깨 위로 흘러내렸다. 머리 모양새가 엉망이 되어버린 것에 속상해졌지만 그것도 잠깐, 생쥐는 활짝 웃으며 솔레다토르를 올려다보았다.

"솔, 솔!"

반가움을 표해야 할까 인사를 해야 할까 찾아주어 고맙다고 해야 할까 아무 일 없었는지 안부를 물어야 할까. 하고 싶은 말이 너무 많아 되레 아무 말도 나오지 않았다. 생쥐는 두 팔을 뻗어 솔레다토르의 목에 휘감으며 너른 가슴팍에 바싹 달라붙었다. 솔레다토르는 그런 생쥐를 한쪽 팔로 지탱해 안으며 인상을 찌푸리고 있는 남자들을 바라보았다.

"내 아내에게 용건이 있나."

위압감 어린 서늘한 목소리에 남자들이 머뭇거리며 서로 눈치를 보았다. 그러다가 한 명이 앞으로 나서 말했다.

"그, 별건 아니고. 우리에게 약간의 피해를 입혀서 보상을 받고 싶은데."

그냥 물러나기에는 남은 주머니 하나가 아쉬웠다. 욕심으로 눈을 번들거리는 사내의 태도에 솔레다토르가 핸드백 속의 주머니를 열어 금화 한 개를 꺼내 들었다.

"보상을 원한다고."

"그, 그래!"

은화가 아닌 금화다. 주머니 가득한 금화라니, 사내들이 일시에 군침을 삼켰다.

"그 정도면 충분……."

퍽!

맨 앞에 나섰던 남자가 채 말을 끝내지도 못한 채 쓰러졌다. 바닥에 꼬꾸라진 그의 뒷덜미로 금화의 일부분이 튀어나온 것이 보였다. 손가락 끝으로 가볍게 튕긴 동전이 목을 파고들어 목뼈를 부수며 뒷덜미까지 뚫어버린 것이었다. 남은 두 남자들은 상황을 이해하지 못한 채 얼어붙었다. 그들의 눈에는 금화가 날아오는 것이 제대로 비치지도 않았기 때문이다.

"네놈들도."

기다란 손가락이 금화 하나를 더 집어 들었다.

"보상을 원하나."

피비린내가 한발 늦게 코끝을 찔러들자 사내들이 화들짝 고개를 저었다.

"아, 아뇨!"

"아닙니다!"

사내들은 후다닥 어둠 속으로 달아났다. 솔레다토르는 금화를 주머니에 넣고 자신의 품에 파묻히다시피 한 생쥐의 머리를 쓰다듬었다.

"혹 다친 곳은 없는 거냐."

조금 전까지만 해도 차갑기 그지없었던 목소리가 녹아내리듯 부드러워지며 걱정의 빛을 띠었다. 생쥐는 고개를 들어 올리며 대답했다.

"네. 멀쩡해요."

솔레다토르는 안도의 한숨을 내쉬면서 생쥐를 품에서 내려놓고 그녀의 전신을 꼼꼼히 살펴보았다. 확실히 겉으로는 별 이상 없어 보였다.

"다행이긴 하다만, 왜 무모한 짓을 저지른 거냐."

납치된 상황에서 홀로 탈출을 감행하다니, 결과가 좋았다지만 자칫하면 크게 다칠 수도 있었을 것이다.

그뿐만 아니라 이런 늦은 시간에 홀로 길거리를 돌아다니는 것 또한 경솔한 행동이었다.

솔레다토르의 꾸짖음에도 생쥐는 주눅 들지 않고 되레 목을 빳빳이 세운 채 그를 올려다보았다.

"솔은 괜찮으세요?"

"뭐? 내 걱정은······."

"저는 솔이 더 걱정되었습니다. 혹시라도 저 때문에 잘못된 선택이라도 하실까 봐요."

"······내가 할 소리를 하고 있군. 아니, 넌 이미 해버렸지."

그의 말에 생쥐가 눈살을 찌푸렸다. 그 모양새가 솔레다토르의 못마땅해하는 표정과 살짝 닮아 있었다.

"제가 한 건 잘못된 선택이 아니에요. 그다지 위험하지도 않았습니다. 실패했다고 해도 기껏해야 부상을 입는 정도였을 테니까요. 다친 거야 치료하면 됩니다."

하지만 솔레다토르의 계약은 무를 수가 없다.

"그러니 제가 탈출하는 게 옳아요. 그보다 솔, 아무 일 없었어요? 저를 납치한 사람이 이상한 걸 요구하지는 않았나요?"

"아무 일 없었다."

솔레다토르는 한숨을 삼키며 생쥐를 다시 품에 보호하듯 안았다.

"네 말대로, 네 선택이 더 나은 것일지도 모른다. 하지만 나는 만에 하나, 두 번 다시 방심하지 않겠지만 그럼에도 만에 하나, 또다시 비슷한 일이 벌어진다면."

단순히 안 된다고 말해보았자 생쥐는 들으려 하지 않을 것이다. 솔레다토르는 차분하게 말을 이었다.

"혹여 네가 또다시 섣부른 짓을 할까 걱정이 되어 나 또한 스스로를 돌보지 않고 성급하게 움직이려 하겠지."

이미 그러려고 했었다. 그녀를 구하기 위해 무슨 조건이든 다 받아들이려고 결심했었다.

"그건 안 돼요!"

생쥐가 깜짝 놀라며 목소리를 높였다.

"나도 너와 같은 말을 하마. 성급한 행동은 해선 안 된다."

"하지만……."

생쥐는 우물거리며 말꼬리를 흐렸다. 솔레다토르의 말에 순순히 따르기에는 그를 위하는 마음이 너무 컸다. 너무 올곧다 못해 되레 삐뚤어져버렸다 해도 좋을 그런 고집스러운 헌신을 몇 마디 말로 지워내기란 힘들었다.

"어려운 녀석 같으니라고."

솔레다토르는 그런 생쥐의 태도에 어쩔 수 없다는 듯 쓴웃음을 지었다. 첫인상부터가 고집스럽기는 했었다. 무슨 말이든 다 들어줄 것처럼 굴다가도 제가 중요하다 생각하는 부분만큼은 절대 양보하려 들질 않는다. 그 양보하지 않는 부분이, 솔레다토르 자신을 위하는 것이라는 사실이 실로 안타까우면서도 동시에 사랑스러웠다.

"그래, 알겠다. 어차피 두 번 다시는 이럴 일 없을 테니."

억지로 고집을 꺾지 않아도 생쥐를 지킬 힘 정도야 있었다. 이제는 황녀를 이용하는 것과 같은 방법은 통하지 않을 것이요, 자신 외의 호위 또한 붙여놓을 생각이었다. 지금과 같은 고집을 부릴 필요조차 없게 만들 것이다.

그러니 마음대로 하라는 속삭임에 어째서인지 돌아오는 대답이 없었다.

"생쥐?"

"……네."

겨우 들려오는 목소리가 힘이 없다. 목을 감싸 매달려 있던 팔도 어느샌가 느슨히 풀어져 있었다. 이상을 느낀 솔레다토르가 미간을 좁혔다.

"멀쩡하다더니, 어디 다치기라도 한 거냐?"

"아뇨, 그냥…… 조금 피곤해요……."

졸음이 밀려왔다. 아니, 단순한 졸음이라고는 말하기 힘든, 전신을 내리누르는 묵직한 무언가였다. 생쥐는 더 견디지 못하고 눈을 감았다. 힘없이 늘어지는 몸을 부둥켜안은 솔레다토르의 얼굴이 창백하게 굳어졌다.

24

생쥐는 용을 손에 넣었습니다

"다른 방법은 없는 걸까요."

걱정이 가득한, 낯익은 목소리가 들려왔다. 생쥐는 몽롱한 의식 속에서도 미소 지었다. 아리에스의 목소리다. 이어 또 다른 목소리가 들려왔다.

"그 망할 늙은이가……."

노기 어린 목소리였지만 생쥐는 웃었다. 솔레다토르의 목소리다. 그래, 그가 데리러 와주었었다. 의식을 잃기 전의 일이 떠올라 히죽거리자 부드러운 손끝이 뺨을 매만지는 게 느껴졌다.

"얘 좀 봐, 웃고 있네. 잔뜩 걱정하게 해놓고선 뭐가 좋다고 생글거리니."

이어 또 다른 손길이 머리를 쓰다듬고 이마를 건드렸다.

열이라도 재는 듯 살짝 눌렀다가 떨어지는 손을, 생쥐는 얼른 붙잡았다. 의식은 아직 흐릿했지만 그 손이 멀어지는 게 싫었기 때문이다.

"내 손에는 별 반응도 없더니 답삭 붙잡고 끌어안네요. 좋으시겠어요?"

"쓸데없는 소리 그만하고 드베르 카얄룬에게 연락이나 해."

"진정하세요. 아직 시간은 있으니까요."

두 사람의 목소리 사이에서 생쥐는 천천히 눈을 떴다. 익숙한 천장에 안도의 한숨이 절로 흘러나왔다.

모나르카궁의 침실이다.

"……솔."

"일어나지 마라."

솔레다토르가 몸을 일으키려는 생쥐의 어깨를 가볍게 내리눌렀다. 생쥐는 눈을 깜박이며 자신을 내려다보고 있는 두 남녀를 번갈아 바라보았다.

"기분은 어떠니, 생쥐야."

"어…… 괜찮아요. 조금 어지럽기는 한데…….."

생쥐는 말끝을 흐렸다. 어지러움만이 아니라 몸에 힘도 없고 숨 쉬는 것도 약간 힘겹다. 그때 침실 문이 열리며 노체와 요정들이 들어왔다.

"깨어났네!"

"생쥐야 괜찮아?"

시끄럽게 떠들어대는 요정들을 솔레다토르가 손을 내저어 쫓아냈다.

"정신 사납다."

"입 다물고 있을게요!"

"그래, 입 막을게요!"

그리고 조용해졌다. 약 5초간.

"근데 생쥐야, 진짜 하수구로 나왔어?"

"배는 안 고파? 잡아간 인간들이 먹을 건 줬어?"

"블루베리 파이 먹을래?"

"오렌지를 넣은 초콜릿은 어때?"

"벌꿀 과자도 있, 왓!"

솔레다토르는 라지예를 붙잡아 창밖으로 내던졌다. 이어 사지예도 같은 꼴이 되었다. 두 요정이 잠긴 창을 콩콩 두드린다.

"작은 아가씨, 약 드세요."

노체가 침대 옆으로 다가가며 말했다. 생쥐는 흐릿한 눈으로 노부인을 바라보았다. 몸 상태가 이상하다고 생각했는데 병이라도 난 걸까.

"……저 어디 아파요?"

"네. 지금 아가씨 몸에는……."

"굳이 말해줄 필요는 없다."

솔레다토르가 노체의 말을 끊었다. 그러자 아리에스가 눈썹을 조금 찌푸렸다.

"말해줄 필요 없다니요. 당연히 알고 있어야 할 일이죠."

"알아봐야 부담만 된다."

"물론 생쥐 성격에 가만히 있으려 들지 않겠지만, 그래도 자신의 일인걸요."

솔레다토르는 따박따박 대드는 아리에스를 무시하며 생쥐를 안아 일으켰다. 그리곤 노체가 가지고 온 약을 먹였다.

"저 어디가 아픈 거예요?"

약을 먹은 생쥐가 다시 물었다. 솔레다토르는 대답 대신 품에 반쯤 안긴 그녀를 더욱 바싹 끌어안았다.

"솔?"

"괜찮을 거다."

"저기, 혹시 병이면 옮을지도 모릅니다."

"바보 같은 소리. 내가 누구라고 생각하는 거냐. 드래곤은 병 같은 거 안 걸려."

"아, 그렇군요. 다행이에요."

생쥐는 안심하고 솔레다토르의 가슴에 머리를 기대었다. 약기운이 퍼져 나가며 어지럽던 것이 조금 가라앉았다. 숨 쉬기도 한결 편해졌다.

"생쥐야."

그때 아리에스가 불쑥 말을 걸어왔다.

"지금 네 상태에 대해 알고 싶니?"

그녀의 물음에 생쥐는 고개를 갸웃했다. 조금 전 솔레다토르와 아리에스가 자신에게 이야기를 해주니 마니로 논쟁했었다. 무슨 일인지는 모르겠지만 의견이 갈린다는 것은 자신에게 있어 나쁜 이야기라는 뜻일 것이다. 그렇게 생각한 생쥐가 솔레다토르의 눈치를 살짝 살폈다가 작게 끄덕거렸다.

"네."

좋은 일이라면 몰라도 괜찮지만 안 좋은 일이라면 알아야 한다. 생쥐의 대답에 솔레다토르의 표정이 찌푸려졌지만 막고 나서지는 않았다. 아리에스는 길게 한숨을 쉬곤 입을 열었다.

"그럼 대신 한 가지만 약속해줘. 이번만큼은 너를 위해서 행동하겠다고."

"저를요?"

"그래. 너를 위해서. 스스로를 가장 우선으로 생각하라는 거야."

생쥐는 잘 모르겠다는 표정으로 아리에스와 솔레다토르를 번갈아 바라보았다.

"……솔이랑 언니보다도요?"

이 두 사람보다 자신을 우선시하라니.

"어…… 좀 어려울 거 같은데요."

"이번 한 번만이라도 좋아. 약속하지 못하겠다면 이야기해주지도 않을 거야."

단호한 목소리에 생쥐는 고민에 잠겼다. 아리에스가 저렇게까지 말한다면 분명 두 사람과 관계된 일일 텐데 모르고 지나갈 수는 없었다. 하지만.

"제가 약속을 하면 어기게 될 거예요."

"그럼 말……."

"하지만 들어야 해요. 말해주세요."

"생쥐야."

"거짓으로라도 약속을 할 수 없을 정도로 솔과 언니가 소중해요. 그러니 알아야 해요."

생쥐의 말에 아리에스의 미간이 좁아졌다. 생쥐에게 사실을 알려줘야 한다고 생각은 했지만 지금 그녀의 반응은 영 탐탁지 못하였다. 하지만 이대로 감추기에도 상황이 별로 좋지 않았다. 만약에 생쥐가 알게 되고, 그리고 일의 결과가 그다지 좋지 못하다면 눈앞의 소녀는 크게 상처받고 말 테니까.

아리에스가 머뭇거리는 사이 솔레다토르가 생쥐의 머리칼을 쓸어내렸다. 아직 열이 남은 이마에 입술이 가볍게 닿는다.

"네가 신경 쓸 일은 없다."

"그럼 말해주세요."

나직한 목소리에 고집이 서려 있었다. 사실을 듣기 전까지는 절대 꺾이지 않을 고집이다.

"전 공작, 드베르 카얄룬의 짓이야."

결국 입을 연 아리에스가 어두워진 표정으로 말을 이었다.

"그가, 정확히는 그의 부하가 네게…… 독을 먹였어."

"독이요?"

생쥐는 입맛을 다셨다. 조금 전 마신 약의 씁쓸함이 아직 남아 있었다. 그러고 보니 납치당해 깨어났을 때 입에서 쓴맛이 났다. 정신을 잃고 있을 때 먹인 걸까.

"저는 죽나요?"

"안 죽어."

솔레다토르가 단호하게 대답했다.

"해독제가 있는 독이다."

"조금 전에 마신 거요?"

생쥐는 그렇게 묻다가 입을 다물었다. 해독제를 가지고 있다면 아리에스가 저렇게 걱정스럽게 말하진 않았을 거다.

"전 공작에게 해독제가 있군요."

"정확히는 해독제의 비율을 알고 있는 거야."

아리에스가 한숨을 섞어 말했다.

"독의 비율에 따라 해독제의 비율이 달라지거든. 그러니까…… 식물성이라고 하셨지요? 노체 부인?"

노체가 고개를 끄덕였다.

"네. 마경에서 구할 수 있는 독버섯과 열매를 섞은 독이에요. 버섯만 먹으면 한 시간 내로 심장이 멎지만 라일라 열매를 섞으면 비율과 건강 상태에 따라 짧게는 사흘에서 길게는 열흘 이상까지 죽지 않고 버틸 수 있습니다. 해독제 또한 라일라 열매인데 이미 먹은 버섯과 똑같은 분량을 먹어야만 해요. 라일라 열매도 독성이 강하기 때문에 버섯보다 많은 양을 먹게 되면 역시나 심장에 마비가 옵니다."

즉 독약을 만든 사람만이 해독제를 만들 수 있다는 뜻이었다.

"그렇군요. 이틀 남았네요. 아, 하루인가요? 어쩌면 그보다 더 길 수도 있고요."

창밖이 밝으니 오늘이 이틀째일 것이다. 생쥐는 차분하게 자신의 남은 시간을 입에 담았다. 놀라거나 겁먹은 티는 조금도 나지 않았다. 그런 생쥐의 태도에 아리에스가 재차 한숨을 내쉬었다.

"정말이지, 조금쯤은 변했을 거라고 생각했는데. 네 목숨을 가볍게 여기지 마. 어차피 전 공작과는 협상해서 해독제 비율을 알아낼 거야."

"하지만……."

"하지만은 조건을 들어본 다음에 꺼내 들어. 의외로 쉽게 풀릴지도 몰라. 죄를 묻지 않겠다는 약조와 함께 요구해오는 것을 가능한 만큼만 들어주는 식으로 하면 되니까."

"……잘될까요?"

"잘되도록 해야지. 이카가 연락하기로 했으니 곧 소식을 가지고 올 거야. 벌써 점심땐데 배고프지?"

이내 음식이 날라져 왔다. 생쥐는 솔레다토르의 품속에서 둥지 안의 새끼 새처럼 점심을 받아먹었다. 그리고 아무 일 없었던 것처럼 시간을 보냈다. 겨우내 쌓인 이야기만 해도 아주 많았다. 생쥐는 그간 배운 것들과 정원에 대해 떠들었고 아리에스는 지겨운 사교모임에 대해 투덜거렸다. 쫓겨났던 요정들도 다시 돌아와 담소에 끼어들었다.

해가 질 즈음, 이카르가 나타났다.

"오늘 자정 무렵에 만나기로 했습니다."

그는 약간 피곤한 표정으로 말을 이었다.

"표면적으로는 수호룡의 후궁을 무사히 찾아냈으며 범인은 후궁을 구하는 과정에서 모두 사망한 것으로 발표했습니다. 대부분은 거짓된 납치극이라고 생각할 겁니다."

"장소는?"

"카얄룬 공작가입니다."

솔레다토르의 물음에 이카르가 대답했다.

"뒤쪽 숲으로 안내인을 보내겠다더군요."

"요구 사항에 대해서는 아무 말 없었나."

"네. 아버지와 저, 그리고 케이어스 씨 정도만 가면 되겠지요."

이카르의 말에 생쥐가 눈을 동그랗게 떴다.

"저도 가야 해요."

"뭐? 아니, 그럴 필요는……."

"솔을 못 믿겠어요."

생쥐의 당돌한 발언에 솔레다토르는 물론이요 이카르와 아리에스의 표정 또한 굳었다. 잠깐의 침묵이 흐르고 솔레다토르가 충격받은 기색을 감추지 못한 채 입을 열었다.

"내가, 제대로 보호해주지는 못했다만……."

"아뇨, 아니요! 그 반대입니다. 무조건 절 지켜주시려 할 거 같아서 걱정돼요. 어젯밤에도 그랬고 낮에도 신경 쓸 일 없다고 하셨잖아요. 말씀하시는 게 전 공작의 요구를 무조건 받아들일 것 같아요. 그러면 안 됩니다."

만에 하나 자신의 목숨을 걱정해서 과한 요구를 받아들이기라도 한다면. 그것을 막기 위해서라도 따라가야만 했다. 생쥐의 진지한 주장에 아리에스가 옅게 미소 지었다.

"이걸 어쩌나, 신뢰를 잃으셨네요, 솔레다토르."

"그건 아니에요! 그거랑 이거랑은, 음, 조금 달라요."

"그래, 뭘 걱정하는지는 잘 알아. 그러니 나도 함께 가겠어."

"아리에스?!"

깜짝 놀라는 이카르의 팔을 아리에스가 끌어안듯 붙잡았.

"생쥐가 간다면 저도 가야죠. 솔레다토르만 해도 남 일이 아닌데 이카 당신도 가고, 사랑하는 여동생도 가는데 어떻게 빠질 수가 있겠어요?”

“그렇지만…….”

“위험한 것도 아니잖아요. 적어도 저는요.”

“요구 조건에 따라서는 장담할 수 없습니다.”

이카르가 딱딱하게 굳은 목소리로 말했다. 그러나 아리에스는
절대 물러나지 않을 기세였다. 결국 처음의 세 명에서 두 명이
더 늘어난 채 공작가로 향하게 되었다.

남자들이 먼저 밖으로 나가고 생쥐는 아리에스의 도움을 받아
옷을 갈아입었다. 아리에스는 편한 차림을 하라고 했지만 생쥐
가 고른 것은 프릴이 풍성한 드레스였다. 이어 머리를 빗어 장식
하고 화장까지 옅게 하였다.

“몸도 안 좋은데 너무 과하지 않아? 무겁잖아.”

“괜찮아요.”

생쥐는 고집스럽게 목걸이를 골랐다. 만약 공작의 요구가 과
하고, 솔레다토르가 그것을 받아들이려 한다면. 그렇다면 스스
로의 목숨을 내놓을 각오도 하였다. 솔레다토르가 망설이지 않
도록 그 자리에서 곧장. 그러니 가능한 한 예쁘게 꾸미고 싶었
다. 마지막 모습이 될 수도 있었으니까.

“부축해줄까?”

“아뇨. 괜찮습니다.”

움직이기 힘들 정도는 아니었다.

그냥 약한 감기에 걸린 기분이었으니까. 밖으로 나가자 원래 모습으로 돌아간 케이어스가 보였다. 밤에 조용히 움직이기에는 붉은빛 도는 드래곤보다는 새카만 드레이크가 더 나았다. 무엇보다 드래곤의 덩치로는 착지할 만한 장소를 찾기 어려웠다. 혼자라면 공중에서 인간화해 내려서면 되겠지만 동행이 있었기에 여느 때처럼 케이어스에게 태워다 주길 부탁한 것이었다.

"솔!"

솔레다토르가 자신에게로 다가온 생쥐를 안아 들었다. 마음 같아서는 두고 가고 싶다. 아무도 찾지 못하는 곳에 감추어두고 싶다. 하지만 동시에 그녀를 떼어놓기 불안한 심정 또한 있었다. 그렇기에 걱정하면서도 따라오려 하는 생쥐를 끝까지 말리지 않은 것이었다.

"내가 알아서 할 터이니 제발 얌전히 있거라."

"가능한 한 얌전히 있겠습니다."

그다지 믿음이 가는 대답은 아니었다. 솔레다토르는 한숨을 삼키며 드레이크의 등 위로 뛰어올랐다.

노인은 벽화 앞에 서 있었다. 너른 방의 한쪽 벽면을 전부 채우는 장대한 그림은 드래곤과 한 여인을 묘사하고 있었다. 하늘을 가득 채우는 거대한 드래곤과 그것을 올려다보고 있는 금발의 여인. 투박한 데다 서툰 티가 나지만 들인 정성이 느껴지는 그 벽화는 드베르 카얄룬의 조부인 오스트 카얄룬이 직접 그린 것이었다.

지팡이를 짚은 손에 힘이 실렸다. 드베르는 미소 같은 것을 지었다. 벽화 속의 여자도 이 벽화를 그린 남자도 오래전에 죽었다. 남은 것은 드래곤뿐. 이 벽화를 하염없이 바라보던 소년이 어른이 되고 노인이 되어 수명을 다하여도, 세월을 맞고 흐려진 그림이 완전히 사라진다 하여도, 흑적색의 용은 지금과 변함없는 모습으로 날아오를 것이다.

"지금의 저를 보신다면 어떤 표정을 지으실지 궁금하군요."

드베르는 자신의 조부를 떠올리며 나직하게 중얼거렸다. 오스트 카얄룬은 드래곤을 사랑했다. 그리고 그 이상으로 카티라 황녀를 사랑했다. 드래곤이 사라지고 황녀가 처형당한 날, 그가 어떤 심정이었을지는 상상이 가지 않았다. 드베르는 조부와 달리 목숨만큼 소중한 것을 잃어본 적이 없었다. 원하는 것은 항상 움켜쥐기만 했을 뿐 무언가를 빼앗기는 지독한 상실감 따위 긴 세월 내내 까맣게 모르고 살아왔다.

그러나 조부의 상심은 그에게도 영향을 미쳤다. 할아버지의 무릎에 앉아 옛날이야기를 듣던 손자는 자연스럽게 황실을 경멸하고 수호룡을 경외하는 마음을 품게 되었다. 조부의 이야기 속에서 수호룡은 강하고도 안타까웠으며 아름다운 황녀는 유일하게 선량한 황족이었으며 황제와 황자는 악당이었다.

물론 드베르는, 카얄룬 선대 공작은 어릴 적 들은 옛이야기에 휘둘리지 않았다. 그것은 단순한 과거이며 추억일 뿐이었다. 황제의 배다른 아우라는 남자가 나타나기 전까지는.

"사실 말씀하신 것만큼 대단해 보이지는 않았습니다."

그가 낮게 웃음을 흘렸다.

"실망스러운 점도 꽤 있었습니다만, 그래도 드래곤이지요."

그 본모습을 처음 보았을 때는 늙어 굳어진 심장도 두근거렸다. 젊은 시절 그 모습을 눈에 담았을 조부의 맹목적인 존경이 이해가 갈 정도였다.

그러니까 좀 더 나아가보기로 결심했다.

조부의 한을 기억한다. 지금의 자신과 비슷한 나이였던 노인은 수호룡이야말로 진정한 황가의 주인이라 되뇌곤 했다. 남은 생이 얼마 남지 않자 쌓이고 쌓인 미련은 독처럼 짙어져, 오스트 카얄룬은 슬퍼하고 원망하고 분노했다. 그런 조부의 모습이 이상하기도 하고 안타깝게도 느껴졌었다.

죽음을 코앞에 두고도 아무것도 할 수 없었던 조부와 달리 자신에게는 기회도 능력도 주어져 있다.

드베르는 좀 더 짙고 주름진 미소를 머금었다.

"단순히 대신하려는 것은 아닙니다. 하지만 마무리 짓지 않으면 제게도 미련이 남을 것 같군요."

그런 것을 남기고 주저앉는 성미는 못 된다.

끼이익.

등 뒤로 문 열리는 소리가 들려왔다. 노인은 천천히 몸을 돌렸다. 그의 아들인 현 공작의 뒤를 따라 낯익은 얼굴들이 들어오는 것이 보였다. 드베르는 정중하게 머리 숙여 그들을, 정확히는 드래곤을 향해 인사했다.

"어서 오십시오."

이것이 마지막 무대다. 제국을 주름잡던 거물의 마지막이라면 드래곤 정도는 쓰러뜨려야만 걸맞다 하지 않겠는가. 노인은 후련한 마무리를 위해 20대 청년처럼 자신만만하게 가슴을 폈다.

어두운 하늘을 가로질러 날아간 드레이크는 카얄룬 공작가 뒤쪽 숲의 한가운데에 내려앉았다. 밤새 소리만 희미하게 들려올 뿐 주위는 인기척 하나 없이 조용했다.

산책로를 따라 입구로 나가자 현 공작인 마노로스 카얄룬이 등불을 들고서 기다리고 있는 것이 보였다. 그는 네 사람을 향해 가볍게 고개 숙여 인사하곤 묵묵히 앞장섰다. 접근을 막아놓았는지 가는 길 내내 누구와도 마주치지 않았다. 건물 안으로 들어서자 기다렸다는 듯 이카르가 입을 열었다.

"어제는 분명 부친의 움직임에 대해 모른다 하지 않았었나."

"어제는 몰랐습니다."

공작이 무덤덤하게 대답했다. 사실을 말하는 것 같지는 않았지만 거짓말이라는 증거도 없었기에 이카르는 더 캐묻지 않고 다른 질문을 던졌다.

"그때의 제안은 아직 유효하다. 드베르 카얄룬이 원하는 바를 알고 있나?"

"소신도 무척이나 궁금합니다."

"이번에도 모른다는 대답인가."

"만약 알고 있었더라면 폐하의 제안을 아예 듣지도 않거나 혹은 받아들였겠지요."

정말로 모르기 때문에 보류해두었다. 그런 의미의 대답에 이카르는 잠시 입을 다문 채 공작의 등을 바라보았다.

"……그 말은, 전 공작을 완전히 믿지는 못한다는 뜻으로 들리는군."

"불신보다는 걱정이라고 해두겠습니다."

그 말을 끝으로 침묵이 내려앉았다. 복도를 울리는 발소리만이 들리길 잠시간, 마노로스가 화려한 문양이 양각된 문 앞에 멈추어 섰다.

끼이익.

문이 열리고 벽화를 바라보고 있던 노인이 뒤돌아섰다. 드베르 카얄룬은 정중하게 머리 숙여 그들을, 정확히는 드래곤을 향해 인사했다.

"어서 오십시오."

전 카얄룬 공작은 부드러운 표정으로 말을 이었다.

"원활하고 차분한 대화를 위해 그 앞의 선을 넘지는 말아 주시길 바랍니다."

그의 요구대로 솔레다토르 일행은 바닥에 그어진 선을 넘지 않고 멈춰 섰다. 현 공작은 자신의 의무를 다했다는 듯 한쪽 구석으로 물러났다.

"원하는 바를 말해라."

솔레다토르가 노기를 억누르며 말했다. 마음 같아서는 생쥐를 납치한 것으로도 모자라 독까지 먹인 저 음험한 늙은이의 목을 단숨에 부러뜨려버리고 싶었다. 하지만 지금은 생쥐의 해독약을 얻어내는 것이 우선이었다.

"그렇게 성급히 구실 필요는 없지 않습니까."

"대화를 길게 할 필요도 없지."

냉랭한 말에 노인이 작게 웃었다.

"조급해하시는 모습을 보니 적잖이 안심이 됩니다. 처음에는 한 명 정도 더 필요할 것이라 생각했었습니다만, 지금으로도 충분한 듯싶군요."

한 명 더, 라는 말과 함께 시선이 향한 곳은 이카르 쪽이었다. 전 공작과 눈이 마주친 이카르가 미간을 찌푸렸다.

"설마 나까지 납치라도 할 계획이었던 건가."

"납치라기보다는 스스로 걸어 들어오셨겠지요."

"……자신만만하군."

이카르가 불쾌해하며 중얼거렸다. 그러나 저 노인이 허세를 부리고 있다는 생각은 들지 않았다. 생쥐를 붙잡아 솔레다토르를 끌어내기까지 했으니 그 둘을 이용해 자신을 꾀는 것쯤이야 쉬웠을 것이다.

"네놈 생각대로 충분한 인질을 잡고 있으니 요구 조건이나 말해라."

솔레다토르의 재촉에 드베르가 작게 고개를 끄덕였다. 그러곤 입을 열었다.

"황제가 되십시오."

그의 말에 솔레다토르도, 다른 세 사람도 모두 변변한 반응을 하지 못했다. 요구랍시고 내놓은 것이 얼른 이해가 가지 않았기 때문이다.

"……황제가, 되라고? 되고 싶다는 것이 아니라?"

솔레다토르가 눈살을 찌푸리며 물었다. 저 노인이 실리 없는 황제 위를 원할 가능성은 낮았지만 그래도 혹 모르는 일이라 생각했었다. 예전과 달리 수호룡이 돌아온 지금은 제아무리 날고 기는 권력자라 해도 반란에 성공하기란 불가능하였으니까. 인간은 보통 가지기 힘든 것일수록 높은 가치를 부여한다. 과거의 볼품없는 황가가 아닌 드래곤이 버티고 있는 황가라면, 저 노인의 입맛에도 맞지 않을까 싶었다.

그러니 황제가 되고 싶다는 말은 예상했었는데…… 난데없이 황제가 되라니.

"되고 싶을 리가 있겠습니까."

전 공작이 우스갯소리를 들은 양 허허거렸다.

"남은 시간이라고 해봐야 십 년 안팎일 터인데 인제 와서 황제가 되어 무엇 하겠습니까. 제가 바라는 것은 솔레다토르, 드래곤께서 황위에 오르시는 것입니다."

"……단지 그것뿐인가?"

"설마요. 단지 그것뿐이라면 바로 이 자리에서 황위를 물려받았다가 바로 다음 날 다시 양위하는 편법을 쓰실 수도 있지 않겠습니까. 자고로 계약이란 건 해석의 차이가 생겨나지 않도록 섬세할 정도로 정확해야 하는 법입니다."

"떠들어봐라."

드베르는 뜸 들이지 않고 곧장 대답했다.

"제국의 마지막 황제가 되십시오. 황가가 아닌 나라 전체를 돌봐주십시오. 끝나지 않는 용의 시간이 끝나는 날까지."

결국 영원히 제국에 묶여 있으라는 뜻이었다. 솔레다토르의 표정도, 그리고 그를 풀어주고 싶어 하는 이카르의 표정도 크게 일그러졌다. 생쥐 또한 불안해하며 솔레다토르의 옷자락을 당기듯 꽉 붙잡았다.

"……이유가 뭐냐."

솔레다토르는 무슨 헛소리냐고 외치고 싶은 심정을 억누르고 이유를 물었다. 대체 왜 자신을 황제로 만들고 싶어 하는지를 알아야 설득, 또는 협상을 할 수 있을 것이다. 그의 물음에 노인의 시선이 이카르에게 닿았다가 다시 드래곤을 향하였다.

"그것이 마땅한 일이기 때문입니다."

"마땅한 일?"

"보다 강하고 뛰어난 자가 그보다 약한 자를 이끌고 돌보며, 지배하는 것은 당연한 섭리입니다. 그러나 보십시오. 귀족들은 물론이며 그 정점에 서는 황가 또한 핏줄만 따지고 있습니다. 이따금 은 자리의 주인이 그에 걸맞기도 하지만 간신히 기준을 충족하기도, 약간 모자라기도, 혹은 없느니만 못한 쓰레기이기도 합니다."

타앙! 금속 테를 두른 지팡이가 바닥을 강하게 두드렸다.

"그러나 그 모두를 바꿀 수는 없습니다. 실상 불가능한 일이지요. 걸맞은 자들로 모든 자리를 채운다 하여도 그 후손에게까지 같은 능력을 기대하기는 힘듭니다. 그러나 인간은 혈육의 정을 쉽게 끊어낼 수 없기에 또다시 핏줄이 우선시되는 사회로 변하고 마는 것입니다. 제국만이 아닌 모든 나라가 그러하지요. 가장 힘 있는 자가 우두머리가 되고 능력 있는 자들을 모아 시작하지만 다음 세대부터는 변질되고 맙니다."

그리하여 피할 수 없는 몰락이 찾아오고 만다.

"제국을 보십시오. 수호룡이 사라지자마자 흔들리는 황가를. 길고 긴 시간 동안 이 나라가 과거의 영광을 잃지 않았던 이유는 오직 하나, 압도적인 힘의 존재입니다. 황가는 영원히 변하지 않는 강력한 보호자를 등에 업고 마치 그 힘이 제 것인 양 과욕을 부렸고 결국 수호룡을 잃고 말았지요."

어리석기 그지없는 행보다. 그리고 인간은 언제나 같은 실수를 반복한다.

"진즉 황위를 차지하셨어야 했습니다."

노인은 탓하듯이 말했다.

"수호룡이기 이전에 적통의 직계 황족이시니 황제 위에 오르는 것이 가능하시지 않습니까. 그리하였더라면 핏줄밖에 가진 게 없는 멍청한 놈들이 멍청한 짓을 저지르지 못했을 것입니다."

멍청한 놈들의 멍청한 짓. 그 말에 솔레다토르의 낯빛이 어두워졌다. 분명 자신이 황제가 되었더라면 벌어지지 않았을 일이다.

그러나.

"나는 마경의 주인이다. 계약에 얽매여 황궁에 머무르고는 있다 하나 이곳은 내 영지가 아니다."

드베르 카얄룬의 주장은 어디까지나 인간들의 사정일 뿐, 황제의 자리는 필요도 없고 원하지도 않는다.

"알고 있습니다. 그렇기에 이 늦은 시간 여기서 이러고 있는 것이 아니겠습니까. 하기 싫으시다니 억지로 눌러앉히는 수밖에요."

전 공작은 담소라도 나누듯 가벼운 목소리로 말을 이었다.

"정점이 불변의 초월자라면 그 아래가 조금쯤 흐트러져도 나라 자체가 무너지는 일은 없겠지요. 그건 꽤나 매력적인 미래가 아니겠습니까. 툭하면 튀어나오는 멍청한 가지들은 가볍게 잘라내고, 우수한 묘목을 기름진 토양으로 옮겨 심는 완벽한 정원사가 되어주십시오. ……라고."

드베르는 잠시 숨을 멈추었다가 다시 내뱉었다.

"소인의 조부가 주장하였습니다."

그의 말을 심각하게 듣고 있던 사람들의 표정이 일순 어리둥절해졌다. 솔레다토르가 어이없어하며 입을 열었다.

"조부라고?"

"예. 일전에 말씀드렸던, 한때 모나르카궁의 시종장이었던 오스트 카얄룬입니다. 기억이 나십니까?"

드베르의 물음에 솔레다토르는 반사적으로 옛 기억을 더듬었다.

예전 탑에서의 대화는 그냥 흘려들었었지만 이름까지 듣자 떠오르는 얼굴이 있었다.

"……기억한다."

"잊지 않으셨군요."

"그가, 내가 황제가 되기를 원하였다고?"

솔레다토르는 눈살을 찌푸렸다. 그 젊은 시종장은 유순한 성정을 지니고 있었다. 조금 전의 과격한 주장과는 어울리지 않는, 혈육인 눈앞의 노인보다는 차라리 이카르와 더 비슷한 이미지를 가진 남자였다.

"……내가 알고 있는 오스트 카얄룬과는 좀 다른 듯하군."

"황가에 대한 경멸과 원망이 긴 시간 쌓인 뒤였으니까요."

카티라 황녀에 대한 그리움과 사라진 수호룡의 존재감 또한 켜켜이 쌓인 뒤의 오스트는 곧잘 수호룡이 황제가 되었어야 했다고 말하였다. 그리하였더라면 제국은 훨씬 더 부강하였을 것이요, 비극 또한 일어나지 않았을 것이니.

"그래서, 조부의 원을 들어주기 위해 이 일을 꾸몄다고 주장하는 것이냐."

솔레다토르가 의심스러워하며 말했다. 드베르 카얄룬은 죽은 지 오래된 혈육의 소원을 들어주겠답시고 자신이 가진 것을 다 이용해가며 적극적으로 움직이는 인물이 아니다. 노망이라도 들지 않고서는 그런 쓸데없는 이타심을 발휘할 리 없었다.

"어느 정도는 그렇다고 대답해드리겠습니다. 조부께서 제게 끼친 영향은 결코 작다고 할 수 없으니 말입니다."

무엇보다 황가와 수호룡에 대한 드베르의 태도는 대부분이 조부로부터 비롯된 것이었다. 아직 백지 상태였던 어릴 적에 각인되다시피 한 가치관에서는 쉽게 벗어날 수 없었다. 쇠퇴한 황가의 몰골이 드베르의 생각을 바꾸기는커녕 더욱 굳게 만들어버린 탓 또한 있었다.

"어디 보자…… 대략 절반 정도의 이유라고 치면 적당하겠군요."

흰 수염이 난 아래턱을 매만지며 드베르가 말했다.

"절반이면, 나머지 절반은."

"나머지 절반은 그렇게 하고 싶었기 때문입니다."

단순하면서도 명확한 이유였다. 거창하거나 자질구레한 목적 따위 없이 그저 마음이 가리키는 대로 움직였다.

"거창하게 말하자면 사람은 왜 사는가, 라는 이야기가 될 수 있겠군요. 얼마나 많은 권력과 부를 쌓아왔든 종착지는 결국 죽음입니다. 그 끝을 알고 있음에도 인간들은 단순히 본능에 따른 생명 유지만이 아닌 무언가 해내려는 발버둥을 쉽게 멈추지 않습니다."

숨 쉬고 먹고 번식하는 것만으로 만족하는 인간은 별로 없다. 그렇다고 정확한 목표를 가지고 있는 것 또한 아니었다. 설사 한 가지 목표를 가지고 있다 하더라도 그것을 이루고 나면 또 다른 곳으로 눈을 돌린다. 끝이 없는 달리기와도 비슷했다.

"저는 꽤 많이 이룬 편입니다. 하지만 또 어찌 보면 별것 없지요. 언젠가는 시간의 흐름 속으로 사라질 가문의 주인, 단지 그뿐입니다. 수백 년, 수천 년 후에 제 손이 닿은 것 중 과연 몇이나 흔적이나마 남을 수 있을까요. 그렇다고 지금 이 자리에서 더 나아가봐야 별 차이도 없는 황제밖에 더 되겠습니까?"

드베르 카얄룬이 수호룡이라는 가장 큰 장애물이 없을 때에도 황제 위를 노리지 않은 것은 가장 높은 자리에 별다른 가치를 느끼지 못하였기 때문이다. 수호룡을 잃은 황가는 결국 수많은 다른 왕가, 황가처럼 사라지고 말 것이라는 생각 또한 있었다.

수호룡이 돌아온 지금은 구미가 조금쯤 당기긴 하였지만 물리적으로 드래곤을 이길 자신이 없었다. 게다가 설사 황제가 된다 하더라도 그의 후손 대에서 또다시 수호룡을 잃을 수도 있는 것이다.

"그러나 드래곤인 황제는 영원할 것입니다. 정확히는 제 손으로 앉히고 묶어둔 황제지요."

노인은 자신은 볼 수 없을 먼 미래의 일을 떠올리며 만족스럽게 웃었다. 마지막으로 남기는 작품으로 이보다 더 완벽한 것이 있을까. 마경의 주인을 붙잡아두는 업적은 길고 긴 인간의 역사 속에서도 제국의 초대황제만이 유일하게 이룬 것이었다. 그다음, 두 번째로 자신이다. 첫 번째가 아닌 것은 조금 아쉬웠지만 그래도 충분하게 흡족했다.

"……결국 교섭의 여지는 없다는 뜻이군."

솔레다토르는 무거운 목소리로 말했다. 단순히 제 욕망대로 움직이고 있다면 더욱더 욕심낼 만한 대가를 던져주어야만 마음을 바꿀 것이다. 마경의 주인인 솔레다토르도 황제인 이카르도 내어놓을 수 있는 것은 많았다. 재력도 권력도 온갖 희귀한 보물이나 다양한 권리도 내어줄 수 있다. 그러나 그중에 저 노인의 욕심을 채워줄 만한 것은 없었다.

드베르가 어울리지 않게 짓궂은 표정을 지었다.

"말씀대로이긴 합니다만, 그래도 들고 계신 패를 봐드릴 수는 있습니다. 혹시 압니까, 제 마음에 차는 것이 있을지."

"……일단은 네 목숨이 있다."

"이십 년 전쯤이었으면 효과가 있었을 패입니다. 물론 그 나이라면 이런 일을 저지르지도 않았겠지만 말입니다."

"목숨은 기본 조건이다. 나도 네놈이 인제 와서 남은 삶을 아까워하리라 생각진 않아."

"하면 제 목숨에 무엇을 더해주실 생각이셨습니까?"

"네놈이 원하는 것에 따라 달라졌겠지. 별것 아니었다면 협상할 필요 없이 들어주었을 것이고 과하다면 대체할 만한 것을 제안하거나 깎아냈을 것이다."

하지만 지금 드베르가 원하는 바는 그런 식으로 협상할 수 없는 제안이었다. 그의 말에 노인의 눈이 살짝 가늘어졌다.

"만약에 제가 지금의 조건에 더해 목숨까지 살려달라 요구하면 어찌하실 것입니까?"

"계약은 만능이 아니다. 수호룡의 계약에도 한계와 조건이 있었지. 만약 네가 나를 끝까지 몰아간다면 목숨을 해하지 않겠다는 계약을 하였다 하더라도 자기보호를 위해 네놈을 죽일 수 있다."

계약이라는 것도 결국 마경의 힘에 의한 마법과 같았다. 즉, 그 어떤 계약보다 우선시되는 것은 마경과 마경의 주인의 안전이었다. 그렇기에 수호룡의 계약 또한 해지 조건 외에는 덧붙여지지 않았음에도 자연히 황가보다는 솔레다토르 스스로의 안위가 우선시되었다.

물론 저 정도의 요구로는 드베르 카얄룬이 마경의 주인에게조차 위협이 되는 무서운 적이라는 인식까지는 되지 않았다. 그 정도의 존재감을 지니는 것은 같은 드래곤이 아니고서야 불가능에 가까웠다. 지금 솔레다토르의 말은 드베르의 과욕을 막기 위한 거짓을 섞은 협박이었다.

"자기보호라는 말까지 나오다니, 이거 꽤 뿌듯하군요."

드베르는 지팡이의 끝을 가볍게 바닥에 내리쳐 주의를 환기시켰다.

"계약 조건을 바꿀 생각은 없습니다. 황제가 되십시오, 솔레다토르. 완벽한 군주, 완벽한 정치까지는 바라지 않습니다. 그저 능력이 되는 한 성심성의껏 황제 노릇을 해주십시오. 그리고 현재의 폐하."

노인의 시선이 이번에는 불안한 표정으로 서 있는 이카르에게 향하였다. 이카르는 얼른 표정을 고치며 그를 마주 보았다.

"협조를 부탁드리겠습니다."

"……협조라고?"

"예. 수호룡의 계약상 폐하를 억지로 황위에서 끌어내릴 수는 없지 않습니까. 하지만 양위는 언제든지 가능하지요."

황제 자리를 내놓으라는 말에 이카르는 어금니를 사리물었다. 단 한 번도 황위 자체를 원한 적은 없었다. 지금도 부담을 느끼고 있는 자리다. 그랬음에도 막상 물러나라는 소리를 듣자 거부감이 치솟았다. 그는 속에서 울컥 올라오는 것을 억눌러 삼키고 입을 열었다.

"내가 협조를 해줘야 할 이유는 없다. 애초에 드베르 카얄룬, 너를 막기 위해 온 것이고 끝까지 방해할 것이다."

"방해라, 그럴 능력이 있으신지는 미처 몰랐습니다."

비웃는 기색이 역력한 목소리에 이카르는 화내는 대신 미소 지었다.

"황제 위에 오르라는 계약 이전에 수호룡의 계약이 있다. 솔레다토르는 황위 찬탈을 할 수 없으며 황위 쟁탈전에 관여하는 것 또한 불가능하지. 다시 말해 나는 그가 영원히 황제의 자리에 오르지 못하도록 막을 수 있다."

황위를 양위하지 않고 확고한 후계자를 만들어 끼어들 틈을 막는다면, 솔레다토르는 황제가 될 수 없다. 물론 수호룡의 계약이 사라지면 그 모든 노력이 수포로 돌아가겠지만 드베르는 솔레다토르가 머지않아 계약에서 벗어날 수 있을 것이란 사실을 아직 모른다. 이카르의 말에 내내 여유롭던 드베르의 얼굴이 희미하게 굳어졌다. 그가 짧게 혀를 차고는 입을 열었다.

"폐하를 너무 얕본 듯하군요. 그 점은 사과드리겠습니다."

"협상을 할 마음이 조금쯤은 생겼는가."

"일단 들어는 드리겠습니다만 주객전도가 되는 제안은 거절하겠습니다. 그럴 바에는 차라리 언젠가 생길 황위 계승의 틈을 기대하는 편이 나을 테니까요."

이카르는 잠시 고민하다가 솔레다토르를 바라보았다. 일단 교섭의 여지는 만들었지만 계약에 대해 잘 알지 못하는 자신이 내용까지 결정할 수는 없다. 이카르가 보내는 시선의 의미를 눈치챈 솔레다토르가 말문을 열었다.

"일단 한 가지 물어보지. 계약은 드래곤으로서, 맹세하기를 원하는 것인가."

"예, 물론 그렇습니다. 인간의 약속이야 언제 흩어질지 모르는 안개 같은 것이 아닙니까."

드베르의 대답에 솔레다토르는 속으로 안도의 한숨을 내쉬었다. 마경의 주인으로서의 계약과 개인적인 계약은 엄연한 차이가 있다. 솔레다토르라는 이름을 걸지 않고 맹세한다면 빠져나갈 방법이 있는 것이다.

생쥐를 무사히 반려로 맞이하여 수호룡의 계약에서 풀려난 뒤, 후계자를 만들어 솔레다토르의 이름을 물려주면 된다. 그리하면 자신은 영원의 시간을 살아가는 마경의 주인이 아닌 유한한 수명을 지니는 이름 없는 드래곤이 되는 것이다. 물론 이름을 잃은 드래곤이라 하여도 정점에 서는 마수에 걸맞게 긴 수명을 지닌다. 그렇다 해도 기약 없는 시간을 아무런 희망 없이 묶여 있는 것보다는 훨씬 나았다.

그리고 그 시간들은 생각보다 나쁘지 않을지도 모른다.

저 노인의 말대로 황제가 된다면 과거와 같은 불상사는 일어나지 않을 것이다. 수호룡의 계약까지 사라진다면 더더욱 발목을 붙잡을 일은 없어진다. 그저 평범하게 황제 노릇 정도만 한다면, 일거리만 좀 늘어날 뿐 지금과 비슷한 일상을 보내게 되는 것이다.

잃어버리거나 빼앗기거나 떠나보낼 필요 없이 모두 품 안에 끌어안은 채. 자신을 지키겠답시고 독립했던 아이도 다시 돌아올 것이다. 게다가 머잖아 그 아이에게 또 어린애가 생겨나고, 그 밖의 눈에 드는 상대가 더 나타날 수도 있다. 낡고 낡은 무거운 짐을 벗어던진 후라면, 아주 오래전 막 솔레다토르가 되어 처음 황궁에 발을 들였을 때처럼 선입견 없이 가볍게 사람을 상대하고 호의를 받아들일 수 있을 것이다. 물론 과거를 완전히 떨쳐내기는 힘들겠지만, 인간이든 드래곤이든 충분한 여유와 시간만

주어진다면 상처는 회복되기 마련이다.

무엇보다도, 마음을 다해 곁을 지켜줄 소녀가 있었으니.

평생 발목 잡힐 강제적인 계약을 앞두고도 가슴 안쪽이 따뜻해졌다. 추운 겨울날 아침 갓 내린 커피를 한 모금 삼켜, 흘러들어온 그 따스함이 전신으로 퍼져 나가는 것 같은 기분이었다. 솔레다토르는 입가로 번지려는 미소를 간신히 참았다.

그래, 분명히 나쁘지 않다. 아니, 괜찮다. 괜찮을 것이다. 그녀만 곁에 있어준다면. 게다가 바로 어제 생쥐를 구하기 위해서라면 무엇이든 들어주겠노라 생각하지 않았던가. 이 정도 대가라면 달가울 정도였다.

"좋다."

그는 한결 가벼워진 마음으로 입을 열었다. 마음만이 아니라 몸 또한 가뿐해진 느낌이 들었다. 수호룡의 계약이라는 무거운 족쇄가 헐거워진 것처럼.

"조건만 약간 덧붙이고……."

계약해주겠다는 말을 하려던 솔레다토르가 눈을 크게 치떴다. 무심코 돌아본 생쥐의 손아귀에 날카로운 단검이 들려 있었기 때문이다. 그리고 그 단검의 끝은 망설임 하나 없이 목덜미를 향해 찔러 들어가고 있었다.

"무슨 짓이냐!"

탁!

거칠게 쳐내진 단검이 저만치 멀리 날아간다. 칼날과 대리석 바닥이 부딪치는 요란한 소리 속에서 생쥐가 당황한 표정을 지어 보였다. 그런 그녀의 어깨를 커다란 두 손이 강하게 붙들었다.

"대체 무슨 멍청한 짓을!"

"하지만 솔은 황궁에 묶이는 것을 싫어하시잖아요. 제가 죽으면 저 사람 말에 따를 필요가 없습니다."

극히 당연한 일을 하려 했다는 것처럼 당당하게 대꾸하는 그녀의 태도에 솔레다토르의 입술 사이로 낮은 신음성이 새어 나왔다. 생쥐가 자신에게 헌신적인 것은 고맙게 생각한다. 하지만 이런 식으로, 자신의 모든 것을 바치는 것은…….

"……너는, 변하질 않는구나."

생쥐는 자신에게만 들릴 정도로 작은 중얼거림에 두 눈을 동그랗게 떴다. 예전에 자신이 변하지 않는다면 계속 좋아해줄 수 있을 거라고, 그런 말을 솔레다토르에게 들었었다. 그러니까 지금 그의 말을 듣고 기뻐야 할 텐데, 다행이라고 안심해야 할 텐데 어째서인지 가슴이 덜컥 내려앉았다. 속삭임에 가까운 목소리가 괴롭고 또 허약하게 느껴져서 무언가 잘못되었다는 직감이 심장을 찔러들었다.

"저기, 솔…….""

생쥐가 어쩔 줄을 몰라 하는 사이 여태까지 침묵을 지키던 아리에스가 움직였다. 그녀는 떨어진 단검을 주워 들며 입을 열었다.

"생쥐야."

나직한 부름에 생쥐가 화들짝 놀라며 그녀를 돌아보았다. 아리에스는 부드러운 미소를 머금으며 말을 이었다.

"만약 네가, 솔레다토르를 막길 원한다면 도와줄 수 있어."

그 말과 함께 새하얀 목덜미로 향하는 단검에 이카르의 얼굴이 창백해졌다.

"아리에스!"

"기다리세요, 이카 당신도, 솔레다토르께서도. 저는 생쥐에게 말하고 있습니다."

"어, 언니……."

"불상사가 조금 있긴 했지만 나는 결혼했고 이제는 황족이지. 그러니 단 한 번은 수호룡을 막을 수가 있어."

로제시아 황녀가 그러했던 것처럼 스스로의 목숨을 걸어 수호룡을 움직일 수 있다. 그녀의 말에 솔레다토르가 당혹감을 이기지 못한 채 눈살을 찌푸렸다. 설마 아리에스가 생쥐를 죽게 내버려둘까 싶었지만, 불길함이 독사처럼 고개를 치켜들었다.

"지금 네가 자진하는 것을 방해하지 못하게 막아줄 수 있다는 뜻이야."

담담하게 이어진 말에 솔레다토르도 이카르도 경악을 금치 못했다. 그러나 두 사람이 움직이려 들자, 칼끝이 피부에 닿을 듯 바싹 다가붙었다.

"아직 이야기 중이니 얌전히 계셔주세요. 끝까지 들은 후 움직인다 해도 늦진 않을 거랍니다. 섣불리 움직이셨다간 되레 더 곤란해질지도 모른답니다."

아리에스는 둘을 향해 경고를 던지곤 다시 생쥐를 바라보았다.

"하지만 생쥐야, 결정하기 전에 생각해주렴. 나는 너를 위해 내 목숨을 거는 거란다. 진심을 보이지 않는다면 수호룡을 막을 수 없을 테니까."

실제로 죽을 필요는 없다 해도, 그것을 믿고 거짓으로 협박한다면 수호룡의 계약은 발휘하지 않을 것이다. 그러니 로제시아 황녀처럼 탑 꼭대기에서 뛰어내릴 정도의 각오와 진심이 필요했다.

아리에스는 미소를 머금은 채 단검을 쥔 손에 힘을 주었다.

"너를 위해서야. 그 정도로 네가 소중하니까, 진심으로 바란다면 원하는 대로 해주고 싶은 것이란다."

단순하게 들으면 생쥐의 자살을 도와주겠다는 말이었지만, 속에 담긴 마음은 그 반대였다. 이렇게나 너를 소중히 여기고 있다. 그러니 스스로를 쉽게 버리지 말아 달라, 그러한 호소를 품고 있었다. 하지만 만약 생쥐가 기어이 제 목숨을 바치겠다면…… 아리에스는 솔레다토르를 막아줄 생각이었다.

생쥐가 진심으로 바라는 바가 그것이라면 억지로 막아서지는 않을 것이다.

"언니, 저는……."

생쥐는 떨리는 눈동자로 아리에스와 솔레다토르를 번갈아 바라보았다. 그녀에게 있어 이번 일은 무척이나 간단했다. 그냥 자신만 죽으면 모든 것이 잘 해결될 터였으니까. 그렇기에 망설임 없이 칼을 치켜들었는데, 거리낌 없이 목숨을 버리려고 했었는데 지금은 그럴 수가 없었다. 아리에스가 정말로 원한다면 도와주겠다고 말하고 있건만 고개를 끄덕여 답하기가 머뭇거려졌다.

"저는……."

생쥐는 배 속 깊이 숨을 들이켰다. 이어 솔레다토르의 시선을 외면했다. 그 무엇보다도 중요한 것은 솔레다토르의 안위다. 더는 길게 망설일 필요 없다. 그렇게 흔들리는 마음을 다잡는 생쥐를 솔레다토르가 다시 한 번 붙잡았다.

"잠시만, 내 말을 들어다오."

돌아보면 또다시 머뭇거리게 될 것이지만 생쥐는 간절함이 담긴 목소리를 외면할 수 없었다. 그녀는 각오를 다지기 위해 입술을 잘근 깨문 채 자신의 어깨를 잡은 남자를 올려다보았다. 솔레다토르는 무슨 말을 해도 소용없을 거라는, 고집이 잔뜩 담긴 얼굴을 바라보며 입을 열었다.

"나는 너를 이기지 못한다."

"……네?"

아무 대답도 하지 않게 위해 입술까지 깨물었는데, 생쥐는 무심코 되묻고 말았다.

솔레다토르가 평범한 인간 소녀일 뿐인 자신을 이기지 못한다니.

"너는 첫인상부터 고집스러웠고 꿋꿋했지."

솔레다토르는 무심코 쓰게 웃었다. 그 첫 만남부터, 생쥐는 꺾이지 않았다. 그날의 일을 선명히 기억한다. 눈만 동그랗게 커다란, 비쩍 마른 여자애. 인상을 조금만 찌푸려도 겁먹고 달아날 것 같은 여린 모양새를 한 주제에 돌아가라는 그의 말에 꿈쩍 않고 버티고 섰었다. 단 한 마디도 지지 않고 꼬박꼬박 대꾸하다가 제 발이 아닌 이카르의 손에 들려 나갔었다.

"지금처럼 목숨을 위협받는 정도로는 물러설 줄을 몰랐다."

첫 만남부터 돌아가라고 했었다. 몇 번이나 위험을 경고하였다. 실제로 몇 번이나 다치고 위기에 처했었다. 그럼에도 생쥐는 그의 말을 듣지 않았다. 작은 몸뚱이 전체가 고집과 뚝심으로 이루어져 있는 것만 같았다.

"재판 때도 나는 네게 도망치라 말하였지만 너는 거절했지. 나는 결국 너를 설득하지 못했다."

생쥐를 이기는 것을 포기하고 재판에서 지게 되면 억지로 빼돌리기로 했었다. 그 밖의 자잘한 것들도, 연녹색 눈이 가만히 바라봐오며 원하는 바를 재잘거리기 시작하면 그녀를 외면할 수가 없었다.

"아리에스를 보호하겠답시고 내 앞을 막아서기도 했었지. 내가 잠든 모습을 보겠다고 고집을 부리기도 했었다. 멋대로 목숨을 내놓겠다 우긴 적도 여러 번이었다. 나는 거의 매번 물러서주거나 거짓말이라도 하여 적당히 넘어가곤 했었지."

모나르카궁으로 옮겨와서도 크게 변하진 않았다. 생쥐를 품 안에 가둬두고 싶다는 마음을 억누른 채 그녀가 원하는 대로 해주었다. 떠나버릴까 불안해하면서도 완전히 막지는 못하였다.

"그래도 그때는 네가 정말로 위험에 처한다면 억지로 끌어낼 힘이 있었다. 그렇기에 굳이 너를 이겨야 할 필요가 없기도 했다. 그러나 지금은."

솔레다토르의 손끝이 생쥐의 뺨에 가 닿았다. 희게 매끄러운 볼에는 흥분 탓인지 불안 탓인지 모를 홍조가 옅게 어려 있었다. 손길은 그 발그레한 살결을 사랑스럽다는 듯 쓸어내리고는 생쥐의 손을 가볍게 쥐었다.

"지금의 나는 무력하다."

설득할 수도 없고 억지로 붙잡을 수도 없다면, 남은 길은 하나뿐이었다. 솔레다토르의 한쪽 무릎이 바닥에 닿았다. 생쥐의 눈이 놀람으로 크게 뜨여졌다.

"하니 네게 매달려 애원하마."

"솔!"

생쥐는 비명처럼 외쳤다. 애원이라니, 눈앞의 광경이 이해가 지 않다 못해 머릿속이 발갛게 불타는 듯 했다.

"내 곁에 있어다오."

솔레다토르는 주위의 시선에도 아랑곳 않고 간절하게 말했다. 마경의 주인이 평범한 소녀에게 무릎 꿇고 애원한다는, 그 누구라도 경악할 만한 모습이었지만 그는 이보다 더한 짓이라도 얼마든지 할 수 있었다.

"부디 나를 떠나지 말아 다오."

"어, 어째서요?!"

혼란에 빠진 생쥐가 소리쳤다.

"왜, 이렇게까지……."

솔레다토르의 입술이 그녀의 손등에 눌러 닿았다.

"네 안위를 알 수 없었던 고작 하루도 안 되는 그 짧은 시간 동안, 나는 무척이나 두려웠다."

"……두려우셨다고요?"

생쥐가 멍하게 말했다. 애원에 이어 역시나 그녀로서는 납득할 수 없는 말이었다. 누군가에게 매달리는 것도 무언가를 무서워하는 것도 모두 솔레다토르에게는 어울리지 않는다. 그가 머리를 굽히고 몸을 떠는 모습은 상상조차 가지 않았다. 둘 모두 솔레다토르보다는 자신에게 더 걸맞은 행위였으니까.

그런데 그런 그가 다른 누구도 아닌 자신에게, 자신 때문에.

생쥐는 이상한 생각을 뿌리치려는 듯 머리를 저었다.

"이해할 수 없어요! 이상하잖아요, 그런 거! 대체 왜 솔이, 그런, 두렵다는 말 같은 걸……."

"이상하지 않아. 몇 번이나 말해주마. 무서웠고, 두려웠고 겁에 질려 있었다. 혹 네가 섣부른 짓을 하진 않을까 걱정되어 숨이 막혔다. 일이 잘못되어 너를 잃는 것은 아닐까 가슴이 찢어졌다. 너를 되찾을 수만 있다면 무엇이라도 내놓을 수 있다고 생각했다."

"……."

생쥐는 할 말을 잃은 채 자신 앞에 무릎 꿇은 남자를 내려다보았다. 그녀가 아는, 아니, 안다고 착각했던 솔레다토르는 눈앞에 없었다. 그와 자신은 다르다고 생각했다. 그는 황제였고 드래곤이었다. 바로 곁에 있었지만 한없이 먼 존재였다. 빈민가 출신인간 여자애와는 비슷한 점 하나 없이 모든 것이 달랐다. 그렇기에 예전에 아리에스의 앞에서 솔레다토르를 사랑하지 않는다고, 사랑하기 무섭다고 말하기도 했었다.

"……저는 솔을 좋아해요."

생쥐는 생각을 정리하기 위해 느릿느릿 말을 이었다.

"그리고…… 그래서 언니의 결혼식 전야제 날 저를 더 많이 좋아해달라고 했었습니다. 제가 좋아하는 만큼요."

하지만 그날 솔레다토르는 분명히 그러기 힘들다고 대답했었다. 쉽지 않다고 조금 곤란해하는 표정을 지었었다. 또한 그날, 이카르는 솔레다토르가 자신들과 크게 다르진 않다고 생각한다 말했었다. 생쥐는 솔레다토르를 잘 알고 있다는 듯 말하는 그가 알미워 발을 꽉 밟아주고, 그의 말에 절반쯤 동감했다. 틀린 말은 아니다 싶었지만 동시에 솔레다토르가 자신처럼 자신을 좋아하기는 어려울 것이라 생각했다. 그리고 그 생각은 솔레다토르의 대답으로 확신이 되었다.

분명 그랬었는데.

"그런데 지금 솔의 말은, 꼭 저를 많이 좋아하시는 것처럼 들려요."

"물론 나는……."

"그러니까 제가 솔을 좋아하는 만큼이요."

생쥐는 재빨리 조건을 덧붙이곤 작게 헐떡였다. 말하자마자 곧장 후회가 들었다. 만약 정말로 그렇다는 대답이 돌아오면 어쩌지. 부정보다 도리어 긍정이 더 무서웠다. 생쥐는 붙잡히지 않은 손으로 자신의 가슴께를 짓눌렀다. 그런 그녀를 인간의 것과는 거리가 먼 금빛 두 눈이 올려다보고 있었다.

"미안하다."

"……네?"

생쥐의 두 어깨가 크게 떨렸다. 좋아한다는 대답이 아니었다. 그럴 것이라고, 그래야 한다고 생각하고 있었는데도 실망이 스미는 것에 당황하고 있는데 솔레다토르의 말이 이어졌다.

"내가 깨닫는 것이 늦어서 그때는 제대로 된 대답을 해주지 못했었다."

"아니, 저, 저는……."

"어떻게 표현해야 할까. 나도 네게 내 모든 것을 주겠다. 너를 위해서 그 무엇이라도 하겠다. 몇 번이라도 나를 떠나지 말라고 부탁하고 나를 버리지 말라고 매달린다면 너를 얼마나 많이 좋아하고 있는지 알아줄 수 있겠느냐. 그래도 부족하다면……."

"아니에요! 전혀, 부족하다니!"

손바닥 아래로 느껴지는 심장의 두근거림이 마치 한참을 내달린 것처럼 격렬했다. 생쥐는 두어 번 크게 심호흡을 했다. 머릿속은 불에 덴 듯 뜨거웠고 가슴은 그보다 더해 숫제 불타오르고 있었다. 진정하려고 했지만 도무지 그럴 수가 없었다.

자신이 뭘 하고 있었는지, 뭘 하려고 했었는지 모두 새하얗게 지워졌다. 주위 사람들 또한 사라진 듯 보이지 않았다. 그저 제 앞에 무릎 꿇은 남자만이 두 눈을 가득 채우고 있었다. 그의 말 한 마디 한 마디가 귓가에 스며들 때마다 기묘한 감각이 덮쳐들어 두 다리가 떨릴 정도였다.

"저는, 저는……."

대답을 해야 한다. 저 모든 말을 그냥 듣고만 있을 순 없었다. 생쥐는 지금 그녀의 몸속을 가득 채운 온갖 감정들 중 가장 크고 선명하게 빛나는 것을 내뱉었다.

"기뻐요."

기쁘다. 입 밖으로 꺼내자 그 감정은 더더욱 선명해져 어쩔 줄 몰라 흐려졌던 얼굴 위로 햇살처럼 드리워졌다. 생쥐는 더는 참지 못하고 미소 지었다.

그의 곁에 나란히 선다는 것은 절대 불가능하다고 생각했던 적이 있었다. 조금쯤 가까워졌다 싶었을 때에도 여전히 끝없이 멀다고 생각했었다. 그런데 지금은 이렇게, 그가 먼저 몸을 숙여 주었다.

자신에게 떠나지 말아 달라 부탁했다. 자신을 버리지 말아 달라 매달렸다. 그 모두가 생쥐가 언젠가 그에게 했던 말이었다. 그런데 지금은 반대로 향해오고 있었다. 서로의 위치가 바뀔 것이라고는 상상조차 하지 못했었는데, 바로 이 순간 눈앞에서 벌어졌다.

그 광경은 여전히 이상하다. 낯설다. 이래서는 안 된다는 배덕감 같은 것마저 있었다. 순수하게 기뻐할 상황도 아니었다. 하지만 부풀어 오르는 마음을 억누를 수가 없었다. 전신에 가득 차오르는 환희를 무시할 수 없었다. 잡힌 손을 뿌리치는 일 따위 절대 할 수 없었다. 대신 그녀 또한 무릎을 굽혔다. 팔을 뻗어 쓰러지듯이 그의 품에 안겼다. 아니, 끌어안았다. 놓치지 않겠다는 듯 두 팔 잔뜩 힘을 주었다.

"제 거라니, 정말로 기뻐요."

전부 다 준다고 했다. 과욕이 아닐까 하는 불안이 들었지만 생쥐는 조금이라도 포기할 생각이 없었다. 설사 탈이 난다고 해도 꾸역꾸역 끌어안을 것이다. 그녀는 솔레다토르의 목을 꽉 끌어안은 채 그의 어깨 너머로 보이는 노인을 무섭게 노려보았다.

잠시 잊고 있었던 지금의 상황이 그녀의 머릿속에 새파랗게 떠올랐다. 계약을 막기 위해 목숨을 버릴 생각은 완전히 사라졌다. 솔레다토르가 자신을 원하는 이상, 그를 차지한 이상 절대로 떠나지도 놓아주지도 않을 테니까. 그러나 이대로 솔레다토르를 제국에 빼앗기고 싶지도 않았다.

드베르는 찔러드는 날카로운 시선에 눈썹을 조금 휘었다. 제법 사나운 표정이기는 했으나 드래곤의 후궁이 이 이상 유의미한 짓을 할 수 있으리라는 생각은 들지 않았다. 제 목숨을 거는 것이 고작일 터이고, 그것은 불발로 돌아갔다. 그는 여유롭게 입을 열었다.

"대충 정리가 된 듯하니 끊어졌던 대화를 다시 이어가도 괜찮겠습니까?"

그의 말에 솔레다토르가 생쥐를 안아 든 채 몸을 일으켰다. 못다 한 대답을 하려는 그때.

"잠시 기다려주세요."

생쥐가 솔레다토르의 품에서 빠져나오며 말했다.

"잠깐만, 또 뭘……."

"걱정 마세요. 저는 살 거니까요. 해독제를 알아내서 솔과 함께 오래오래 살 겁니다."

그녀는 자신을 붙잡으려 하는 솔레다토르에게 안심하라며 미소 지어 보였다. 그러곤 다시 드베르 카얄룬을 바라보았다.

"방금 들으셨죠? 이제 솔레다토르는 제 것입니다."

당돌한 목소리에 드베르는 순간 할 말을 잃었다. 분명 그런 대화가 오가기는 했지만 이렇게 곧장 소유를 주장해올 줄은 몰랐다. 아니, 생쥐를 상대하는 것 자체가 예상 밖의 일이었다. 그에게 있어 생쥐는 미끼의 가치 이상도 이하도 아닌 평범한 소녀였으니까.

"……그렇게 듣기는 했습니다만, 그래서 무엇을 원하시는 겁니까."

"해독제 비율을 알려주고 조용히 물러나기를 원해요."

"제가 받아들이지 않을 것이라는 건 알고 계시겠지요?"

드베르는 물정 모르는 어린애를 달래듯 말했다.

"무언가를 바란다면 그에 걸맞은 대가가 필요한 법입니다."

"그런 건 잘 알고 있어요. 저는 빵 한 조각조차 그냥은 얻지 못했으니까요. 당신이 쉽게 손에 쥘 수 있었던 것도 저는 목숨을 걸어야 했어요. 그런 제게서 솔레다토르를 쉽게 빼앗아갈 수 있을 거라고 생각하지 마세요."

"하면 어떻게 막으실 생각이십니까."

"저는."

생쥐는 한쪽에 서 있는 마노로스를 힐끗 쳐다보았다가 다시 노인에게로 시선을 돌렸다.

"카얄룬 공작가를 없애버릴 거예요."

"제가 죽은 뒤의 공작가는 신경 쓸 바 아닙니다만."

"그리고 제국 또한 없애버릴 겁니다."

계약을 막지 못한다면 솔레다토르를 묶고 있는 것 자체를 없애버리면 된다. 인질의 죽음을 제국의 죽음으로 바꾼 것이다. 생쥐는 단순하게 생각하고 결론 내려 대답했다.

"……."

드베르는 또다시 말문이 막히고 말았다. 제국을 없애겠다니, 그로서는 생각지도 못한 소리였다.

"……나비 후궁마마께 그럴 능력이 있으십니까?"

"솔레다토르가 제 것이니까요."

"말은 그렇다 해도 상대를 꼭두각시처럼 움직일 수 있다는 뜻은 아니지 않습니까."

"불가능한 이야기는 아니다."

그때 솔레다토르가 입을 열었다.

"마경의 주인의 반려는 마경에 대해 배우자와 동등한 권리를 가지게 된다. 즉, 마경의 마물들을 부릴 수 있게 된다는 뜻이지."

드레이크 한 마리만 해도 일개 군단에 필적한다. 그런 최상위의 마수만 해도 수십이 넘을뿐더러 자잘한 마수들은 수를 헤아리기가 힘들다.

물론 자의식 강한 상위 일족은 주인의 명이라 하여 무조건적으로 따르진 않았지만, 마경의 주인인 솔레다토르를 해방하기 위해서라면 순순히 협조할 게 분명했다.

마경의 힘을 거론하자 노인의 얼굴 위로 드디어 난색이 비쳤다.

"하지만 솔레다토르께서는 계약에 따라 제국을 지켜야 하지 않습니까. 수호룡으로서의 계약도, 황제의 계약도 모두 제국이 존속해야만 지킬 수 있는 것입니다."

"물론 그러하다. 어디까지나 내가 제국을 지킬 수 있는 상태라면 말이지."

솔레다토르는 생쥐의 곁으로 가 서서 그녀를 다정하게 내려다보았다.

"너는 나를 붙잡아둘 수 있다. 계약에 의지한 황족과 달리 몇 번이든 제한 없이."

생쥐는 크게 고개를 끄덕이곤 당당히 어깨를 폈다.

"드베르 카얄룬. 당신이 이대로 계약을 요구하겠다면 저는 무슨 짓을 해서라도 솔레다토르를 되찾을 겁니다."

드베르의 눈가가 크게 찌푸려졌다. 조금 전까지만 하더라도 모든 것이 예상대로였다. 생쥐가 도망친 것조차 방해는 되지 못했었다. 그런데 지금 이렇게, 하찮게 여겼던 소녀가 생각지도 못한 커다란 장벽이 되어 그의 앞을 가로막고 선 것이다. 지팡이를 쥔 손에 잔뜩 힘이 들어가 가늘게 떨렸다.

"······강하게 나오시는군요. 만약 제가 원하는 바를 얻지 못하여 해독제의 비율을 내놓지 않겠다고 하면 어찌하실 생각이십니까."

"그럼 당신은 사라진 공작가의 사라진 옛 공작이 되겠지요. 흔적도 없이, 아무것도 남기지 못하고요. 그런 것은 싫겠지요. 저 또한 죽는 것은 싫습니다. 그러니 다른 요구를 해주세요."

생쥐의 손이 드베르를 향해 내밀어졌다.

"조금만 욕심을 줄인다면 합의를 볼 수 있을 거예요."

"욕심을 줄이라고······?"

허, 하고 노인의 입에서 기가 찬 웃음소리가 새어 나왔다.

생쥐에 대한 실책은 인정하나 이렇게까지 얕보이게 될 줄은 몰랐다.

"여기서 더 낮춘다면 굳이 솔레다토르를 끌어들일 필요도 없거늘 줄이라 하다니. 그런 명청한 제안이 받아들여질 거라고 생각한 건가."

"그럼 무엇을 원하나요."

아예 말을 놓아버린 드베르의 태도에 생쥐가 미간을 좁혔다. 강경하게 맞서고는 있었지만 불안한 심정이 없지는 않았다. 바로 그때, 의외의 목소리가 들려왔다.

"약의 비율은 저도 알고 있습니다."

예사롭게 덤덤한 어조에 생쥐는 물론이고 드베르마저도 그 말의 내용을 얼른 인식하지 못했다.

목소리의 주인, 마노로스가 앞으로 한 발 나섰다.

"나비 후궁마마께서 내민 손, 제가 대신 잡아도 되겠습니까?"

"……네?"

"마노로스 네놈이!"

터엉, 지팡이가 바닥을 후려치는 소리와 함께 노호성이 터져 나왔다. 평소의 그라면 이리 쉽게 감정을 드러내지 않았을 것이다. 하지만 이미 예상치 못한 장벽에 가로막혀 평상심을 잃은 뒤였다. 그런 상황에 뒤통수까지 후려쳐지니 냉정히 사태를 받아들이기가 불가능했다.

"내가 만들어놓은 판을 가로채겠다니, 인제 와서 엉뚱한 욕심이라도 생긴 게냐!"

"욕심은 항시 있었습니다. 세상에 욕심 없는 인간이 어디 있겠습니까. 단지 욕심보다 아버지를 우러르는 마음이 더 컸기에 말 잘 듣는 수족 노릇을 한 것뿐이지요."

흥분한 부친과 반대되게 아들은 차분히 말을 이었다.

"수호룡을 황위에 앉히겠다는 말씀은 제 귀에도 퍽 그럴듯하게 들렸습니다. 영원한 지배자라니, 분명 무척이나 많은 것들이 바뀌게 되겠지요. 하지만 아버지, 당신은 실패했습니다."

"……실패라고?"

"예, 실패지요. 이미 스스로도 알고 계시지 않습니까."

드베르는 대답 대신 이를 악물었다.

"지금 이 상황에서 대체 어떻게 나비 후궁마마를 막으시겠습니까. 남은 길은 세 가지입니다. 제국이 사라질 수도 있는 미래를 무시하고 계약을 성사시키거나, 계약을 포기하고 분풀이로 해독제의 비율을 알려주지 않거나, 내밀어진 손을 붙잡는 것뿐이지요."

그 외의 길은 없다. 원래는 해독제로 묶어두어야 할 상대가 솔레다토르 한 명뿐이었으나 지금은 두 명으로 늘어나버린 것이다. 하나뿐인 족쇄로 둘 모두를 묶는다는 것은 불가능했다.

"그리고 아버지께서는 나비 후궁마마의 손을 거부하셨습니다. 결국 남은 길은 둘뿐인데, 어느 쪽이든 어리석은 선택이지요."

마노로스가 저벅저벅 걸음을 옮겨 갔다. 바닥을 길게 가로지르는 선을 넘어선 그가 자신의 부친 앞에 멈추어 섰다.

"아버지의 잘못된 결정을 막아서는 것이, 자식 된 당연한 도리 아니겠습니까."

"……뚫린 입이라고 말은 잘하는구나."

노인은 눈앞의 낯설게 느껴지는 사내를 찢어 죽일 듯이 노려보았다. 하지만 지금의 그로서는 할 수 있는 것이 없었다. 들끓던 독기는 이내 흩어지고 드베르는 허탈한 웃음을 흘렸다.

"나도 이제 늙었군. 구멍이 둘이나 나 있는 것을 보지 못하고 놓치다니, 치욕도 이런 치욕이 없다."

가장 큰 패인은 당연하게도 생쥐였다.

아무런 위협도 되지 못할 거라고 생각했던 힘없는 소녀가 그의 발목을 붙잡다 못해 당겨 넘어뜨렸다. 천출에 물정 모르는, 보호만 받는 애첩이 아닌 드래곤의 당당한 반려로서 날카로운 칼을 겨누어왔다. 그것은 진정으로 예상치 못한 공격이었다.

이카르는 물론이요 아리에스에 대한 대비책까지 마련해놓았던 드베르였다. 그러나 제아무리 신중한 늑대라 해도 여우나 삵이 아닌 쥐 한 마리까지 경계하지는 않는 법이다. 눈에 잘 들어오지도 않던 조그만 쥐가 갑자기 늑대가 되어 덤벼들 것이라고는 그 누가 상상할 수 있었겠는가.

그리고 한 사람 더, 마노로스 카얄룬. 그의 배신 또한 드베르로서는 생각지 못한 사태였다. 그는 자식이기 이전에 단 한 번의 반항도 없었던 충직한 수하였다. 심지어 사랑했던 여자를 쫓아내고 그 사이에서 태어난 아이를 카얄룬가가 아닌 레브어트가로 보내버렸을 때도 순순히 복종했던 아들이다. 한두 해도 아닌 수십 년 동안 제 의견이라고는 없는 듯이 마냥 충실했기에 마음을 놓고 있었는데.

"⋯⋯인정하지."

드베르는 허탈감을 이기지 못해 수척해진 얼굴로 말했다.

"손에 쥔 것 하나 없이 길게 고집부려봐야 비참한 꼴밖에 더 되겠나. 그래, 내가 졌다. 완전히 실패했다. 이제 어찌할 것이냐."

"불편하지 않게 모실 터이니 걱정하지 마십시오."

"팔다리 죄 잘라놓고 목숨만 붙여놓을 속셈이면서 잘도 그런 소리를 하는구나."

드베르가 혀끝을 차며 고개를 돌렸다. 마노로스는 해독약의 비율을 알려주는 대신 카얄룬 공작가를 완전히 손에 넣기 위한 도움을 받으려 할 것이다. 처지가 반대였다면 자신 또한 그리하였을 터이니. 결국 드베르 카얄룬의 앞에는 뒷방 늙은이로 물러나 죽음을 기다리는 처량한 신세만이 기다리고 있었다. 그에게 있어서는 차라리 죽느니만 못한 결말이었다.

"나비 후궁마마. 아니, 라린 살타토르님."

마노로스는 생쥐의 앞으로 다가가 정중히 한쪽 무릎을 꿇었다. 이어 그녀의 손등에 존경과 신의의 표시로 입을 맞추었다.

"해독약의 비율을 알려드리겠습니다. 대신 소신이 카얄룬 공작가의 진정한 주인으로 거듭나기 위한 협력과 이번 일을 불문에 부치기를 부탁드리겠습니다."

"……제게요?"

먼저 손을 내밀긴 하였으나 교섭 자체를 주도하게 될 줄은 몰랐다. 생쥐는 당황하며 솔레다토르와 아리에스, 이카르를 번갈아 바라보았다. 누군가 대신 나서주기를 바라고 그래야 한다고 생각했지만 셋 모두 그녀를 지켜보고만 있을 뿐이었다.

결국 생쥐는 다시 마노로스를 바라보며 조심스럽게 입을 열었다.

"제가 대답을 드려도 괜찮을까요?"

"괜찮은 것이 아니라 당연한 일입니다. 지금의 상황을 이끌어 낸 사람은 라린 살타토르님이시니까요. 또한 만약 비슷한 결과가 나왔다고 해도 그 주도자가 솔레다토르셨더라면 저는 나서지 않았을 겁니다."

"어째서죠?"

"개인적인 의미가 있다고 대답하겠습니다."

마노로스는 자세히 말하지 않은 채 쓴웃음을 지었다. 상황을 반전시킬 수 있는 열쇠를 손에 쥐고 있었지만 그는 본래 지금처럼 자신의 부친을 배신할 생각이 없었다. 전 공작에게 복종하는 것이 익숙하고도 자연스러운 일이었기 때문이다. 길들여진 짐승이 아무런 구속구가 없음에도 도망치거나 반항하지 않고 노쇠한 주인의 발치에 얌전히 엎드리는 것과 비슷했다.

만약 승리자가 솔레다토르였다면 마노로스는 끝까지 침묵을 지켰을 것이다. 드래곤이라면 그의 주인이 패배하는 대상으로 손색이 없었으니까. 실패했다 해도 누구보다 강력한 권력자로서 궁정을 휘잡으며 드래곤을 궁지에 몰아넣은 위상에는 변함이 없을 것이었다.

하지만 드베르 카얄룬의 목을 물어뜯은 것은 다른 누구도 아닌 생쥐였다. 인질로서의 가치 이상을 발견하지 못한, 귀족 출신도 아니며 제대로 교육받기 시작한 지 채 일 년이 되지 않은 소녀.

그런 어린 아가씨에게 실패라는 낙인을 받게 된 순간, 드베르는 마노로스의 눈에 더 이상 완벽한 주인으로 비치지 않았다.

길고 긴 시간 동안 묵묵히 복종해왔다곤 하나 마노로스에게도 송곳니가 없는 것은 아니었다. 그도 불만을 느끼고 분노를 삼키며 야심을 감추어왔다. 그렇기에 부친이 약한 모습을 드러내자마자, 그와 맞설 수 있다는 자신감이 생기자마자 즉시 이를 드러낸 것이었다.

생쥐는 마노로스의 대답에 의아해하면서도 고개를 끄덕였다.

"네. 받아들이겠습니다."

이렇게 순순히 수락해도 되는 건지 조금 불안했지만 만일 나쁜 조건이었다면 누군가가 막아주었을 것이다. 생쥐의 대답에 마노로스가 몸을 일으키며 머리를 살짝 숙여 보였다. 그는 망설임 없이 곧장 해독제의 비율을 알려준 뒤 말을 덧붙였다.

"솔레다토르께 계약을 요구하지는 않겠습니다. 드래곤의 반려로서의 라린 살타토르님의 명예를 믿겠습니다."

"믿음에 감사드립니다. 그리고 제 이름은 생쥐예요."

생쥐는 카얄룬 공작을 똑바로 마주 보며 말했다. 더러운 짐승으로부터 따온 이름이었지만 밝히는 게 부끄럽다는 생각은 들지 않았다. 솔레다토르에게 있어 자신은 생쥐니까. 그러니 드래곤의 반려로서 약속하는 자리라면 생쥐라는 이름을 대는 것이 옳다.

마노로스는 약간 놀란 듯하다가 옅은 미소를 띠었다.

"예, 생쥐님."

둘의 대화가 일단락되자 솔레다토르가 나섰다. 그는 생쥐를 자신의 품으로 끌어들이며 마노로스에게 말했다.

"드레이크를 일주일간 빌려주겠다. 공작가를 정리할 시간으로는 충분하겠지. 그 후 자리를 다지는 데 필요한 도움은 적정선을 지켜 모나르카궁의 시종장을 통해 요구해라."

"감사합니다."

솔레다토르가 돌아서자 이번에는 이카르가 나섰다.

"나 또한 한 손 거들어줄 의향이 있네."

자칫 지지부진한 교착 상태에 빠질 수도 있는 상황을 도와준 것도 고마웠고 카얄룬 공작가에 한 줄 걸쳐놓을 욕심도 있었다. 그러나 마노로스는 이카르의 제안을 거절했다.

"소신은 거래를 제안하는 것이지 일방적인 도움을 바라는 것은 아닙니다. 황제 폐하와 적대할 생각은 없으나 은혜를 입을 생각 또한 없습니다."

말이 좋아서 은혜지 결국은 짐이요, 갚아야 할 빚이다.

"알겠다. 오늘의 일이 향후 좋은 관계로 이어지기를 바라지."

이카르는 더 제안치 않고 아리에스와 함께 먼저 방을 빠져나간 솔레다토르와 생쥐의 뒤를 따랐다.

생쥐는 모나르카궁으로 돌아오자마자 곧장 해독제를 만들어 마셨다. 약효가 돌자 피로가 쌓인 듯 무겁던 몸이 서서히 가뿐해졌다.

"괜찮으냐?"

"네, 멀쩡해요!"

생쥐는 솔레다토르의 품에 안긴 채 크게 고개를 끄덕였다. 몸은 물론이고 다른 모든 것도 다 괜찮았다. 아직 가슴 안쪽의 두근거리는 기쁨이 짙게 남아 있어, 이보다 더 좋을 순 없을 것 같았다. 서로 딱 달라붙어 있는 두 사람을 보며 아리에스가 약간 짓궂게 미소 지었다.

"아까는 정말이지 깜짝 놀랐지 뭐예요. 무척이나 부럽기도 했고요."

그녀는 이카르를 슬쩍 노려보며 말을 이었다.

"솔레다토르께서 그렇게나 열렬한 고백을 하실 줄이야. 양자와는 전혀 다르게 말이에요."

"아, 아리에스."

이카르가 당황하며 아리에스의 눈치를 살폈다. 양심이 찔려 어쩔 줄 몰라 하는 그의 모습에 아리에스의 입꼬리가 좀 더 위로 올라갔다.

"생쥐를 목숨처럼 아끼고 사랑하신다 하니 언니로서 적잖이 안심이 되는군요. 앞으로도 그 마음 변치 않으시길 바랍니다."

"걱정할 필요 없다고 대답해주마."

"참으로 든든하네요."

비꼬듯 말하는 것과 달리 아리에스의 표정은 온화했다. 그녀는 애정 어린 시선으로 생쥐를 바라본 뒤 이카르의 팔을 당겨 붙잡았다.

"방해꾼들은 이만 나가보겠습니다. 피곤하실 텐데 일찍 주무시는 것도 좋을 테고, 아니면 다른 무언가를 하는 것도 좋을 테지요."

그렇게 말하곤 두 사람이 밖으로 나갔다. 약을 만들어 왔던 노체와 두 요정들까지 자리를 떠나자 방에는 솔레다토르와 생쥐만이 남게 되었다.

"졸리겠구나."

다정한 목소리에 생쥐가 얼른 고개를 저었다.

"어제 많이 잤잖아요. 하나도 안 졸립니다."

약 기운 탓이기는 했지만 대낮까지 잠들어 있었다. 덕분에 별로 졸리진 않았다. 잠들고 싶은 기분 또한 아니었다.

생쥐는 솔레다토르의 품에서 빠져나와 빙그르 몸을 돌려 그를 올려다보았다. 그냥 얼굴만 마주 보았는데 이유 없는 웃음이 배실배실 새어 나온다.

"다시 한 번 말하고 싶어요. 말할게요. 정말로 기뻐요."

한 번이 아니라 두 번, 세 번, 몇 번이라도 말하고 싶었다. 자랑스럽게 소리쳐보고도 싶었다. 혈색 도는 얼굴 위로 의기양양한 표정이 떠올랐다.

"제게 준다고 하셨잖아요. 솔을요."

"그래. 다시 말해줄까?"

"네!"

하루 종일 반복해 들어도 지겹지 않을 것이다. 솔레다토르는 생쥐를 향해 허리를 굽혔다. 연회색 머리칼 사이로 동그랗게 나와 있는 귀에 입술이 닿을 듯 고개를 가까이해, 그녀가 원하는 말을 속삭여주었다.

"내 모든 것을 네게 주마. 그밖에도, 네가 원하는 모든 것을 내어주겠다."

귓가가 간지러웠다. 생쥐는 어깨를 부르르 떨었다. 온갖 미사여구가 가득한 아름다운 사랑의 노래는 아니었지만, 도리어 그 반대로 투박하다고 해도 좋을 말이었지만 그녀의 가슴에는 그 어떤 연가보다 달콤하게 적셔들었다.

전부 다 가질 수 있다. 그게 좋았다.

목 뒤가 오싹오싹할 정도로 만족스러웠다. 내 것이다. 내 거다. 생쥐는 더 참지 못하고 두 팔을 뻗었다. 솔레다토르는 그녀가 그를 마음껏 끌어안을 수 있도록 무릎 꿇어주었다.

생쥐의 두 손이 붉은빛 도는 어두운 머리칼 사이를 파고들었다. 머리카락을 쓰다듬던 손길이 아래로 내려가 귓가를 더듬거리듯 매만진다. 그러다 뺨을 조심스레 감싸곤 살짝 닿기만 하는 키스를 한다.

연녹색 눈과 황금색 눈이 마주쳤다. 생쥐는 소리 내어 웃었다. 방울처럼 잘랑잘랑 울리는 웃음소리였다. 그녀는 솔레다토르에게 다시 입을 맞추고 다시 한껏 끌어안았다.

"나의 솔레다토르."

입 안을 맴도는 울림이 무척이나 마음에 들어 생쥐는 다시 한 번 말했다.

"나의 드래곤."

그에 답하듯 늘어뜨려져 있던 솔레다토르의 팔이 생쥐의 몸을 감쌌다. 그녀의 목소리 위에 덧씌우듯이 말했다.

"나의 생쥐."

솔레다토르는 생쥐의 가슴이 뛰는 것을 느꼈다. 그녀의 두 뺨은 발가니 달아올라 반짝거리고 있었다. 한껏 행복해하는 그 모습에 그의 심장 또한 함께 두근거렸다. 달조차 기울어가는 늦은 밤이건만 샛노랗게 화사한 봄볕 속에 푹 파묻힌 것만 같은 기분이었다.

"사랑하는 나의 작은 아가씨."

새액새액 흥분을 살짝 띤 달달한 숨소리가 들려왔다. 솔레다토르는 그 소리를 귀담아 듣기 위해 잠시 숨을 멈추었다. 지금부터 이어질 말에 그 또한 흥분되었다. 솔레다토르는 멈추었던 숨을 내뱉고, 말했다.

인간 황제가 아닌, 마경의 주인이자 솔레다토르라는 이름을 지닌 드래곤으로서.

"부디 나와 결혼해주십시오."

청혼했다.

"네!"

생쥐는 스스로도 깜짝 놀랄 만큼 빠르고 힘차게 대답했다. 그러곤 조금 쑥스러워하다가 다시 대답했다.

"얼마든지요. 얼마든지 좋아요!"

언제 어디서든지 몇 번을 듣는다 해도 기쁘게 고개를 끄덕일 것이다. 동시에 단 한 번만 가느다랗게 속삭여진다 해도 절대로 잊지 못할 목소리일 것이다.

드디어 용을 손에 넣은 생쥐는 행복한 미소를 머금었다.

외전 1.
두 번째이자 첫 번째 결혼식

여름이라기엔 조금 이르고 봄이라기엔 너무 무르익은 그런 날씨였다. 슬금슬금 날이 더워져 생쥐는 봄용 이불과 시트를 침대에서 끌어내렸다. 커다란 천 뭉치를 품에 안고서 휑하니 빈 침대를 바라보다가 이번에는 창문 쪽으로 시선을 돌렸다. 이왕 바꾸는 거 커튼도 갈아야지 싶었다.

"방과 거실의 커튼을 전부 얇은 걸로 바꿔야겠어."

생쥐의 말에 근처를 날아다니고 있던 요정들이 고개를 끄덕이며 맞장구를 쳤다.

"맞아요, 얇은 게 좋죠~."

"응, 얇고 팔랑이는 게 좋아요~."

사지예와 라지예 모두 생쥐에게 존대를 하고 있었다. 최근에 생긴 약간의 변화였다.

이제 곧 생쥐는 솔레다토르, 마경의 주인의 반려가 된다. 과거 후궁으로서 식을 올렸었다지만 그것은 마경의 주인이 아닌 인간 황제로서의 결혼이었다. 하지만 이번에는 드래곤으로서, 마경의 주인으로서 하는 결혼이다. 즉 솔레다드 산맥의 마물들에게 있어서 생쥐는 솔레다토르와 동격으로 모셔야 할 상대가 되는 것이었다.

그렇기에 서로 대하는 말투도 바뀌었지만 생쥐는 아직 어색해하고 있었다. 특히 노체 부인은 나이 지긋한 외모도 더해져 더더욱 하대하기 힘들었다. 그나마 후궁으로서의 사교 교육을 받은 경험 덕에 일종의 시녀 역할을 해온 요정들에게는 비교적 쉽게 말을 놓을 수가 있었다.

"시종장에게 커튼 원단을 준비해달라고 전하면 되겠지?"

"원단을요?"

"응. 직접 보고 고르려고. 그런데 이거……."

생쥐는 자신의 품에 가득 차다 못해 넘쳐흐르는 이불 뭉치를 내려다보았다.

"역시 혼자 옮기기는 무리인 거 같아. 생각보다 무겁네……."

"노체 부인을 불러올까요?"

"응, 그래줘."

생쥐는 이불 뭉치를 내려놓고 침실을 나섰다.

사지예와 라지예가 노체를 찾으러 먼저 떠나고 이어 생쥐도 건물 밖으로 나왔다. 그때 마침 내궁으로 들어와 정원을 가로질러 오고 있던 헤러시가 보였다.

"안녕하세요, 마마."

헤러시의 인사에 생쥐가 대답했다. 그리고 한 명 더.

"안녕, 인간 씨."

생쥐의 머리 장식에 몸을 감추고 있던 작고 가느다란 은회색 뱀이 대가리를 치켜들며 인사했다. 지난번 사건 이후 생쥐를 보호하기 위해 데리고 온 마경의 마물인 바트렐이었다. 그리 대단한 무력은 지니지 못했지만 눈으로 잡아채기 힘들 정도로 동작이 재빠른 데다가 인간 몇쯤은 순식간에 죽일 수 있는 독을 지니고 있어 만일의 사태 때 시간 벌이용으로는 충분했다.

"침구와 커튼을 교체할 거예요."

생쥐의 말에 헤러시가 고개를 끄덕였다.

"그럴 시기가 되긴 했죠. 결혼식 전에 바꾸시게요?"

"네. 가능할까요?"

"어려울 건 없죠. 특별한 종류를 원하시는 것이 아니라면요. 곧장 원단을 준비시키도록 하겠습니다."

"고마워요."

"그리고 여기 귀부인들로부터 온 편지입니다."

헤러시가 들고 있던 작은 상자를 내밀었다. 황제의 결혼 전야제

때 생쥐의 선물은 많은 관심을 받았었다. 마경에서만 구할 수 있는 식물들은 여러 가지로 유용하게 쓰였기에 이렇게 도움을 요청하는 편지가 꾸준히 들어오고 있었다.

"평소처럼 적당히 추려내었으니 읽어보시고 답장 부탁드리겠습니다."

온실의 크기는 한정되어 있기에 원하는 사람 모두에게 작물을 나누어 줄 수는 없었다. 그래서 편지에 적힌 사연을 보고 일부에게만 답장을 해주었다. 그리고 그 대가는 빈민구호소에 기부하는 것으로 대신하고 있었다.

"지난주 이브닌 백작부인의 생일연회 이후로 편지가 더 늘어난 거 같네요."

"유리방울꽃이 호평이었죠."

"하지만 당분간은 장식용 꽃은 보내줄 수 없을 거예요."

생쥐가 미소 지으며 상자 속의 편지 뭉치를 들여다보았다.

"이번에 핀 꽃들은 제가 써야 하니까요."

"물론 그러셔야지요."

헤러시 또한 작게 웃었다. 또 한 번의 결혼식이 코앞으로 다가왔다. 두 번째라고는 하지만 실상 진짜 결혼식은 이번이 처음인 셈이었다. 첫 번째 결혼식은 드래곤이 아닌 인간 황제와 한 것이었으니까.

"드레스도 곧 완성될 겁니다. 이삼일 내로 받아볼 수 있을 거라고 하더군요."

외부에 알리지 않은 비밀스러운 결혼식이었기에 드레스를 포함한 준비물들은 황궁 밖에서 살타토르 백작가와 제누르 백작가의 이름으로 주문하였다.

"그런데 솔레다토르께서는 자리를 비우신 겁니까?"

헤러시가 주위를 두리번거리며 물었다. 최근 들어 거의 항상 붙어 있는 것이나 다름없는 두 사람이었는데 솔레다토르의 모습이 보이질 않았기 때문이다.

"네. 공작새를 가지러 가셨어요."

"공작새요?"

"황궁에도 공작새가 있긴 한데 백공작은 없거든요. 아르만 후작령에 있다고 해서 거길 가셨지 뭐예요. 폐하께서 사람을 보내겠다고 하셨는데 그러면 너무 늦어지고 또 일종의 결혼 선물이니까 직접 주고 싶으시대요."

"아르만 후작령이면 말로는 나흘 이상 걸리는 걸로 알고 있습니다만."

"가는 데는 얼마 안 걸리는데 공작을 데리고는 빨리 날 수 없어서 밤늦게나 도착하실 거라고 하셨어요."

물론 잠들지 않고 기다릴 거라며 생쥐가 말을 덧붙였다.

"돌아오시면 틀림없이 왜 일찍 자지 않았느냐고 투덜거리시겠지만요. 귀엽게."

"⋯⋯네?"

헤러시의 얼굴이 못 들을 것을 들었다는 듯 일그러졌다. 귀엽다니.

"그…… 음, 솔레다토르……가요?"

"그렇잖아요. 사실은 좋으면서 투덜대는 게. 특히 요즘은요, 표정에서 감정이 전보다 더 잘 보여서 더 귀여운 거 같아요. 솔직해진 걸까요, 아니면 제가 솔에게 더 익숙해진 걸까요? 어느 쪽이든 좋지만요."

"예에…… 어느 쪽이든 잘된 거겠지요."

헤러시가 영혼 없이 맞장구쳤다. 귀엽다 하시니 귀여운 거겠지. 모시는 주인 앞에서 반박할 수도 없고 그럴 기력도 없었다. 만약 동의할 수 없다는 티라도 낸다면 눈앞의 작은 귀부인은 하루 종일이라도 연인의 귀여움을 설파하려 들 게 분명했다. 생쥐의 종알거리는 목소리는 듣기 좋은 편이었지만 얼토당토 않은 소리를 길게 들어줘야 하는 건 꽤나 피곤한 일이었다.

"시종장은 결혼할 생각 없어요?"

"……네? 결혼이요?"

갑작스러운 물음에 헤러시가 당황해했다.

"언니가 혼처를 알아보는 모양이더라고요."

"그, 그게 무슨 말씀입니까?"

"시종장 노릇 하고 있을 때가 제일 몸값이 높을 테니 비싸게 팔아치워야 한다고 했어요."

"황후마마께서는 대체!"

헤러시는 버럭 소리치다 말고 커다랗게 한숨을 내쉬었다. 하다하다 정략결혼까지 시키려고 들다니, 너무한 처사이지 않은가. 물론 이득 볼 수 있는 기회라는 것은 인정하지만 그래도 결혼은 아니다. 연신 한숨 흘리는 헤러시를 생쥐가 조금 안됐다는 듯 바라보았다.

"결혼은 좋아하는 사람과 하는 게 제일이니까 그러시지 말라고 말은 해뒀어요."

"······감사합니다."

"그래도 혹시 모르니까 마음에 드는 사람이 있다면 약혼이라도 해두세요. 언니는 이따금, 음, 약간 횡포를 부리기도 하잖아요."

이따금도 아니고 약간도 아니다. 헤러시는 속으로 그렇게 중얼거리며 고개를 끄덕였다.

"가짜 연인이라도 구해봐야겠습니다."

"그러세요. 그러다가 마음 맞으면 저처럼 될 수도 있잖아요?"

필요에 의한 관계로 시작해서 여기까지 오게 되었다. 돌이켜 보면 가슴이 따뜻해져 생쥐는 흐뭇하게 웃었다.

비단처럼 고운 흰 꽃잎이 겹겹이 풍성한 꽃을 화병에 꽂았다. 생쥐는 주먹보다 더 큰 꽃송이를 살짝 매만지고 향을 들이마신 다음 숙였던 고개를 들었다.

새로 깐 이불을 다시 정리하고 거실로 나간 그녀는 발코니와 연결된 문을 활짝 열었다. 밤공기는 시원하면서도 약간의 온기를 품고 있었다. 하늘에 떠 있는 달은 거의 완벽하게 둥글었고 별들은 길고 굵은 띠를 이루며 반짝거렸다.

"야참을 준비하는 게 좋을까?"

생쥐가 작게 중얼거렸다. 굳이 먹지 않아도 되었기에 솔레다토르의 식사량은 적은 편이었다. 예전에는 하루 종일 입에 댄 것이라곤 커피뿐일 때도 잦았지만 지금은 매 끼니 챙기고 있었다. 생쥐가 그와 함께 식사하는 것을 좋아하고, 솔레다토르가 그녀의 먹는 모습을 보는 걸 좋아하기 때문이다.

잠시 고민하던 생쥐는 수면에 좋은 차와 부풀린 우유 쿠키를 준비했다. 차를 지금 끓이면 식어버릴 것이기에 찻잎만 골라놓고 풍로에 물주전자를 얹었다.

그렇게 솔레다토르를 맞이할 준비를 끝내고 다시 테라스로 나갔다. 얼마나 더 기다려야 그가 돌아올지는 알 수 없었지만, 설사 밤을 꼬박 새우고 해가 밝아온다 해도 지루하지는 않을 것이었다. 생쥐는 테라스에 가져다 놓은 의자에 앉아 하늘을 올려다보았다. 달빛이 비치는 사이로 구름이 느릿느릿 흘러간다.

그렇게 장식용 인형처럼 가만히 앉아 있기를 한참, 새어 나오는 하품을 막을 수 없어 잠시 눈을 비비는 그때에.

"먼저 자라고 했건만."

탓하는 투였지만 다정한 목소리가 들려왔다. 생쥐의 얼굴 전체에 자연스럽게 우러난 미소가 활짝 맺혔다.

"솔!"

벌떡 일어나 어느새 옆에 서 있는 남자를 올려다보았다.

"어서 오세요!"

솔레다토르는 생쥐를 안아 들어 뺨에 키스했다.

"졸릴 텐데."

"아뇨, 아직 괜찮아요."

"하품하는 거 봤다."

"하품이야 낮에도 나오는걸요. 씻고 오세요. 차를 끓여놓을게요."

생쥐는 솔레다토르의 품에서 빠져나와 풍로에 불을 피웠다. 얼마 지나지 않아 물 끓는 소리가 희미하게 들려왔다.

푸른색 문양이 들어간 흰 찻잔에 차를 따르고 쿠키와 함께 테이블로 가져다 놓았다. 그것을 잠시 내려다보다가 접시의 위치가 마음에 들지 않아 살짝 바꾸고, 찻잔도 조금 더 안쪽으로 밀어 넣었다.

'꽃을 가져다 놓을까?'

화병의 것과 달리 작은 꽃송이가 주렁주렁 매달린 향이 좋은 꽃가지를 하나 곁들이면 보기 좋을 것 같았다. 생쥐는 솔레다토르가 들어간 욕실 쪽을 힐끗 쳐다본 뒤 빠른 걸음으로 방을 빠져나갔다. 계단을 두 칸씩 폴짝폴짝 뛰어올라 온실 문을 열어젖히고 곱게 핀 꽃가지를 가위로 툭 잘라 들었다.

가지 가득한 꽃송이들이 떨어질세라 계단을 내려올 때는 뛰지 않았다. 그러느라 시간이 꽤 지체되어 방으로 돌아왔을 때 솔레다토르는 이미 욕실에서 나온 후였다.

"온실에 다녀온 거냐."

생쥐의 손에 들린 꽃을 보고 솔레다토르가 말했다. 생쥐는 그 말에 얼른 대답하지 못했다.

소파에 앉아 있는 솔레다토르를 바라보느라 정신이 없었기 때문이다.

대충 닦아 물기가 남은 머리카락이 선 굵은 목덜미에 달라붙어 있었다. 둥글게 맺혔다 굴러떨어지는 물방울은 벌어진 목깃 사이로 미끄러져 뚜렷한 쇄골을 스미듯 적셨다.

너른 어깨도 단단한 가슴도 셔츠 아래로 감추어져 있었지만, 생쥐는 그 윤곽을 뚜렷이 기억하고 있었다. 몇 번이나 안기고 기대고 또 가끔 만져도 보았으니까.

예전에는 그가 마냥 크다고만 생각했다. 든든한 어른이며 강력한 보호자라고. 그런 생각 사이로 언제부터인가 다른 감정이 섞여들었다. 그의 품에 안겨들면 가슴이 두근거렸다. 배 속이 간질

거리기도 했다. 단단한 팔이 허리를 감아오는 것이 기분 좋았다. 옷 너머로 전해지는 온기가 이따금 뜨겁게 느껴지기도 했다.

지금처럼 이렇게 자신이 알고 느껴온 육신을 바라보고 있자면, 그런 감각들이 동시에 떠오르고 섞여들어 기묘한 기분이 들었다. 결코 나쁜 기분은 아니었지만 왜인지 조금 낯간지러운 느낌이었다.

"왜 그러고 서 있는 거냐."

솔레다토르가 재차 말하자 생쥐가 꿈에서 깨어난 듯 눈을 깜박였다.

"아무것도 아니에요."

생쥐는 꽃가지를 미리 놓아둔 작고 길쭉한 화병에 꽂고 솔레다토르 옆에 앉았다.

"오늘 시트와 이불을 바꿨습니다. 커튼도 곧 교체할 예정이에요."

"날이 꽤 더워지기는 했지."

솔레다토르의 한쪽 팔이 생쥐의 허리를 감쌌다.

생쥐는 자신의 허리께를 가볍게 붙잡은 손을 다정스럽게 만지작거렸다.

"드레스가 곧 완성된대요. 그리고…… 그러니까, 이제 며칠 안 남았습니다."

새삼스럽게 가슴이 두근거렸다. 생쥐는 뺨이 달아오르는 것을 감추기 위해 따뜻한 홍차를 마셨다.

"……솔도 기대되지요? 계약에서 풀려날 수 있게 되니까요."

"전에도 말했지만 그건 아무래도 상관없다."

오랜 세월 지긋지긋하게 느껴왔던 계약도 이제는 아무런 거리낌이 없었다. 설사 수호룡의 계약에서 영영 벗어나지 못하게 되더라도 괜찮았다. 드베르 카얄룬이 제안했던 것처럼 황제 위에 올라앉으면 그만이다. 한 세대만 지나면 지켜야 할 상대는 생쥐와 둘 사이의 후손뿐일 테니 그 족쇄는 도리어 달콤할 것이다.

"물론 기대는 되지만."

덧붙여진 말에 생쥐가 소리 죽여 웃었다. 그 말인 즉 순수하게 결혼식이 기대된다는 뜻이다. 서로 같은 마음이라고 생각하자, 기쁨을 참기 힘들어 두 어깨가 움츠러들고 손에 들린 찻잔이 가볍게 떨렸다.

"방금요, 크게 소리치고 싶어졌어요."

"무슨 소리?"

"정말로 기쁘다고요!"

생쥐는 찻잔을 내려놓고 펄쩍 뛰듯 솔레다토르의 목에 매달렸다. 뺨에 입술을 문대다시피 하는 것에 솔레다토르가 조금 곤란한 얼굴을 하면서도 그녀를 무릎 위에 당겨 앉혔다.

"정말 많이 좋아해요."

"그래, 나……."

"안 돼요."

생쥐의 손이 덥석 솔레다토르의 입을 막았다.

"들으면 저 잠 못 잡니다."

지금도 가슴이 두근두근하는데 여기서 더 뛰게 만들었다간 밤을 꼬박 지새우고 말 것이다.

"그건 안 되지."

"음, 며칠 밤새워야 한대도 듣고 싶기도 하고요."

"그래서야 신부 얼굴이 칙칙해질 텐데."

"역시 안 되겠네요."

생쥐가 심각한 척 말하곤 너른 어깨에 머리를 기대었다. 잠을 못 잔다느니 했어도 늦은 시간인지라 자세가 안정되자마자 하품이 절로 나왔다. 그녀는 자신을 끌어안는 팔 안에서 작게 숨을 내쉬곤 눈을 감았다. 솔레다토르는 이내 단잠에 빠져드는 생쥐를 애정이 가득한 시선으로 바라보다가 그녀의 몸을 가볍게 안아 들고 침실로 향했다.

아리에스는 마차 가득 선물을 채워 넣곤 흐뭇한 미소를 지었다. 솔레다토르로부터 뜯어낸 결혼 선물의 가치에 비하면 새발의 피였지만, 그래도 직접 하나하나 고르고 준비한 정성 가득한 것들이었다. 그리고 어차피 대부분의 결혼 선물은 주인이 생쥐였으니까. 솔레다토르를 위한 선물은 루비 커프스 단추와 허리띠밖에 없었다. 심히 차별적인 비율이었지만 당사자도 생쥐를 챙겨주는 것을 더 달가워할 테니 문제 되진 않을 터였다. 나중에 사실을 알게 된 생쥐와 이카르가 조금 토라질 수는 있겠지만.

"어머나, 폐하."

아리에스는 마차 쪽으로 다가오는 이카르를 발견하고 눈을 동그랗게 떴다.

"일찍 끝나셨군요."

"수호룡을 방문할 예정이라고 했더니 다들 협조적으로 나오더군."

"이유야 어찌되었든 잘되었네요. 함께 가실 수 있게 되었으니까요."

원래라면 아리에스가 먼저 출발하기로 했었지만 덕분에 두 사람은 같이 마차에 올랐다.

문이 닫히고 곧 마차가 달리기 시작했다.

"……황녀 소식은 여전히 없나요?"

아리에스가 목소리를 낮추며 물었다. 마차 안에는 둘뿐이었지만 조심해서 나쁠 건 없다. 그녀의 물음에 이카르가 작게 한숨을 내쉬었다.

"네. 그날 이후로 본 사람이 없습니다. 전 카얄룬 공작이 작정하고 감추었다면 찾지 못하는 게 이상한 일도 아니긴 하지만요."

마노로스 카얄룬이 제 가문을 장악하였다곤 하나 그에 반발하여 떠나간 가신들도 여럿 있었다. 그렇기에 비밀스럽게 감추어진 드베르 카얄룬의 행적을 모두 파악하기는 힘들었다.

"다음 달까지 그녀의 행적을 찾지 못한다면 사망한 것으로 처리, 황가에서 제명시키기로 결정하였습니다."

보통은 죽었다고 해서 황족이 아니게 되는 것은 아니다. 그러나 확실히 사망한 것이 아닌 실종 상태이기에 만약을 대비하여 황가에서 완전히 축출하려는 것이었다. 타국에서 황녀를 붙잡아 두고 이용할 가능성도 있기 때문이다.

"······그렇군요."

아리에스는 조심스럽게 이카르의 표정을 살폈다. 이러니저러니 해도 로제시아 황녀는 그의 이복동생이며 가장 가까운 혈육이다.

남이나 마찬가지인 관계였다고 해도 이카르의 성격상 아주 신경을 안 쓸 수는 없을 터였다.

"솔직히 그녀의 행동이······."

이카르는 말을 잠시 멈추었다가 다시 이었다.

"잘 이해가 가지는 않습니다. 황녀에게 있어 얻을 것 하나 없는 짓이었으니까요. 숨고 도망치는 생활이 궁에 갇혀 지내는 생활보다 더 낫지는 않을 것입니다. 원치 않는 결혼을 한다고 해도 황족인 그녀를 천대할 수 있는 남편은 없을 테니 최소한 불편하지는 않게 여생을 보낼 수 있었겠지요."

실제로 혼담이 오가고 있던 소국의 왕자는 썩 괜찮은 상대였다. 바다 건너 그 나라는 거리가 멀리 떨어져 있었지만 제국에 무역으로 의지하는 부분이 컸기에 로제시아 황녀를 결코 소홀히 대할 수 없는 곳이었다. 왕자 또한 왕위계승 순위는 낮아도 젊고 잘생겼으며 성품도 괜찮다고 들었다. 지참금으로 커다란 상선 세 척에 항구도시 라베르를 50년간 내어주기로도 하였기에 환영받을 게 분명한 신부였다.

"다른 이유라면, 복수일 텐데…… 황태후는 그리 좋은 모친이라고는 할 수 없지 않습니까. 마지막에는 자신의 딸을 내팽개치기도 하였고요. 하지만…… 그렇기에 더더욱 모친에게 집착한 것이라면."

애정은 주고받으면서 쌓이고 자라나지만, 때론 보답받지 못하기에 더더욱 절절하게 커지기도 한다.

"그렇게 생각하면, 그녀가 또 이해가기도 합니다. 무엇이라도 하지 않고서는 견딜 수 없었을 테니까요."

자신이 대부를 위해 무엇이라도 해주고 싶어 하는 것처럼. 아리에스는 손을 뻗어서 이카르의 뺨을 살짝 쓰다듬었다.

"안아줄까요?"

"괜찮습니다. 제 곁에는 다 있으니까요."

이카르가 미소 지었다.

"오늘로서 걱정거리도 완전히 사라지고 말이지요."

"그렇다고 방심하시면 안 돼요. 황제로서의 걱정거리들을 잊지 마시라고요."

"오늘까지만 잊겠습니다."

이카르는 그렇게 말하며 마차 창밖을 바라보았다. 매일 아침 잠자리에서 눈을 뜨면 꿈에서 덜 깬 듯 자신의 자리가 낯설게 생각되던 것도 이제는 사라졌다. 무겁던 어깨도 익숙해져, 그 무게가 당연하게 느껴졌다. 황제로서의 삶이 각오해야 할 짐이 아닌 일상이 된 것이다.

이제 솔레다토르를 위해서, 라는 이유까지 사라지게 되면 황제로서의 목적 또한 바뀔 것이다. 아직 어떠한 위정자가 될 것이라는 구체적인 생각까지는 해본 적 없었다.

물론 단순히 자리만 지키고 있는 것도 가능하다. 골치 아플 일 없이 적당히 맞춰주며 편하게 살 수도 있다.

이카르는 다시 시선을 돌려 자신의 부인을 바라보았다.

'그런 불성실함은 아리에스가 받아주지 않겠지만.'

엄살 부리며 자리에 주저앉아버리면 멱살을 잡아서라도 끌고 갈 그녀. 그렇기에 자신은 나쁜 황제는 될 수 없을 것이다.

"왜 그렇게 보세요?"

찔러오는 시선이 평소보다 조금 따갑게 느껴져 아리에스가 눈썹 끝을 치켜세웠다.

"당신이 좋아서요."

"갑자기 웬 아첨일까. 뭐 잘못한 거라도 있어요?"

"아첨이라니요, 진심입니다."

"으음, 일단은 믿어드리지요."

말은 톡 쏘듯 했지만 아리에스의 입가에는 기분 좋은 미소가 걸려 있었다.

이카르와 아리에스가 모나르카궁에 도착했을 때 생쥐는 결혼식 준비에 한창이었다. 바깥에 알리지 않은 비밀스러운 결혼식인 탓도 있지만 생쥐가 스스로 식장을 꾸미고 싶어 했기에 다른 사람들은 보조 정도만 해주고 있었다.

"아리에스 언니, 이카, 어서 오세요!"

생쥐는 환한 미소로 두 사람을 맞이했다. 그녀의 품에는 방금 꺾은 꽃다발이 가득 안겨 있었다.

"결혼식 준비는 잘되어가니? 도와줄 건 없고?"

"괜찮아요. 이제 꽃만 가져다 놓으면 됩니다!"

생쥐의 뒤쪽으로 걸어 나오는 솔레다토르 또한 꽃을 한 아름

안고 있었다. 어울리지 않는 듯 묘하게 어울리는 그 모습에 이카르는 조금 당황했고 아리에스는 튀어나오려는 웃음을 억눌렀다. 어쨌거나 보기 좋은 두 사람이었다.

들고 나온 꽃을 케이어스에게 식장으로 옮기게 한 뒤 생쥐와 솔레다토르는 옷을 갈아입었다. 생쥐의 드레스는 얇은 크림이 층층이 흘러내린 듯 주름이 풍성하게 잡혀 있었다. 희미한 살구색을 띤 드레스의 끝자락에는 붉은 수실로 정교한 자수가 놓여 있었으며 드러난 어깨 위로는 살결이 비치는 숄이 휘감아 베일처럼 길게 흘러내렸다.

진주를 새 모양으로 깎고 그 아래 루비를 매단 귀걸이를 하고 작은 다이아를 정교하게 엮은 폭 넓은 목걸이에 은장식 꽃으로 머리를 장식했다.

마지막으로 축복의 뜻을 담은 다섯 가지 보석으로 장식된 허리끈을 비스듬히 늘어뜨리듯 차곤 드레스 룸을 나섰다. 밖에서는 예복 차림의 솔레다토르가 그녀를 기다리고 있었다. 생쥐는 반쯤 뛰다시피 그에게로 다가갔다.

"어서 가요!"

생쥐는 드레스가 구겨지는 것도 아랑곳 않고 솔레다토르의 팔을 매달리듯 끌어안았다. 흥분과 기대로 인해 발그레해진 뺨이 마치 빛나는 것처럼 보였다. 솔레다토르의 손이 생쥐의 어깨를 가볍게 감싸 안았다.

결혼식장은 모나르카궁 밖이었기에 케이어스가 식의 주인공들과 하객들을 태워 옮겨주었다. 식장이라고 해도 예전 것처럼 거창하고 화려하지는 않았다. 햇살에 반짝거리는 맑은 호숫가에 테이블과 장식 몇을 가져다놓은 것이 전부였다. 다만 그 장식들이 하나같이 희귀했다.

테이블에 놓인 꽃은 한 송이마다 금화를 몇 개씩 준다 하여도 구하기 힘들 정도로 귀한 것이었으며, 식기들은 얼마 전 선물로 받은 바다 건너 들어온 화려한 도자기였다. 테이블도 의자도, 장식 천과 냅킨 한 장까지도 모두 단순한 고급품을 넘어 황궁에서도 쉽게 내어놓지 않는 것들이었다.

그리고 그 앞으로 공작새 네 마리가 오가고 있었다. 셋은 평범한 푸른 깃털을 가지고 있었지만 나머지 한 마리는 눈처럼 하얀 백공작이었다.

"멍청한 새!"

"이쪽이야, 이쪽!"

라지예와 사지예는 공작들이 엉뚱한 곳으로 달아나지 않도록 이끄느라 바빴다. 생쥐는 꺾어 온 노체의 가지를 테이블 한쪽에 내려놓았다. 결혼식장은 노체가 움직일 수 있는 거리 바깥쪽이었다. 그렇다고 나무를 통째로 옮겨 올 수는 없었기에 대신 가지를 가지고 온 것이었다. 가지가 마르기 전까지는 그녀의 감각과 연결이 되었기에 실체화까지는 못 해도 결혼식을 보는 것은 가능했다.

"바로 시작할까요?"

얼떨결에 사회를 맡게 된 헤러시가 좌중을 돌아보며 말했다. 그에 생쥐가 시작하자고 대답하려는 것을 솔레다토르가 가로막았다.

"잠시만 기다려라."

그는 몸을 돌려 생쥐를 마주 보았다. 행복의 기운이 폴폴 넘쳐나는 연녹색 두 눈이 무슨 일이냐는 듯 깜박거렸다.

"이미 설명은 했었지만 다시 한 번 말해두마. 마경의 주인의 반려는 본래 종족으로 남거나 마경의 주인과 동화되는 두 가지 길 중 하나를 선택할 수 있다. 그리고 그것은 반려로서 맺어지는 그 순간에만 결정이 가능하다."

"네, 기억하고 있어요."

생쥐는 크게 고개를 끄덕였다. 카얄룬 공작저에서의 일이 있고 얼마 후, 솔레다토르가 신중히 고민해보라며 설명해준 내용이었다.

만약 생쥐가 본래의 종족, 인간으로 남는다면 그녀는 나이 먹고 늙어 죽음을 맞이하게 된다. 마경의 영향을 어느 정도 받기에 수십 년 정도 더 긴 수명을 지니게 되겠지만 그 외에는 평범한 인간과 크게 다름이 없다. 반면에 마경의 주인과 동화할 경우 생쥐는 솔레다토르와 수명을 같이하게 된다. 또한 이름을 지닌 용으로서의 힘을 조금씩 받아들여 점점 인간과는 거리가 먼 존재가 되고 말 것이었다.

"절대 돌이킬 수 없는 선택이다. 내가 후계자에게 이름을 물려주어 유한한 수명을 지니게 된다 하더라도, 그럼에도 드래곤이기에 천 년이 넘는 시간이 남게 되겠지. 대부분의 인간은 긴 수명을 원하지만 타고난 것이 아닌, 원래 주어진 것 이상의 길고 긴 시간을 살아가는 것은 의외로 힘든 일이다."

본래 긴 수명을 타고났으며 영원을 살아갈 수도 있는 마경의 주인의 그릇이기도 한 드래곤과 고작해야 백 년 남짓한 수명을 지니는 평범한 인간은 여러모로 다르다. 과도하게 긴 시간을 버티다 보면 육신은 마경의 힘에 의해 보호받는다 해도 정신과 영혼은 소모되고 상처 입을 수 있었다.

우려 섞인 솔레다토르의 말에 생쥐는 불안 한 점 없이 생글 밝은 미소를 지어 보였다.

"이미 말씀드렸었지만 저는 괜찮아요. 걱정하실 필요 없습니다."

"지금은 자신만만하게 대답해도 후에 어떻게 될지는 알 수 없다. 너는 아직 그리 긴 시간을 살아보진 않았으니……."

"하지만 솔도 제가 오래 살길 바라잖아요."

솔레다토르는 대답하지 못하고 입을 다물었다. 물론 그는 생쥐가 자신과 같은 시간을 걷기를 바란다. 그러나 그렇기에 더더욱 경고하고 또 경고를 하는 것이었다. 그가 원한다고 말하면, 생쥐는 무조건적으로 따르려고 할 테니까.

"그리고요, 저는 정말로 괜찮을 거라고 생각합니다."

생쥐는 한결 차분해진 눈빛으로 솔레다토르를, 아리에스를, 두 요정과 이카르를 바라보았다.

"지금의 저와 과거의 저는 많이 달라요. 계절을 놓친 철새처럼 목적 없이 헤매다가 아리에스 언니를 만났습니다. 그때 처음 변했어요. 확실한 목표가 생겼고 전심으로 뛰어들 수 있게 되었죠."

그전까지는 그저 살아만 있을 뿐이었다.

목숨을 유지하기 위한 행위 외에는 떠올릴 동기도 기력도 없었다.

"그리고 황궁에 들어와서 솔을 만났어요."

생쥐의 시선이 솔레다토르 단 한 명만을 향하였다.

"저를 이기지 못한다고 하셨지요. 하지만 정확히는, 솔이 저를 받아준 거예요. 지금 제가 여기에 서 있을 수 있는 것은 모두 그 덕분입니다."

한 단어 한 단어 마음을 담아 말하는 또렷한 목소리가 이어졌다.

"솔에게는 변하지 않겠다고 말했었죠. 지금의 저를 좋아해준 다면 계속 이대로 있겠다고요. 하지만 그건 불가능했어요. 솔은 물론이고 아리에스 언니도, 라지와 사지도, 그리고 이카도 약간, 제게 계속 무언가를 주었으니까요. 계속해서 쌓여가는 것이 있는데, 어떻게 변하지 않을 수 있겠어요."

그리고 오늘의 결과가 있었다. 만약 생쥐가 변함없는 빈민가 소녀였더라면 드베르 앞에서 침묵만 지켰을 것이다. 그 이전에 탈출부터가 불가능했을 것이다. 어쩌면 솔레다토르를 꾀어낼 인질조차 되지 못했을지도 모른다. 동정받고 보호받는 어린애에서 벗어나지 못하고 여전히 그를 멀고 먼 우상으로만 생각하고 있을 터였다.

하지만 그녀는 솔레다토르에게 다가가고자 노력했다. 그를 위해서 할 수 있는 일을 찾고 배웠다. 그리하여 결국 드래곤을 손에 넣고, 지켜내기까지 하였다.

"또한, 앞으로도 그럴 겁니다. 저는 절대로 솔을 놓치지 않을 거니까요. 그러기 위해서 계속 변할 거예요. 남은 긴 시간 속에서도 계속 솔의 곁에 설 수 있도록, 그렇게 변할 겁니다."

혼자라면 불가능할 것이다. 하지만 생쥐의 곁에는 솔레다토르가 있다. 달도 없는 어두운 밤에도 언제나 북쪽 하늘을 지키고 있는 별처럼, 변함없는 지표가 되어 생쥐의 길을 이끌어줄 것이다. 설사 영원한 시간을 살게 된다 하더라도 어긋나지 않을 영원한 목표가 되어줄 것이었다.

"그러니까 괜찮아요."

생쥐는 손을 내밀었다. 앞으로 뻗어진 그녀의 두 손을 그보다 한층 더 큰 손이 부드럽게 받아 쥐었다.

"역시 나는 너를 이길 수 없구나."

"아니에요, 제 고집을 받아주시는 거죠."

두 사람이 준비가 된 듯하자 기다리고 있던 헤러시가 입을 열었다.

"두 분께는 더 이상의 절차도 예식도 필요치 않을 듯합니다만, 이 자리에 선 이상 입 다물고 구경만 할 수 없기에 식을 시작하도록 하겠습니다."

결혼식의 시작을 알리기는 했지만 별달리 거창한 것은 없었다. 결합을 증명할 법관도 주례사를 읊을 성직자도 부르지 않은 자리다. 대신에 하객들이 저마다 다양한, 마음을 담은 축복의 말을 건네었다.

"두 분의 결합에 이의가 있으신 분 계십니까?"

헤러시의 말에 아리에스가 순간 짓궂은 표정을 지었다.

하지만 그것을 눈치챈 이카르가 그녀를 반쯤 안듯이 해 나서는 것을 막았다. 심술이 살짝 솟긴 했지만 정말로 손을 들 생각은 없었던 아리에스가 자신의 눈치를 살피는 이카르를 보고 웃었다.

"이제 솔레다토르, 생쥐, 두 분께서는 반려의 맹세를 나누어주십시오."

그와 동시에 모두의 시선이 크고 작은 긴장감을 띤 채 생쥐와 솔레다토르를 바라보았다. 반려의 맹세는 두 사람의 결혼이 성립된다는 것 말고도 수호룡의 계약이 파기된다는 뜻이기도 했기 때문이다. 양부가 자유로워지길 원했던 이카르는 물론이요, 상대적으로 연관 없는 아리에스 또한 무심코 마른침을 삼켰다.

정신없이 날아다니던 두 요정도 잠시 날갯짓을 멈추었다.

"저는······."

침묵 속에서 생쥐가 먼저 입을 열었다.

"저 생쥐는 마경 솔레다드 산맥의 지배자 솔레다토르에게 영원의 시간을 함께 걸어갈 반려로서의 사랑과 신뢰를 맹세합니다."

이어 솔레다토르의 입술 또한 천천히 벌어졌다.

"마경 솔레다드 산맥의 지배자인 나 솔레다토르는 생쥐에게 영원의 시간을 함께 걸어갈 반려로서의 사랑과 신뢰를 맹세한다."

두 사람의 맹세의 말이 끝이 났다. 솔레다토르는 작게 숨을 내뱉었다. 아직은 별다른 변화가 느껴지지 않는다고 생각한 바로 그때.

쏴아아아.

무성한 풀잎을 스치는 바람 소리 같은 것이 들려오며, 검붉은 안개가 피어오르기 시작했다. 주위로 넓게 퍼진 안개의 색이 이내 얼룩을 씻어내듯 붉게 변해갔다.

선명한 적색을 띤 안개가 마치 불길처럼 흔들리며 솔레다토르의 몸을 휘감는다.

"머리칼이!"

생쥐가 눈을 크게 뜨며 외쳤다. 드래곤으로 돌아갔다가 인간으로 막 변했을 때처럼 길어진 솔레다토르의 머리카락이, 조금 전 안개가 그러했듯이 적색으로 물들고 있었기 때문이다.

어두운 갈색이 섞여 있던 적발이 그의 모친, 전대 솔레다토르의 것처럼 깨끗한 붉은 머리카락으로 변하였다.

그와 동시에 솔레다토르가 지닌 기운이 전과 확연하게 달라졌다.

"윽!"

위압적으로 짓눌러오는 기세에 이카르가 짧은 신음성을 내뱉었다. 아리에스는 비명을 속으로 삼키며 이카르의 팔을 끌어안았다. 헤러시 또한 거센 기를 이기지 못하고 몸을 움츠리며 뒷걸음질 쳤다. 케이어스와 두 요정은 휘몰아치는 마경의 힘을 느끼고 무릎 꿇어 머리를 조아렸다.

유일하게 멀쩡한 사람은 생쥐뿐이었다. 그녀는 이제는 완전히 불길로 화한 안개를 휘감은 솔레다토르를 감탄하며 바라보았다.

'아름다워…….'

불꽃이 흐드러지며 반짝거린다. 가느다랗게 흩어지는 그 한 줄기 한 줄기가 모두 경악할 만큼 어마어마한 힘을 지니고 있었지만 생쥐는 그저 아름답게만 느껴졌다. 마경 솔레다드 산맥의 화기(火氣)는 그녀에게 조금의 위협도 가하지 않았기 때문이다. 오히려 금방이라도 뛰어들고 싶어질 정도로 상냥하고 다정한 기색을 품고서 생쥐의 곁을 어른거렸다.

생쥐는 불꽃의 유혹을 이기지 못하고 손을 뻗었다. 조금도 뜨겁지 않은, 딱 기분 좋게 따스한 한 줄기의 불길이 그녀의 손바닥을 간지럽히고 손목을 휘감아 조심스럽게 피부 아래로 스며들었다.

그 순간 생쥐의 귓가로 희미한 속삭임이 들려왔다. 속삭임이라고 해도 인간의 언어는 아니었다. 그녀를 반겨 환영하는, 일종의 의지였다. 생쥐는 그 소곤거림에 환히 미소 지었다.

"솔레다드 산맥이에요, 솔."

"……그래."

불길 속에서 눈을 감고 있던 솔레다토르가 나직이 대답했다. 그가 눈을 뜨자 솔레다드 산맥의 불이 순식간에 그의 몸으로 빨려 들어갔다.

"나를 오랫동안 기다려주었구나."

솔레다토르가 탄식 서린 목소리로 중얼거렸다.

마경의 힘의 원천을 받아들이자마자 어떻게 된 영문인지 깨달을 수 있었다.

수호룡의 계약. 사랑하는 이와 그 후손을 지키겠다는 단순한 약속이 긴 시간에 걸쳐 점차 변질되어온 것이었다. 보호를 받는 상대가 황가라는 것이 가장 큰 문제였다. 수호룡에게 거는 기대와 두려움, 욕심, 원망, 애정, 증오 등의 수많은 사람들의 수많은 감정이 긴 시간 동안 겹겹이 쌓여왔다. 한 존재를 향한 그 얽히고설킨 덩어리는 점점 커지고 커져 이윽고 훌륭한 저주라고 해도 좋을 무언가로 변질되고 만 것이었다.

전대 솔레다토르는 계약 전에 이미 완벽한 마경의 주인이었기에 별다른 영향을 받지 않았다.

그저 약간 더 피로하고 조금 더 부정적인 감정이 강해지는 정도였다. 하지만 지금의 솔레다토르는 마경의 주인으로서의 이름을 물려받으면서 힘의 원천보다 수호룡의 계약에, 저주에 먼저 휩쓸려버리고 만 것이었다.

같은 드래곤이라고 하나 이름의 유무 차이는 컸다. 일단 육신부터가 변화하게 되기에 마경의 힘을 완전히 받아들이는 데에는 수주에서 수개월의 시간이 필요했다. 그러나 계약의 저주는 이름을 받은 즉시 밀려들었기에 그에 저항할 힘을 갖추기 전에 물들어버려 지금의 솔레다토르는 결국 불완전한 마경의 주인이 되어버리고 말았다.

'내가 아직 미숙한 탓이라고만 생각했었는데.'

전대 솔레다토르는 이름을 물려준 즉시 도망치듯 떠나가버렸기에 두 드래곤의 차이를 정확히 아는 자는 없었지만, 그래도 오래된 마수들은 둘의 격 자체가 다름에 의아함을 느끼긴 하였다. 하지만 현 솔레다토르는 당시 이름 없는 드래곤으로서도 어린 편이었고 전대 솔레다토르는 이미 수천 년을 살아온 노숙한 마경의 주인이었다. 길고 긴 시간의 차이라는 것이 있었기에 현 솔레다토르가 미숙할 뿐이라 여기고 넘어가버렸던 것이었다.

"그냥 계약만 사라지는 거 아니었어요?"

솔레다토르가 힘을 갈무리하고 나자 겨우 한숨 돌린 아리에스가 물었다.

"조금 전과…… 완전히 달라지신 듯합니다만."

폭력적일 정도로 거센 기운은 감추어졌다지만 존재감 자체가 전과는 달라졌다. 이전의 솔레다토르는 평소에는 여느 인간과 별다를 바 없이 보였다. 그러나 지금은 금색 용의 눈을 감아 숨긴다 해도 인간과는 확연히 다른 존재임을 느낄 수 있었다. 심지어 그가 드래곤의 모습을 하고 있을 때보다도 지금이 훨씬 더 강력하고 거대하게 다가왔다. 단순한 생명체가 아닌, 마치 끝없이 펼쳐진 바다나 구름을 휘감아 치솟은 산을 바라보는 기분이었다.

"계약에서 벗어나기 전의 나는 그저 조금 더 강한 드래곤일 뿐이었으니까."

화룡으로서 제대로 탈피조차 하지 못한, 원래 지녔어야 할 힘의 극히 일부만을 품은 불완전한 마경의 주인이었다. 솔레다토르는 그렇게 말하며 미간을 조금 찌푸렸다. 갑작스럽게 받아들인 마경의 근원이 긴 시간을 기다리게 하였다 투정이라도 부리듯 제멋대로 움직여댔기 때문이다. 존재감을 제대로 억누르지 못하는 것도 그 탓이었다.

"……한동안은 타인 앞에 나서지 않는 게 좋겠군."

황가에 타격이 가지 않도록 대외활동을 조금씩 줄여가며 조용히 사라질 예정이었는데 이 상태로 나섰다가는 괜한 소란만 일으키고 말 것이었다. 그 누구든 간에 그를 단 한 번만 마주쳐도 쉽게 잊지 못할 게 분명했다.

"갑자기 드베르 카얄룬이 생각나네요. 그의 주장이 새삼스럽게 이해가 갑니다……."

이카르가 조금 자신 없는 목소리로 말했다. 물론 솔레다토르가 원치 않는 자리를 떠맡길 생각은 조금도 없지만 현 황제로서 위축되는 심정은 막을 수 없었다. 그런 그의 옆구리를 아리에스의 팔꿈치가 나무라듯 호되게 찔렀다.

"최근엔 좀 나아졌나 했더니 또 약한 소리예요? 애초에 종족부터가 다르다고요. 게다가 살아온 세월 차이도 얼만데."

앞으로 십 년만 더 지나가도 지금과는 다르게 느껴질 거라는 아리에스의 퉁명스러운 위로에 이카르가 미소 지었다.

"그런데 생쥐의 머리색도 좀 변하지 않았어요?"

이카르를 다독이고 다시 생쥐와 솔레다토르 쪽으로 시선을 돌린 아리에스가 말했다. 그녀의 말대로 생쥐의 머리칼에 붉은빛이 희미하게 돌고 있었다. 유심히 살피지 않으면 눈치채기 힘들 정도였지만 분명 변하기는 변하였다.

"마경의 힘이 깃들었으니까."

솔레다토르가 손을 뻗어 연회색 머리칼을 쓸어내렸다.

"아직은 극히 미미한 정도지만 힘에 적응하게 되면 조금씩 늘어날 거다."

"그럼 제 머리도 솔처럼 붉어지나요?"

"아니. 머리색이 완전히 변할 정도의 힘을 담기에는 네 그릇이 부족하다. 드래곤과 인간의 차이는 크니 최대한 받아들인다 해도 지금보다 붉은 기가 늘어나는 정도겠지."

"그렇군요."

생쥐는 조금 아쉬워하다가 다시 활짝 웃었다.

"진짜 솔레다토르가 된 것을 축하드려요."

"고맙다."

생쥐의 축하하는 말에 솔레다토르는 조금 복잡해진 심정으로 대답했다. 이것이 원래 지녀야 했을 힘이라 생각하자 기분이 이상해졌다. 만일 처음부터 진정한 마경의 주인이 되었더라면 많은 것이 바뀌었을 터였다.

무엇보다, 인간들에게 휘둘리지 않아도 되었을 것이다. 황족이 그의 앞에서 목숨으로 협박한다 해도 통하지 않았을 테니까. 거리를 두고 목에 칼을 겨누어도 손끝 하나 까딱하지 않고 제압할 수 있다. 로제시아 황녀처럼 먼 곳에서 뛰어내린다 하여도 직접 움직일 필요 없이 구해낼 수가 있다. 하니 생쥐가 납치당할 일 자체가 없었을 것이다. 그뿐만 아니라 생쥐가 독을 마신 후라 해도 해독제 없이 그녀를 치유하는 것도 가능했다.

'아니, 애초에 생쥐와 만날 일 자체가 없었겠지…….'

황족들에게 협박을 받지도 않았을 것이요, 카티라 황녀가 그를 공격하지도 못했을 것이다. 단검은 피부를 뚫기도 전에 녹아내렸을 테니까. 결국 수호룡이 황가를 떠나는 일도, 약해진 황권 탓에 어린 황자를 데리고 피신하는 일도, 인간인 척 황제의 자리에 앉게 되는 일도 없어지게 된다. 죽을 운명의 후궁으로 뽑히지 않기 위해 귀족들이 자신의 딸의 대타를 찾는 일 또한 벌어지지 않았을 것이다.

그리 되었더라면, 살타토르 백작가가 생쥐를 받아들일 이유가 없어진다. 초라한 소녀는 정문에서 쫓겨나 거리를 헤매게 되었을 것이다. 높은 담을 올려다보다가 힘없이 목적 없이 걸음을 옮겨가야만 했을 것이다. 그리고 그 결말은…… 결코 지금 이 자리일 수는 없을 터다.

솔레다토르는 무심코 긴 숨을 들이켰다.

그가 모르는 곳에서 죽어갔을지도 모르는 생쥐를 떠올리자, 벌어지지도 않았고 벌어질 가능성도 없는 일임에도 가슴이 서늘해졌다. 그 오싹한 감각을 견디기 힘들어 손을 뻗어 생쥐를 품에 끌어안았다.

"……나는 너만 있으면 된다."

그간 괴로웠던 일들을 모두 되돌려준다 하여도 생쥐와의 만남이 사라진다면 필요 없었다. 영원히 진정한 마경의 주인이 되지 못한다 해도 괜찮았다. 그렇기에, 솔레다토르는 자신에게 내려졌던 저주가 차라리 달가웠다. 진저리를 쳐왔던 수호룡의 계약에 감사했다. 두 팔과 가슴에서 연인의 온기가 전해져 오자 공포로 얼어붙었던 그의 심장이 겨우 녹아내렸다. 생쥐는 고개를 갸웃했지만 가만히 그를 마주 안았다.

"저도 솔만 있으면 돼요."

생쥐의 목소리가 작게, 달콤하게 속삭여왔다.

"이제 과자 먹어도 돼요?"

그때 사지예가 크게 외쳤다. 라지예 또한 거들어 소리쳤다.

"멍청한 새 때문에 종일 굶었는데!"

"허브쿠키랑 호박파이밖에 못 먹었어!"

"맞아! 초콜릿 무스 케이크랑 레몬 커드 타르트밖에 못 먹었어!"

하는 말로 보아 오전 중에 제 몸의 다섯 배는 족히 먹은 듯한 두 요정이 투덜거렸다. 솔레다토르는 테이블 주위를 팔랑팔랑 날아다니는 둘을 향해 손끝을 휘저었다. 그러자 사지예와 라지예의 몸이 예전처럼, 평범한 인간만큼 커졌다.

"우와, 솔레다토르도 하실 수 있어요?"

"그러게?"

"요정들의 어머니 숲 또한 마경의 일부니까. 그 힘을 빌려 오는 건 어렵지 않다. 그러나 두 번은 없으니 까불고 다니진 마라."

예전이라면 불가능했겠지만 마경과 완전히 이어진 지금은 가능했다. 작은 몸보다는 큰 쪽이 여러모로 편했기에 두 요정은 기뻐하다가 과자들이 작아져 버렸다며 울상을 지었다. 솔레다토르는 이어 노체까지 실체화해주었다.

노부인은 환한 얼굴로 그에게 머리 숙였다.

"경하드립니다, 솔레다토르."

이어 생쥐에게도 감사와 축하의 말을 전했다. 그사이 요정들이 차갑게 식힌 차를 따르고 케이크와 파이를 잘랐다. 꽃향기 사이로 갖가지 단내가 부드럽게 섞여들었다.

"그러고 보니 이제 생쥐가 이카의 확실한 양모가 되는 거네요."

아리에스가 입가에 묻은 레몬크림을 핥으며 말했다. 일부러 잊고 있었던 이야기가 꺼내어지자 이카르의 표정이 일그러졌다.

"아니, 그건……."

"전이야 목적이 있는 결혼이었고 정실도 아니고 솔레다토르의 이름도 신분도 가짜였지만, 이제는 아니니까요. 그러니 어머니 맞죠."

단순히 관계도만 따지면 맞는 말이었기에 이카르는 반박하지 못하고 우물거리기만 했다. 그러다 한참 만에 입을 열었다.

"그렇게 되면, 당신에게도 어머니가 되는 셈 아닙니까."

"물론 그렇죠."

아리에스는 경쾌하게 대답하며 맞은편에 앉아 있는 생쥐를 바라보았다.

"앞으로도 잘 부탁드려요, 어머님."

"……네?"

생쥐는 당황하다가 고개를 끄덕였다. 아리에스의 말이니 맞을 거다, 라는 생각도 있었지만 그녀와의 연결점이 하나 더 늘어나는 게 반갑기도 했다. 그러니 거부할 이유는 없었다. 아리에스는 여봐란듯이 다시 이카르를 돌아보았다.

"만족하셨나요?"

"그, 그게……."

"자아, 이카 당신도 얼른 인사드려야죠. 막 새어머니가 되셨잖아요."

이카르는 난감해하며 도움을 청하듯 솔레다토르를 바라보았다. 그러나 그는 재미있다는 시선만을 돌려보낼 뿐이었다.

자신의 편은 하나도 없다. 결국 이카르는 귓가를 붉히며 입을 열었다.

"……저도, 잘 부탁드리겠습니다."

"뭐가 덜 붙었는데요?"

"……어머니."

기어 들어가는 목소리가 힘겹게 빠져나왔다. 아리에스는 손끝으로 제 입을 막았다가 결국 더는 못 참고 크게 웃어버렸다. 이카르가 완전히 익어버린 얼굴로 그녀를 원망스럽게 째려보았다.

"저 놀리는 게 그렇게 재밌습니까?"

"재밌기야 재밌지만 단순히 놀리는 건 아닌걸요. 관계 정리는 제대로 해야지요. 그리고 겨우 이 정도 일로 감정 동요가 너무 심하세요. 생쥐가 아니라 겨우 걷기 시작하는 어린애 앞에서도 필요하다면 태연하게 아버님 어머님 소리가 나와야 합니다."

"명심하겠습니다."

이카르는 진지하게 고개를 끄덕였다. 아리에스의 조언대로였다. 그리고 그녀라면 이보다 더한 일도 쉽게 해낼 것이다. 그는 달아오른 뺨을 식히곤 심호흡을 하고 부드럽게 미소를 띠며 생쥐를 바라보았다.

"아버지와의 결혼을 다시 한 번 축하드리겠습니다, 어머니."

"아, 네······."

생쥐와 이카르는 잠시간 서로 마주보았다가 거의 동시에 고개를 홱 좌로 돌렸다. 둘 다 민망하고 쑥스러워 죽겠다는 표정을 하고 있었다.

"······이거 쉽지 않네요."

"점점 익숙해지는 거죠."

아리에스가 다시금 웃음을 흘리고 생쥐는 옆에 앉은 솔레다토르의 팔을 끌어안아 얼굴을 묻었다.

솔레다토르가 그런 생쥐를 아예 자신의 무릎 위로 끌어다 앉혔다.

"······이카는 역시 너무 큰 거 같아요."

생쥐가 속삭이듯 말했다. 그 소리를 들었다면 아마 이카르도 같은 말을 했을 것이다. 생쥐는 너무 어리다고. 솔레다토르는 웃으며 그녀의 머리를 쓰다듬었다.

"신경 쓸 필요 없다. 아리에스도 반쯤 농담조로 말한 것이니 그냥 편할 대로 대해."

"네. 아, 물론 아이는 있었으면 좋겠어요. 솔이랑 저 사이에요."

생쥐는 언제 수줍어했느냐는 듯 반짝반짝 눈을 빛냈다.

"이제는 괜찮잖아요? 더 기다리지도 않을 겁니다."

그 말의 뜻을 눈치챈 솔레다토르가 입꼬리를 올렸다.

"기다리지 않는다는 말은 내가 해야 할 것 같은데."

"아니죠, 저죠. 제가 기다렸거든요? 솔은 계속 피하기만 했잖아요. 이제 더는 안 봐드릴 테니까 마음의 준비를 해주세요."

"마음의 준비까지 해야 하는 건가."

"또 변명하며 피하시면 안 되니까요."

이번에는 절대로 놓치지 않겠다는 당돌한 말에 솔레다토르는 대답 대신 그녀의 이마께에 입을 맞추었다.

중간부터 술까지 살짝 곁들인 작은 연회는 해가 질 즈음이 되어서야 끝이 났다. 모나르카궁으로 돌아온 생쥐는 술기운으로 발그레해진 뺨을 하고서 솔레다토르를 올려다보았다.

"씻으러 가죠."

먼저 귀궁한 노체와 요정들이 욕실도 침실도 준비해놓았다. 생쥐는 솔레다토르의 손을 꽉 붙든 채 보무당당하게 탈의실로 향했다. 그러곤 옷을 벗으려다 말고 물었다.

"부끄러워해 드려요?"

생쥐의 책을 읽는 듯 어색한 부끄러움을 떠올린 솔레다토르가 작게 웃음을 흘리며 고개 저었다.

"그런 것 꾸며낼 필요 없다. 솔직한 편이 더 좋아."

"네."

대답하기가 무섭게 생쥐가 제 옷을 벗어버렸다. 제 딴엔 변했다고 말하나 이런 점만큼은 여전했다.

겉의 드레스를 벗고 얇은 언더 드레스도 끌어내리던 그녀가 순간 움직임을 멈추었다.

"흉터가 없어요."

험한 생활을 해왔던 만큼 생쥐의 몸에는 등의 것 외에도 흉터가 있었다. 그중 특히 짙은 것은 과거 개에게 물린 허벅다리의 긴 상처였다. 그런데 그 흉터가 흔적도 없이 사라진 것이다. 생쥐는 흠 없이 뽀얀 피부를 손끝으로 매만졌다.

"분명 여기에 있었는데……."

"미약하나마 마경의 힘을 받아들였기 때문일 거다."

솔레다토르는 손을 뻗어 생쥐의 등을 어루만졌다.

얇은 옷자락 아래로 느껴지는 감촉이 걸림 없이 매끄럽다. 채찍에 맞아 생겼던 등의 흉터 또한 사라진 모양이었다.

"신기하네요. 아, 그럼!"

생쥐는 몸을 돌려 펄쩍 뛰어오르듯 솔레다토르의 옷깃을 붙잡았다. 이어 양 뒤꿈치를 잔뜩 들고 두 팔을 뻗어 그의 옷을 벗겨냈다. 서두르는 손길로 셔츠를 풀어내자, 단단한 가슴팍이 드러났다.

"없어졌어요!"

솔레다토르의 심장 근처로 손을 대며 생쥐가 기쁘게 소리쳤다.

"솔의 흉터도 없어졌습니다!"

"그래. 그렇군."

심장을 파헤쳐진 흔적이, 낙인처럼 남았던 흉터가 완전히 사라지고 없었다. 생쥐는 자신의 흉터가 없어진 것보다 몇 배는 더 기뻐하며 발돋움을 한 그대로 너른 가슴에 뺨을 대었다. 심장이 뛰는 소리가 그녀의 귀에 커다랗게 들려왔다.

"신경 쓰였거든요. 그러니까, 솔에겐 흉터가 어울리지 않는다고 생각했습니다. 그래서 거슬렸어요."

하지만 생쥐로서는 어떻게 해줄 방법이 없었기에 마음에 담아만 두고 있었었다.

"나도 네 흉터가 내내 거슬렸다. 사라져서 기쁘구나."

솔레다토르의 손이 생쥐의 남은 옷을 마저 벗겼다.

그러곤 그녀를 돌아서게 해 희게 드러난 등을 두 눈에 담았다.

"어때요?"

"깨끗하다."

매끄러운 곡선이 길게 이어지는 하얀 등은 처음 보았을 때보다 살이 올라 있었다. 그뿐만 아니라 조금 더 넓어지고 조금 더 길어졌다. 일 년이 채 못 되는 짧은 시간이었지만 생쥐는 그간 자라지 못한 것을 보충이라도 하려는 듯 같은 나이대 소녀보다 훨씬 빠르게 성장했기 때문이다. 이제 키만큼은 아리에스를 거의 따라잡기까지 하였다.

솔레다토르는 기억 속의 것과 많이 달라진 등에 손을 대어보았다. 손끝에 느껴지는 감촉은 부드럽고 또 따스했다.

손이 닿은 곳 위로는 붉은빛을 띤 연회색 머리카락이 늘어뜨려져 있었다. 그것을 살짝 헤치자 감춰져 있던 뒷덜미가 살며시 드러난다. 솔레다토르는 무심코 길게 숨을 내쉬었다.

"솔?"

침묵이 이어지자 생쥐가 의아해하며 그를 불렀다.

"⋯⋯잠시만."

그의 다른 쪽 팔이 생쥐의 허리를 휘감았다. 그대로 가볍게 들어 올렸지만 붙잡힌 몸은 일말의 반항도 없이 얌전했다. 솔레다토르는 생쥐를 끌어안으며 그녀의 뒷덜미에 입술을 대었다. 꽃과 술의 향 사이로 살 내음이 느껴진다. 그리고 하나 더, 이전에는 없었던 동류의 기운이 향이 되어 코끝에 스며들었다. 그것을 맡는 순간, 생쥐와의 연결이 뚜렷하게 전신을 찔러들었다.

그녀는 자신의 반려다. 절대로 떼어놓을 수 없는, 떼어놓지 않을 사랑스러운 반쪽.

그 사실이 낮의 결혼식 때보다 더욱더 선명하게 느껴지며 만족감이라는 이름으로 가슴을 가득 채운다. 동시에 소름 돋을 정도로 짙은 소유욕이 치달아, 그는 더 참지 못하고 여린 뒷덜미를 삼킬 듯 물었다.

"앗!"

아픔보다는 놀람이 짙은 짧은 비명이 튀었다. 몸을 조금 꼼지락거리는 생쥐를 솔레다토르가 더더욱 강하게 끌어안았다.

이어 열 오른 입술이 뒷덜미와 등이 이어지는 볼록한 곳을 빨아올리자 생쥐도 반항하기 시작했다.

"자, 잠깐만요! 좀, 이상한 거 같은데요!"

솔레다토르는 부드러운 살결을 찬양하듯 연이어 키스하며 대답했다.

"도망치지 말라고 한 건 너였다만."

"……네?"

생쥐는 당황하다가 말의 의미를 한발 늦게 깨닫곤 소리쳤다.

"아직 안 씻었습니다!"

"상관없어."

"하지만, 그래도⋯⋯."

괜찮은 걸까, 이대로도. 생쥐가 계속해서 어쩔 줄을 몰라 하자 짧은 한숨과 함께 솔레다토르의 입술이 그녀의 등에서 떨어졌다. 마음 같아서는 놓아주고 싶지 않았지만 한순간의 욕심을 이기지 못하고 생쥐를 겁먹게 만드는 건 싫었다.

"그래, 네 말대로 먼저 씻어야겠지."

"어, 네⋯⋯ 하지만 솔이 원한다면⋯⋯."

"네가 원하는 것이 내가 원하는 것이다."

솔레다토르는 그렇게 대답하곤 생쥐를 안아 든 채 욕실로 들어섰다.

몸을 움찔거리자 얇은 이불이 작게 바스락거렸다. 생쥐는 뺨을 간질이는 여린 햇살을 느끼곤 눈을 떴다. 깨어난 직후 이불로만 감쌌을 뿐 실오라기 하나 걸치지 않은 알몸이라는 사실에 깜짝 놀랐으나 이내 어젯밤 일을 떠올렸다. 동시에 가슴 안쪽에서 근질근질 열이 올랐다. 생쥐는 몸을 동그랗게 움츠리며 손가락 끝을 자신의 입술에 눌러 대었다.

평소보다 약간 부풀어 도톰해진 것이 만져졌다.

이불을 벗겨보면 입술만이 아닌 다른 곳에도 흔적이 남아 있을 터였다. 생쥐는 잠시 꼼지락거리다가 천천히 몸을 일으켜 앉았다. 자세를 바꾸자 아래쪽에서 둔중한 통증이 느껴졌지만 움직이는 데 불편함은 없었다. 아프다기보다는 그냥 조금 거슬리는 정도였다. 이불 밖으로 드러난 팔에는 붉은 자국이 점점이 흩어져 있었다. 생쥐는 손목 안쪽의 순흔에 입술을 맞추고 고개를 들었다.

"솔?"

작게 불러보았지만 돌아오는 대답은 없었다.

생쥐는 주위를 두리번거렸다. 여름용으로 바꾼 커튼이 열린 창으로 들어오는 바람에 취해 흔들리고 있었다. 화병의 꽃은 어젯밤과 다른 막 꺾은 것이었다. 그러고 보니 시트와 이불도 갈아져 있었다. 노체나 요정들이 잠든 사이에 왔다 간 것일까. 아무튼 솔레다토르의 모습은 보이지 않았다.

예전이라면 그가 말없이 사라진 것에 불안해했을 테지만 지금의 생쥐는 일말의 동요도 느끼지 않았다. 그저 무슨 일일까 궁금해하는 정도였다.

'나가볼까?'

테이블 위에 새 옷이 준비되어 있었다. 하지만 침대를 벗어나기에는 아직 조금 노곤해 망설이는데 다가오는 발소리와 함께

문이 열렸다.

"솔!"

"일어나 있었구나."

큼직한 사각 트레이를 한 손에 든 솔레다토르가 안으로 들어왔다. 갓 구워낸 빵이 풍기는 고소한 냄새가 침실에 퍼지자 생쥐의 코끝이 절로 움찔거렸다.

"깨어나면 배고플 것 같아서 먹을 걸 조금 가져왔다."

말이 조금이지 트레이 위의 음식은 풍성했다. 먹음직스럽게 부풀어 오른 빵은 물론이요 곱게 간 감자에 베이컨을 넣은 수프, 달콤한 소스에 절여 마치 설탕과자처럼 뼈까지 바삭거리는 메추리와 신선한 염소젖으로 만든 치즈덩어리 등이 틈 없이 가득 채워져 있었다.

생쥐는 양손을 뻗어 트레이를 받으려다가 그 서슬에 가슴께를 덮은 이불이 흘러내리는 것을 황급히 붙잡았다. 인제 와서 알몸을 감추는 것도 새삼스러웠지만 어째서인지 지금은 조금 부끄러웠다.

"내가 먹여주마."

이불을 놓지 못하는 생쥐의 모습에 솔레다토르가 웃으며 침대에 걸터앉았다. 생쥐는 몸에 이불을 휘감은 채로 그의 곁으로 꿈틀꿈틀 다가가 기대듯 옆구리를 붙였다. 이불을 붙잡는 건 한 손으로도 충분했기에 혼자서도 식사를 할 수 있었지만 그녀는 다가오는 스푼을 향해 얌전히 입을 벌렸다.

"뜨겁진 않으냐."

"네, 맛있어요."

이번에는 빵이 가늘게 찢어져 생쥐의 입 속에 넣어졌다. 그전에 먹은 감자베이컨 수프의 짠맛이 아직 남아 있어 빵의 담백함과 어울리게 섞여든다. 꽤 허기가 진 상태였기에 생쥐는 주는 대로 덥석덥석 받아먹었다. 텅 비었던 배 속에 따뜻한 음식이 들어차자 그 포만감에 절로 미소가 지어졌다. 마지막으로 깔끔한 차까지 마시고 나자 더 바랄 것이 없어졌다. 생쥐는 배부른 고양이처럼 솔레다토르의 팔에 뺨을 문질렀다.

그가 안아주었으면 하고 생각하자, 입 밖으로 내뱉지도 않았는데 단단한 팔이 허리를 감아온다.

솔레다토르의 품에 반쯤 안긴 채 생쥐는 달콤한 한숨을 내쉬었다. 아무런 걱정도 근심도 없는 그저 평화롭기만 한 이런 아침이, 그녀의 일상이었다. 세상에 이보다 더 만족스러운 삶이 또 있을까. 행복으로 가슴이 벅차오르다 못해 아릴 정도였다. 생쥐는 따스한 물속에 둥둥 떠 있는 듯한, 몽롱한 꿈결 같은 기분 속에서 무심코 눈물을 뚝 떨어뜨렸다.

"왜 그러느냐, 혹시 어디 아프기라도……."

"아뇨, 아니에요."

옷에 젖어든 눈물을 눈치챈 솔레다토르가 걱정스럽게 묻자 생쥐가 얼른 고개를 저었다.

"이건 그러니까, 그거요. 너무 행복하면, 눈물이 나온다고도 하잖아요."

생쥐는 흐른 눈물을 닦아내며 고개를 들었다. 그 얼굴은 예쁘게 웃고 있었다.

"저는 진짜로 절대로 후회하진 않을 거예요. 아니, 그 반대입니다. 십 년 뒤에도, 백 년 뒤에도, 천 년 뒤에도 정말로 잘했어하고 스스로를 칭찬하게 될 거예요."

솔레다토르와 같은 시간을 살아가기로 선택한 것을 참 잘했다 칭찬하고 정말 다행이다 안도할 것이다.

"내일도 그다음 날도 또 그다음 날도, 아침에 눈을 뜨면 똑같은 기분이 들겠지요. 솔은 제 곁에 누워 있을 수도 있고, 오늘처럼 아침을 가져다줄 수도 있고, 제가 먼저 가지고 오거나 같이 먹으러 갈 수도 있을 거예요. 그렇게 하루가 시작되어서 계속 함께하다가 함께 잠자리에 들겠지요. 언제까지나 계속해서요."

그리고 그 따스하고 온화한 일상에 먹구름이 덮쳐드는 일은 없을 것이다. 이제는 그 누구도 건드릴 수 없는 두 사람이니까. 아무런 방해도 없이 같은 시간을 공유하며 동화보다 더 동화처럼 평화롭고 행복하게 살아갈 것이다.

그런 현실을 손에 넣은 것을 어찌 아니 기뻐할 수 있을까. 생쥐는 더욱더 환하게 웃었다. 그녀를 따라 솔레다토르 또한 미소 지었다.

"네가 그렇게 말해주니 나도 행복하다. 안심되기도 하고."

"걱정하실 거 전혀 없다니까요. 저는 지금도 행복하고 앞으로도 즐겁게 살 거예요. 시간도 많으니까 좀 더 많은 것을 해보기도 하고 배우기도 하고…… 물론 가장 중요한 사실은 솔이 곁에 있다는 거지만요."

생쥐는 별이라도 담은 듯 눈을 반짝였다.

"이렇게 서로 몸을 맞댈 수 있다면 하루 종일 가만히 앉아만 있더라도 즐거울 거예요."

"너는 정말……."

솔레다토르는 생쥐에게 살짝 키스하고 말을 이었다.

"내 귀에 다디단 말만 하는구나."

"언제나 진심이에요, 저는. 제 목소리가 달다면 그건 솔이 저를 많이 좋아하기 때문이겠죠."

"그럼 내 목소리는 어떠냐."

"따뜻해요. 그 온기에 취해서 무심코 잠들어버릴 만큼요."

그 말에 솔레다토르가 짐짓 실망한 표정을 지어 보였다.

"졸려지는 목소리라는 뜻인가."

"아뇨, 그게 아니라요!"

당황하며 황급히 변명하려던 생쥐가 솔레다토르의 웃는 얼굴을 보고서 입술을 삐죽였다.

"저 놀리신 거죠."

"정말로 졸린 목소리라고 해도 나로서는 고마운 일이지. 그만큼 네게 있어 안심할 수 있는 사람이란 뜻이니까."

"그래도 다른 뜻이라고요!"

솔레다토르는 툴툴대는 생쥐를 품에 바싹 끌어안았다. 무어라 불만스럽게 꿍얼대는 머리통이 그의 가슴을 툭툭 친다. 그 작은 몸짓이 무척이나 사랑스럽게 느껴져 솔레다토르는 더 참지 못하고 생쥐에게 키스했다.

입술이 서로 맞닿고 혀와 혀가 서로 얽힌다.

"……밖에 나가야 할 일은 없죠?"

숨을 살짝 몰아쉬며 생쥐가 말했다. 솔레다토르는 그녀의 동그란 어깨에 입술을 묻으며 대답했다.

"물론 없지. 하루 종일 이러고 있어도 된다. 오늘도 내일도 그 다음 날도."

"그럼 며칠만 잔뜩 게으름 피워요. 둘이서만요."

"네가 원하는 만큼 얼마든지."

다정하게 속살거리는 목소리가 끊기고 두 개의 숨결이 다시금 섞여들었다. 그리고 웃음소리와, 가벼운 키스와, 서로를 끌어안는 팔의 움직임. 침대 위로 길게 비쳐드는 햇살 속에서 두 사람만의 시간이 천천히 녹아들었다.

외전2. 이어지는 것

선선한 바람이 불어오기 시작하는 이른 가을, 이카르와 아리에스의 첫아이가 태어났다.

외부인의 출입이 완전히 금지되는 칠 일이 지나고 생쥐는 아리에스의 임신을 알았을 때부터 차곡차곡 모아온 선물을 들고서 황후궁을 찾아갔다.

"어서 오렴."

아리에스는 산모치고는 혈색 좋은 얼굴로 생쥐를 맞이했다. 대외적으로는 아직 수호룡의 후궁이라는 신분이었기에 생쥐는 그녀에게 공손히 인사 올렸다. 아리에스는 주위 사람을 물리고 생쥐에게 편히 행동하라 말했다.

"전에 준 약초 있잖니. 그거 정말 좋더라. 출산 직후에는 진짜 죽겠다 싶었는데 며칠 달여 먹고 나니까 몸이 꽤 가뿐해졌어."

"도움이 되어서 다행이에요."

"평범하게 재배가 가능하면 널리 퍼뜨렸을 텐데."

"솔의 도움이 없으면 제 온실에서도 키우기 불가능한 풀이라서요."

"그래?"

생쥐의 대답에 아리에스가 아쉬워하며 입맛을 다셨다. 하긴 특별한 힘이 깃들지 않고서야 그리 뛰어난 효과를 가지기 불가능할 터였다.

"그러고 보니 아버님은 오고 싶어 하지 않으셨어?"

아버님이란 솔레다토르를 뜻하는 말이었다. 영아의 생존율이 낮은 편이었기에 외부인의 출입이 완전히 금지된 칠 일 후에도 다시 한 달간은 부모를 제외한 이성의 출입을 금했다. 갓난아이가 다른 성별의 기운을 많이 쐬면 몸이 약해진다는 일종의 미신 때문이었다. 이번에 태어난 아이는 딸이었기에 솔레다토르는 생쥐와 같이 올 수 없었다.

"아닌 척하시지만 관심이 많아 보이셨어요. 몰래 살짝 보러 올까 말까 고민하시는 것 같던데요."

"몰래 오시라고 그래. 어차피 미신이야."

아리에스가 한쪽 손을 휘휘 내저으며 아기가 있는 방의 문을 열었다.

"그랬다가 혹시라도 문제가 생기면 괜히 신경 쓰이게 되잖아요."

"하긴 그렇지. 우리 아버님이 은근히 섬세하시니까."

"그렇죠. 귀여워요."

"으음, 그건 잘 모르겠지만."

귀여운 거라면 역시 아들 쪽이지. 아리에스는 그렇게 생각하며 생쥐를 아기 침대 쪽으로 안내했다. 아기 방의 시녀는 살타토르 백작가의 오랜 가신이었기에 내보내지는 않았다.

"……정말 작아요."

드래곤이 새겨진 예술품처럼 화려하고 정교한 작은 침대 안쪽에 세상에 나온 지 일주일밖에 되지 않은 갓난아기가 잠들어 있었다.

두 눈은 꼭 감고 있어 색을 알 수 없었지만 옅게 난 머리카락은 부친과 같은 금빛이었다.

생쥐는 오밀조밀한 작은 얼굴과 제 딴엔 힘껏 주먹 쥔 손을 신기하게 바라보았다. 아기를 처음 보는 것은 아니었다. 이 정도까지 갓난애는 아니었지만, 아기를 낳고도 일을 쉴 수 없었던 여자들이 아직 걷거나 기지 못하는 어린애를 업고 다니는 걸 흔히 보아왔었다. 하지만 눈앞의 이 조그만 아기는 다른 아이들과는 전혀 다르게 다가왔다.

아리에스와 이카르, 두 사람의 아이다.

그녀가 잘 아는 사람들의, 그녀의 소중한 사람이 낳은 아기다. 두 사람의 피가 이어지고 두 사람 사이에서 사랑받으며 자라날 아이인 것이다.

그것이 신기하게 느껴졌다.

"눈은 나를 닮았어."

"정말요?"

생쥐는 아기가 깰세라 소리 죽여 말했다.

"응. 예쁜 파란색이야."

파란색. 그 말을 듣고 나자 생쥐는 더더욱 가슴이 설레었다. 서로 사랑하는 두 사람을 조금씩 닮은 아이라니. 그 말의 울림이 너무도 신비롭게 들려왔다. 생쥐의 입술 사이에서 작게 감탄의 한숨 소리가 새어 나왔다.

"아직 이름은 없죠?"

"응. 백일이 지난 뒤에 지어주는 게 관례니까. 한번 안아볼래?"

"아, 아뇨."

아리에스의 권유에 생쥐가 당황하며 고개 저었다.

"아기가 더 크면요. 지금은…… 좀 무서워요. 정말로 작은 데다가 태어난 지 얼마 안 된 아기는 연약하다잖아요."

"떨어뜨리지만 않으면 돼."

"그래도 역시 안 되겠어요."

떨어뜨린다는 소리를 들으니 더 겁이 났다.

갑자기 손목에 힘이 빠진다거나 실수로 놓친다거나 할 수도 있으니까. 생쥐의 연이은 거부에 아리에스가 귀엽다는 듯 입술 양끝을 올렸다.

"너도 언젠가는 네 아기를 안아야 하잖니. 연습이라고 생각해봐."

"저는 알인데요?"

"……뭐?"

아리에스가 당황하며 눈을 동그랗게 떴다.

"……알?"

"네, 알입니다."

알이라니, 드래곤이 상대라서일까. 아리에스는 한쪽에 조용히 서 있는 시녀를 힐끗 쳐다보곤 몸을 돌렸다.

"나가서 뭐라도 먹으면서 이야기하자. 선물로 좋은 차가 들어왔는데 끓여줄게."

"아뇨, 제가 해야지요. 언니는 앉아 계세요."

두 사람은 아기 방을 나갔다. 아리에스가 찻잎을 꺼내주고 생쥐가 주전자에 물을 담았다.

"금방 되니까 앉아 계세요."

생쥐는 찻주전자를 한 손으로 들고 다른 손을 주전자 아래쪽에 대었다. 펼쳐진 손바닥에서 화기가 올라오며 금세 물이 끓어오른다.

"그런 것도 할 줄 아니?"

소파에 앉은 아리에스가 놀란 표정으로 물었다.

"얼마 전부터 할 수 있게 되었어요. 그래봐야 물을 조금 끓이는 정도지만요. 별거 아니에요."

솔레다토르의 반려가 되어 받아들인 마경의 힘 덕분이었다. 그간 조금씩 조금씩 쌓여가 이런 소소한 재주도 부릴 수 있게 된 것이다.

"별거 아니라니. 깜짝 놀랐는걸."

"솔은 커다란 호수를 단번에 증발시킬 수도 있는걸요."

"그야 드래곤이니까……라고 해도 대단하네."

아리에스는 조금 질린 얼굴을 하였다. 단순히 끓어오르게 하는 것도 아닌 증발이라니, 대체 그 열기가 얼마나 대단할지 상상도 가지 않았다.

"……혹시 그것보다 더 놀라운 것도 할 수 있으시대?"

"아마도요? 호수 이야기가 나온 것도 제가 물을 끓일 수 있게 되었을 때 물어본 거거든요. 솔은 호수도 끓일 수 있겠지요, 하고 물었더니 그쯤이야 증발시킬 수도 있다고 대답했습니다."

"그쯤……. 응, 그렇구나. 초대황제도 참 대단하네. 어떻게 마경의 주인을 황궁에 끌어들일 생각을 다 했담."

자칫 잘못 건드렸다간 황궁이 순식간에 잿더미가 될 수도 있는 상대가 아닌가. 아리에스는 어휴 하고 한숨을 내뱉었다.

이미 꽤 가까운 사이가 된 지금도 솔레다토르가 위협적으로 느껴지는데 아예 초면인 완전한 마경의 주인을 상대한 초대황제가 새삼 놀랍게 느껴졌다.

아리에스가 떨떠름한 생각에 빠진 사이 생쥐가 차를 내어왔다.

"솔에 대해서는 너무 걱정할 필요 없어요."

테이블에 찻잔을 내려놓으며 생쥐가 말했다.

"마경의 주인이라고 해서 마경으로부터 완전히 자유로운 건 아니거든요."

"자유롭지 않다고?"

"네."

생쥐는 자신 몫의 찻잔까지 내려놓고 아리에스의 맞은편에 앉았다.

"솔레다토르의 힘은 마경을 위한 것이니까요. 비유하자면 이런 거예요. 이카가 제국의 최종 통수권을 가지고 있지만 마음대로 움직일 순 없잖아요? 만약 군대를 죄다 모아 옆 나라로 보내버리거나 하면 제국이 엉망이 되어버릴 테니까요. 국비 같은 것도 비슷하겠네요. 마경의 원천은 기본적으로 마경의 주민을 위해 존재하고 있어요. 그걸 솔이 별 이유 없이 과하게 사용해버리면 솔레다드 산맥이 황폐해져 버리기 때문에 마음대로 날뛰는 건 불가능하답니다."

"……그러니까 솔레다토르가 자유롭게 쓸 수 있는 스스로의 힘이 아니라, 일종의 빌려온 능력이라 이거지?"

"그런 셈이에요. 저도 정확히는 모르지만요. 사실 솔도 자세하게는 모르는 모양이더라고요. 전대 솔레다토르로부터 들었어야 했는데 그러지 못했거든요."

아리에스는 작게 고개를 끄덕이며 차를 마셨다. 끝 모를 힘을 마음껏 휘두를 수는 없다 하니 조금쯤 안심이 되었다.

"아까 알일 거라고 했었지? 네 아이 말이야."

"네, 맞아요. 알이고 여자아이일 거예요."

"여자아이?"

"네."

생쥐는 대답 후 설명을 덧붙였다.

"드래곤은 이종족을 통해서 아이를 가지는데, 그럴 경우 아이의 성별은 반드시 상대방의 것을 따르게 되거든요. 그래서 솔도 모친이 드래곤이기에 남자로 태어난 거예요."

"그래? 신기하네."

"그리고 절 더 많이 닮을 거라고 했습니다. 아쉽지만 어쩔 수 없는 일이래요. 물론 눈은 금색일 거고 머리카락 또한 붉은색이 짙게 들어가겠지만 전체적으로는 저와 비슷할 거래요."

그 말에 아리에스가 흥미로운 눈빛을 했다.

"그럼 솔레다토르는 초대황제와 닮았겠네?"

"아마도요. 전대 솔레다토르의 말로는 성격은 안 닮았대요."

"아버님이 나라를 세우고 황제 자리에 올라앉을 성격은 아니시지. 그래서 언제쯤 예정이야? 아직 소식 없어?"

솔레다토르와 생쥐가 이미 일을 치렀다는 건 알고 있다. 그러니 언제 아이가 생긴다 해도 이상하지 않을 것이다. 기대를 품은 물음에 생쥐가 조금 힘없이 어깨를 늘어뜨렸다.

"제가 아직 준비가 안 되어서요……."

"뭐? 준비가 안 돼?"

"평범한 아이가 아니니까요. 드래곤 쪽이 모친이거나 인간의 피가 더 짙은 아이라면 준비가 필요 없는데 타 종족이 모친이며 순수한 드래곤인 아이는 그냥은 못 낳는다고 해요."

후계자로서 태어나는 아이는 순수한 드래곤이다. 모친인 생쥐와는 전혀 다른 종족이기에 안전하게 잉태하려면 용의 힘에 적응하는 기간이 필요했다.

"그래도 보통은 두어 달이면 되는데, 저는 마경의 힘을 받아들이는 중이라서 앞으로 몇 년이나…… 더 기다려야 합니다."

생쥐가 울상을 지으며 말했다. 두 가지 힘의 적응을 동시에 할 수는 없었기에 마경의 화기가 완전히 채워질 때까지 기다려야만 했다.

"몇십 년도 아니고 몇 년이잖아. 걱정 마, 금방 지나갈 거란다."

"네……."

"좀 오래 기다려야 한다지만 기대되네. 생쥐 널 닮은 딸이라니,

분명 무척이나 귀엽고 사랑스러울 거야."

얼른 보고 싶다며 웃는 아리에스의 모습에 생쥐의 얼굴이 더
더욱 어두워졌다.

"그, 그게…… 언니는 못 보실지도 몰라요……."

"응?"

"태어나는 게 알이라고 했잖아요, 부화에 시간이 좀…… 오래
걸리거든요……."

"……얼마나 걸리는데?"

"빠르면 사오십 년에서 길면 백 년 이상요. 솔은 이백 년쯤 걸
렸대요……."

"이백 년……."

이백 년이 아니라 그 절반인 백 년이라고 해도 아리에스가 살
아 있을 가능성은 없었다. 두 사람 사이로 당혹스러운 침묵이 가
라앉았다.

"그, 음, 사십 년 만에 깨어날 수도 있잖아?"

"노력하겠습니다."

"노력하면 되는 거야?"

"솔은 제대로 돌봄을 받지 못해서 부화가 더 늦어졌다고 했거
든요. 그러니 잘 돌보면 일찍 깨어나지 않을까요. 사실 잘은 몰
라요. 그래서 전대 솔레다토르를 찾아가볼 예정입니다."

"전대 솔레다토르를?"

"네. 이것저것 물어볼 것도 많고, 또 한번 뵙고도 싶거든요. 아나님시 사막에 계셔서 날이 좀 더 선선해지면 출발할 거예요. 타 지역 사람은 사막의 열기를 견디기 힘들다고 하더라고요."

생쥐가 솔레다드 산맥의 화기를 품고 있기는 했지만 아직은 평범한 인간에 더 가까웠다. 화기에 완벽히 면역인 솔레다토르와는 달랐다.

"어떤 분이실까요?"

한 번도 본 적 없는 사람이었지만 사랑하는 이의 모친이라는 것만으로도 호감이 치솟았다. 그때 아기 방 쪽에서 딸랑, 하고 종소리가 울렸다.

그것을 들은 아리에스가 자리에서 일어났다.

"이런, 벌써 수유 시간이네."

"직접 하세요?"

귀족들은 직접 수유하지 않고 유모를 두는 경우가 흔했다. 생쥐의 물음에 아리에스가 씁쓸한 미소를 지었다.

"당분간만이야. 내겐 그럴 시간이 없으니까."

젊은 황후로서 해야 할 일은 무수했다. 설사 일선에서 물러날 여유가 있다 해도 아리에스는 그것을 원치 않았다. 아이에게 애정이 없는 것은 아니었지만, 더없이 사랑스러운 피붙이였지만 그녀에게는 황궁에서, 제국에서 확고한 자리를 차지하고 다져놓는 일이 더 중요했다.

아기 방으로 들어간 아리에스는 시녀에게 아이를 건네받고 익숙하게 젖을 물렸다.

갓난애는 투정 한번 없이 모유를 잘도 꿀꺽꿀꺽 삼켰다. 생쥐는 두 손을 맞잡고 그 모습을 바라보았다. 어쩐지 보고만 있어도 배가 부르고 흐뭇해지는 것만 같았다.

"정말 잘 먹네요."

"잘 자고 잘 먹고, 아기로서의 의무를 충실히 해내고 있다니까. 건강하게 자라야지. 나중에 황제가 될지도 모르는데."

"황제요?"

생쥐가 목을 갸웃 기울였다.

"분명 여자아이 아니었어요?"

"여자라고 해서 황제가 되지 못한다는 법은 없잖아. 든든한 조력자도 있고."

"솔레다토르 말씀이세요?"

수호룡이 나서준다면 황녀라고 해도 황제의 자리에 올라앉을 수 있을 것이다. 그러나 아리에스는 고개를 가로저었다.

"아니, 마노로스 카얄룬 공작이야."

"카얄룬 공작이요?"

"그래. 정확히는 나를 닮은 황녀와 이카를 닮은 황자가 있다면 차기 황제로 황녀를 지지하겠다, 라는 대화를 나누었지."

임신 중의 일이었다며 아리에스가 웃었다.

"생각보다 말이 잘 통하는 사람이더라고. 성별에 관계없이 가장 유능한 아이를 후계자로 삼기로 합의했어. 역시 황제는 능력이지. 아, 물론 이카가 나쁘다는 건 아니지만. 사실 이카 정도면 꽤 괜찮은 황제이기도 하고. 조언을 진지하게 듣고 고민해 받아들이니까. 귀가 막힌 황제는 제아무리 잘난 능력을 지니고 있다 해도 쓸모없지."

한 집안 정도라면 모를까 드넓은 나라를 다스리기 위해서는 황제 스스로의 능력보다는 거느린 사람들의 유능함이 더 중요하다. 제아무리 뛰어난 사람이라 해도 눈도 귀도 팔다리도 고작 두 개씩일 뿐이니까.

"참, 혹시 마노스 레브어트 경을 기억하니? 황실 호위기사 말이야."

"음…… 잘 모르겠어요."

"하긴 넌 별로 마주친 적이 없으니까. 레브어트 경은 최근에 카얄룬 공작가로 들어갔어. 이제는 마노스 카얄룬이지. 카얄룬 공작과 비슷한 이름이지?"

"아, 그러네요?"

현 공작 마노로스의 이름에서 한 글자만 빼고 똑같았다.

"알고 보니 카얄룬 공작이 젊었을 적에 얻은 아들이었더라고. 하지만 전 공작이 인정하지 않고 다른 가문에 입양시켜버린 것이었어."

솔레다토르와 이카르는 이미 알고 있던 사실이었지만 그것이 공식적으로 밝혀진 것은 최근의 일이었다.

"세상에, 자기 손자를 버린 거예요?"

"그보다 더한 짓도 눈 하나 깜박 않고 저질러버릴 노인이잖아. 그래서 카얄룬 공작은 그간 아들을 속으로만 품고 있다가 솔레다토르의 도움으로 공작가를 완전히 장악한 뒤 당당히 원래의 자리로 데리고 왔어. 현 부인과의 사이에서는 어린 딸들만 두었기에 반발이 그리 크지도 않았지."

그렇게 마노스 레브어트는 마노스 카얄룬으로서 카얄룬 공작가의 후계자이자 황실기사단의 단장이 되었다. 아리에스는 젖을 다 물린 아기를 시녀에게 건네주고 옷매무새를 바로잡았다.

"그 카얄룬 경과 우리 폐하가 친하거든. 예전에는 데면데면했다는데 요샌 아주 단짝이야. 두 사람의 과거가 닮은 점이 있으니까 그런가 봐. 원래 신분을 잃고 쫓겨나 다른 사람으로 살아야 했으니까. 아무튼 잘된 일이지. 든든한 우군이 하나 늘어난 거잖아? 이카도 인복이 꽤 있다니까."

아리에스가 뿌듯하게 말했다. 생쥐가 잘 알지 못하는 사람 이야기를 갑자기 왜 꺼내나 싶었더니 이걸 자랑하고 싶었던 모양이었다.

"평범한 황족이라면 어릴 때부터 여러 고위 귀족 자제들과 어울리며 친분을 다졌을 텐데 이카는 그러질 못했으니까 걱정하고 있었거든. 그런데 시작이 좋아서 한시름 놓았어. 황제와 카얄룬 공자가 붙어 있으니 참 보기 좋더라~."

"정말 잘되었네요. 솔도 알게 되면 분명 기뻐할 거예요."

"그럴까? 솔레다토르에게 칭찬이라도 들으면 교제에 더 힘쓸지도. 아, 최근에 프로르프 백작부인이 네 이야기를 했는데……."

아리에스의 목소리가 주제를 바꾸어 다시 이어지고, 생쥐는 즐거운 표정으로 귀를 기울였다.

한 달이라는 시간은 빠르게 지나갔다.

황후궁의 남성 출입 금지령이 풀리자 솔레다토르는 오랜만에 외출 준비를 하였다. 물론 그간 모나르카궁을 벗어난 적이 없는 것은 아니었다.

바로 며칠 전만 해도 생쥐와 함께 솔레다드 산맥에 다녀온 그였다. 다만 그 모든 외출은 비공식으로, 공식적으로 알려진 것은 신년제 이후 처음이었다.

"그래도 요새는 솔에 대한 관심이 많이 줄어든 것 같아요."

아리에스와 아기를 위한 선물을 챙기며 생쥐가 말했다.

"예전에는 출궁 소식이 알려지자마자 기웃거리는 사람들 때문에 호위를 많이 두거나 최대한 비밀스럽게 움직여야 했잖아요."

이제는 궁정 사람들도 수호룡의 존재에 대해 익숙해진 데다가 솔레다토르에게 접근해보았자 별다른 이득을 얻을 수 없다는 사실을 깨달았다.

덕분에 지금은 생쥐에게 관심을 가지는 사람이 더 늘었다. 역시나 만나기 쉽진 않아도 서신에 답변 정도는 해주며 실질적인 도움도 받을 수 있기 때문이었다.

"이대로라면 이카가 퇴위한 뒤 순조롭게 황궁을 떠날 수 있겠지."

"네. 그때의 황제는 이번에 태어난 아기일지도요."

"그 녀석을 닮은 금발이라고 했었나."

"눈은 아리에스 언니를 닮았습니다."

솔레다토르는 생쥐와 함께 방을 빠져나가며 옅게 웃었다.

"생쥐 너와 처음 만났을 때가 생각나는군."

"기억나요! 저보고 이카의 애가 아니냐고 그러셨잖아요. 그땐 제가 금색 가발을 쓰고 있었으니까요. 하지만 이카와 별로 닮진 않았을 텐데."

그때 일을 떠올리며 생쥐가 마주 웃었다.

"당연히 농담이었지. 너는 황족이 아니니까. 지금은 계약이 사라져서 곧장 알아보기는 힘들겠지만."

"결국 이카는 정말로 같은 머리색의 딸을 가지게 된 셈이네요."

생쥐의 눈빛이 조금 아련해졌다. 이카르와 처음 만났을 때는 이런 날이 올 거라곤 상상조차 하지 못했다. 그가 아리에스와 결혼하여 둘 사이의 딸까지 보게 될 줄이야. 돌이켜보면 신기하게까지 느껴졌다.

황후궁에 다다르자 이카르가 마중 나와 있는 것이 보였다. 젊은 황제는 환하게 밝은 얼굴로 양부와 그 부인을 맞이했다. 그의 옆에는 황실 호위기사단장인 마노스 카얄룬이 서 있었다. 본래 기사단장은 일선에 나서기보다는 휘하 기사들을 적재적소에 배치하거나 실력의 유지 및 향상 등의 관리를 하는 역할을 맡곤 했다.

호위기사 역시 마찬가지라 특별한 행사라도 있지 않고서는 기본적으로 단장이 아닌 일반 기사들이 호위 역을 맡았다. 하지만 마노스는 여유가 생기면 곧잘 황제와 함께 움직이곤 했다.

"이제 마노스 카얄룬이 되었다지."

솔레다토르가 마노스를 보고 알은체를 했다.

"예, 솔레다토르. 모두 두 분 덕분입니다."

다른 이들은 두 분 덕이라는 말을 황제와 수호룡을 의미하는 것이라 생각했지만 실상은 생쥐와 솔레다토르였다. 마노스는 카얄룬 공작가의 장자로서 부친에게 일의 전모를 모두 들었던 것이었다.

"어서 안으로 들어가시지요."

이카르가 앞장서서 두 사람을 안내했다. 아리에스와 그녀의 딸은 새로 마련한 황녀의 침실에 있었다. 출입 금지령이 풀리고 유모를 들이면서 황후의 침실에 곁붙은 방이 아닌 동떨어진 새로운 거처로 옮겨진 것이었다.

"어서 오세요, 솔레다토르. 안녕, 생쥐야."

두 사람이 온다는 소식을 듣고 미리 사람을 물려놓은 아리에스가 반갑게 둘을 맞이했다.

"마침 우리 황녀님이 깨어 있답니다. 어서 이쪽으로 와보세요."

아리에스는 아기 침대 쪽으로 다가가며 솔레다토르에게 손짓했다.

여기서 황녀를 처음 보는 사람은 솔레다토르뿐이었다. 그는 조금 머뭇거리다가 발걸음을 옮겼다.

아기 침대 안에는 푸른 눈을 동그랗게 뜨고 있는 갓난애가 누워 있었다.

"……아직은 머리색 빼곤 저 녀석과 닮은 줄 모르겠군. 냄새는 비슷하지만."

"왜요, 요 콧대와 눈매를 쏙 빼닮지 않았나요?"

아리에스의 말에 솔레다토르가 눈을 가늘게 뜨며 아이를 좀 더 자세히 살폈다. 하지만 역시 그가 보기에는 인간 갓난애와 어른은 완전히 달랐다.

"어릴 때의 이카와는 비슷한 것도 같지만."

"그러고 보니 아버님은 이이가 아직 어릴 때 맡게 되셨었죠. 어릴 적의 이카는 어땠나요?"

"그때는……."

솔레다토르는 고개를 돌려 조금 쑥스러운 표정을 짓고 있는 이카르를 바라보았다.

"꽤나 얌전했지. 낯선 사람의 손에서도 울지도 않고 잘 웃었으니. 그게 좀 멍청해 보이기도 했지만."

"멍청해 보였다니요. 보통은 붙임성 좋고 순하다고 하는 겁니다."

이카르가 투덜거리며 아기 침대 곁, 아리에스의 옆으로 가 섰다. 제 딸을 들여다보는 그의 얼굴은 제법 아버지다워 보였다. 그 모습이 퍽 낯설게 느껴져 솔레다토르는 무심코 헛웃음을 흘렸다.

"뛰기는커녕 걷는 것도 뒤뚱거리던 녀석이 애를 가지다니."

"걸음마 뗀 지 벌써 이십 년도 더 지났습니다만."

"고작 이십 년이지."

"아버지께는 고작이지만 인간에게는 어른이 되고도 남을 시간입니다."

어른이 되고도 남을 시간. 솔레다토르는 입 안이 쓸쓸해지는 것을 느꼈다. 이카르는 그의 기준으로는 극히 짧은 시간을 살아가다 떠날 것이다. 눈앞의 어린애 또한 마찬가지다. 잘 알고 있고 여러 번 경험해오기도 한 사실이었지만 가슴 안쪽의 허전함만큼은 어쩔 수 없었다.

"이십 년이 아닌 백 년이라 해도 내겐 그리 길지 않지. 이 아이가 자라나 네 자리를 물려받고 늙어간다 해도……."

"아버지."

이카르가 표정을 살짝 굳히며 솔레다토르의 말을 끊었다.

"아버지께는 짧은 시간이라 해도 안 됩니다."

"……뭐?"

"제 선에서 끝내십시오. 솔직히 저도 무를 수 있다면 무르고 싶습니다."

이카르가 말하는 것이 그에게 내린 축복을 의미한다는 것을 눈치챈 솔레다토르가 미간을 좁혔다.

"내가 네 딸까지 보호하려 들 거라는 거냐."

"네. 충분히 그러실 분이고 그러고 싶어 하실 테니까요. 지금도 괜한 감상에 빠지셨지 않습니까. 한번 여지를 주게 되면 끝이 없어집니다. 그러다 결국 같은 일이 벌어지게 될 수도 있고요."

아들의 아이는 사랑스러울 것이다. 그리 귀여워하고 가까이 하다 보면 결국 또 그 아이의 아이 또한 눈에 들어오게 되어버린다.

끝없이, 계속해서.

"앞으로도 유혹은 계속 생기겠지요. 인간 한둘이 아닌 나라 전체를 보호하는 것도 지금의 아버지에게는 별것 아닌 일일 테니, 더더욱 쉽게 마음이 흔들리실 겁니다. 하지만 생쥐를 생각해서라도 끊어내세요."

솔레다토르는 반사적으로 생쥐를 돌아보았다. 그의 시선을 느낀 생쥐가 방글 웃어 보였다.

"사실 저는 괜찮다고 생각하지만요. 만약 솔이 또 어딘가에 묶이게 된다면 제가 끊어내줄 테니까요."

생쥐의 말에 이카르가 당황했다.

"아니, 그건 좀…… 예전에 드베르 앞에서 제국을 없애버리겠다고 말한 것도 그때는 어쩔 수 없었으니 넘겼지만 과했다고. 피해가 너무 커지잖아."

"최대한 피해를 줄일 생각이었어요. 예를 들자면 솔을 붙잡아 놓고 허수아비 황제를 세운 뒤 타국에 항복하게 만든다거나 하는 식으로요. 물론 어쩔 수 없는 희생은 생기겠지만요."

"……겉모습과 달리 과격하다니까."

"그러니까 솔, 하고 싶은 대로 하셔도 됩니다. 제가 또 구해드리면 돼요."

생쥐는 자신 있게 가슴을 펴며 솔레다토르를 올려다보았다. 솔레다토르는 그런 그녀를 내려다보며 부드럽게 미소 지었다.

"고맙구나. 하지만 이카의 말이 맞다. 미리 끊어놓는 편이 더 나아. 우리 둘을 위해서라도."

"음…… 솔직히 저도 솔이 다른 사람에게 관심을 가지는 건, 별로 내키지 않지만요."

생쥐가 조금 우물거리며 말했다.

"그래서 이카도 마음에 들지 않았었고요."

"나도 네가 다른 사람에게 과하게 신경 쓰는 것은 못마땅하더구나."

그의 말에 생쥐가 흠칫 놀라며 아리에스를 힐끔거렸다.

"……언니도요?"

"한 명 정도는 예외로 두자. 내게도 이카가 있으니."

"네!"

생쥐는 고개를 끄덕이며 솔레다토르의 손을 감싸 붙잡았다.

네 사람이 이렇게 사석에서 다 함께 모이는 것은 솔레다토르와 생쥐의 결혼식 이후 처음이었다.

아이만 보고 돌아가기에는 어쩐지 서운해, 넷은 조금 이른 점심을 함께했다. 가볍게 배를 채운 후 다과를 앞에 두고 이야기는 계속 이어졌다.

"이백 년이라니, 정말이지 깜짝 놀랐다니까요."

아리에스가 호들갑스럽게 말했다.

"솔직하게 털어놓자면 생쥐의 아이와 제 아이가 친구가 되었으면 싶었거든요. 좋잖아요, 서로 든든한 소꿉친구. 그런데 빨라도 수십 년이라니…… 손자 볼 나이라고요, 그때면."

어쩌면 손자가 아니라 증손자까지 본 후일지도 모른다. 그리고 그 정도까지 옅어진 핏줄이면 생쥐도 솔레다토르도 지금처럼 정이 가지는 않을 것이다. 아쉬워하는 아리에스에게 솔레다토르가 웃으며 말했다.

"알이 곧장 깨어난다고 해도 어차피 어린 드래곤은 황궁에 머무르지는 못한다."

"여기 머무를 수 없다고요?"

"그래. 드래곤만이 아닌 모든 어린 마경의 주민들은 마경을 떠나면 허약해져 제대로 성장하지 못하게 되지. 태아일 때도 마찬가지라 수태 후 열흘 이상 마경을 벗어나면 낙태하고 만다. 마경의 주인이 자리를 비운 사이에도 흉포한 마수들이 솔레다드 산맥을 벗어나는 일이 드문 이유가 바로 그것이다."

외부에서는 번식을 할 수가 없기에 본능적으로 마경에 머무르는 것이었다.

"신기하네요. 그럼 마경이 있어서 마수가 존재하는 건가요? 혹은 그 반대라거나요."

"그건 나도 정확히는 모른다. 전대 솔레다토르를 찾아가면 들을 수 있겠지."

솔레다토르라는 이름은 받았지만 막상 그 자리에 대해서, 자신이 지배하는 마경에 대해서는 잘 알지 못했다.

"그럼 솔이 늦게 부화한 건 그 때문일 수도 있겠네요. 솔의 어머니께서도 계약 때문에 황궁에 머물러야만 했을 테니까요. 그러니 솔레다드 산맥에 있어야 했을 알을 제대로 돌볼 수 없었겠지요."

솔레다토르가 알이었을 때 모친에게 버림받다시피 했었다는 사실이 내내 마음에 걸렸던 생쥐가 말했다.

"그랬을 수도 있겠지만 계약이 없었다고 해도 딱히 신경 썼을 여자는 아니다."

"모르는 일이잖아요. 황궁에 묶인 것이 아니었다면 적어도 이백 년이나 걸리게 하진 않으셨을 거예요."

"……확실히 이백 년은 좀 길긴 했지."

"맞아요. 분명 고의가 아니셨을 겁니다. 알고 보면 다정한 분일지도 몰라요."

"글쎄다……."

솔레다토르가 떨떠름하게 중얼거렸다. 모친과는 몇 번의 짧은 만남밖에 가지지 못했지만 아들을 보러 온 적이 드물다는 것만 봐도 살가운 성격은 절대 아니었다.

"너무 기대는 하지 마라."

두 사람의 대화를 듣고 있던 아리에스가 생쥐를 바라보며 조심스럽게 입을 열었다.

"혹시나 해서 말인데, 생쥐 넌 부모님이 보고 싶다거나 하는 생각은 들지 않니? 부모님이 확실하게 돌아가신 것인지는…… 잘 모르겠다고 했잖아."

생쥐에게는 부모의 기억이 없었다. 그녀를 데리고 다니며 구걸을 시켰던 노인도 그냥 고아라고만 했지 자세한 설명은 해주지 않았다.

아리에스의 말에 생쥐가 고개를 갸웃 기울였다.

"보고 싶다는 생각은 해본 적 없어요. 제 주위에는 고아가 많아서 특별한 일도 아니었거든요. 고아라는 걸 당연하게 생각했어요."

궁핍하고 비위생적인 환경 속에서 아버지를 모르는 아이를 낳다가 죽어가는 여자는 많았다. 무사히 아이를 낳았다고 해도 쉬지 못하고 바로 일을 하다 병에 걸려 죽는 경우도 흔했다.

설사 부모가 둘 다 있어도 고아처럼 방치되는 경우 또한 드물지 않았다. 그런 세상이었기에 생쥐는 부모라는 존재를 그리워한 적이 없었다.

"그건 지금도 마찬가지입니다. 언니가 말하기 전까지는 생각도 해보지 않았거든요. 하지만 만약 만나게 된다면 태어나게 해주어서 고맙다고 말하고 싶어요. 물론 딱 그것만요."

"고맙다는 말을 하는 것 외에는 바라는 게 없는 거니?"

"네. 그 외에는 저와 아무런 관련도 없는 사람들이니까요. 살아남으려고 발버둥친 것도 저고 노력한 것도 저예요. 그리고 저를 도와준 사람들은 이미 제 곁에 있습니다."

솔레다토르도 아리에스도 이카르와 라지예, 사지예, 노체, 헤러시와 케이어스까지. 이미 모두 그녀의 곁에 있었다.

"솔레다토르, 저 대신 생쥐 좀 안아주세요."

테이블에 가로막혀 바로 생쥐에게 다가갈 수 없는 아리에스가 기특함과 측은함이 뒤섞인 표정으로 말했다. 솔레다토르는 거절치 않고 옆자리의 생쥐에게 팔을 뻗었다.

"그래. 너는 스스로의 힘으로 여기까지 온 거다. 참으로 잘했다."

물론 모든 일이 그녀의 힘으로 이루어진 것은 아니었다. 그러나 생쥐는 포기하거나 주저앉지 않고 열심히 걸어 나갔다.

스스로 빈민가를 빠져나왔으며 살타토르 백작가의 문을 두드렸다.

솔레다토르가 돌아가라 하였을 때도 버텼고 그와 아리에스를 돕기 위해 노력했다. 별것 아닌 일들이라고도 할 수 있겠지만, 그저 운이 따라주었을 뿐이라 폄하할 수도 있겠지만, 그 모든 결과는 생쥐가 행동하였기에 나온 것이었다.

칭찬받은 생쥐가 어깨를 조금 으쓱거렸다. 기쁜 마음이 두 뺨에 희미한 홍조로 나타났다.

"저도 제가 정말 잘했다고 생각합니다. 잘했어요, 저."

따스하고 잔잔한 물결이 가슴 안쪽을 간지럽힌다. 더없는 행복이 생쥐의 몸을 가득 채우고 또 한가득 넘쳐흘러, 그녀를 보는 사람들까지 온화한 미소를 짓게끔 하였다.

즐거운 시간은 빠르게 흘러 지나가버려 이윽고 찻잔이 비고 다과 접시가 비었다.

생쥐와 솔레다토르는 모나르카궁으로 돌아가기 위해 자리에서 일어났다.

그대로 방을 빠져나가기 직전, 솔레다토르가 이카르를 바라보았다.

"할 말이 있으면 해라."

무슨 이유에서인지 조금 전부터 초조해하고 있던 이카르가 정곡을 찔린 표정으로 마른침을 삼켰다.

"그게…… 부탁이 하나 있습니다."

"부탁? 별일이군."

솔레다토르의 그림자에서 벗어난 이후 그가 양부에게 무언가를 청해오는 일은 극히 드물었다.

힘에 겨워도 혼자 해내겠다고 고집부리다가 쓰러진 적까지 있는 이카르였다. 그런데 웬일로 부탁이라는 말을 입에 담은 것이었다.

"말해봐라."

"아버지께 더는 여지를 주어선 안 된다고 말한 주제에 염치없는 소리입니다만……."

한참을 머뭇거리던 이카르가 커다란 한숨과 함께 말을 토해냈다.

"제 딸이 백일을 맞는 날에, 이름을 지어주십시오."

자신의 아이에게, 후손에게 더는 마음을 주지 말라고 했던 것과는 반대되는 부탁이었다. 하지만 첫아이의 이름만큼은 솔레다토르에게 받고 싶었다.

그 외의 사람은 떠오르지 않았다. 이카르는 면목이 없어 붉어진 얼굴을 숙였다. 하지만 목소리만큼은 멈추지 않고 계속 이어졌다.

"제게 그러하셨듯이 제 딸 또한 이름을 받게 하고 싶습니다."

손녀라는 말까지는 차마 입 밖으로 꺼내지 못했다. 솔레다토르는 그런 이카르를 바라보다가 혀를 쯧 찼다.

"아직도 그대로구나."

"……예?"

"너는 내 아들이다. 딸의, 손녀의 이름 정도는 당당히 요구해라."

숙였던 고개를 든 이카르가 조금 수줍게 웃었다. 솔레다토르의 입가에도 어쩔 수 없다는 미소가 맺혔다. 그의 아들은 품을 벗어났어도 황제가 되었어도 예전의 모습을 고스란히 지니고 있었다.

말은 탓하듯 했어도 그 사실이 솔레다토르에게는 반갑게 다가왔다. 아이의 성장을 기대하면서도 동시에 여전히 손안에 두고 싶은 그런 뒤섞인 마음이었다.

"네, 아버지. 그럼 잘 부탁드리겠습니다."

"기대는 하지 마라."

솔레다토르는 손을 슬쩍 내젓고는 생쥐를 데리고 몸을 돌렸다. 이카르는 아리에스와 함께 황후궁 앞까지 두 사람을 배웅 나갔다. 마차는 이내 정문을 벗어나 시야에서 사라져갔다.

"……아버지를 놓아드려야 한다고 말하면서도 정작 가장 놓지 못하는 사람은 저인 듯합니다."

이카르의 나직한 중얼거림에 아리에스가 그의 옆구리를 살짝 쳤다.

"아들이 아버지를 붙잡는 게 뭐 어때서요? 당연한 일이죠."

"그렇긴 하지만요……."

"정말이지, 대체 언제쯤 솔레다토르 앞에서 당당하게 아들처럼 구실 거예요? 이젠 딸까지 있는데."

"그게 쉽지가 않습니다. 무엇보다 저는…… 반드시 아버지보다 먼저 수명을 다할 수밖에 없으니까요."

그것도 솔레다토르의 시간에 비하면 찰나라 해도 좋을 짧은 수명이다. 그 사실을 떠올릴 때마다 스스로가 너무도 작게 느껴졌다.

"……기억해주시겠죠? 저를."

"당연히 기억해주실 거예요. 착하고 사랑스러운 아들이 있었다고, 가끔씩 들추어 보며 미소를 지을 수 있는 그런 추억이 될 겁니다."

"그건 좀…… 기쁘군요."

"그리고 저도 마찬가지예요."

아리에스는 약하게 한숨과 비슷한 숨결을 흘리며 말했다.

"생쥐에게 좋은 추억이 될 겁니다. 떠올리며 웃기도 하고 그리워하기도 하는 그런 기억이요. 그렇게 되겠지요?"

"물론 그럴 겁니다. 생쥐는 아리에스 당신을 무척이나 좋아하지 않습니까."

이카르의 팔이 아리에스의 어깨를 가볍게 감싸 안았다. 아리에스는 미소를 머금으며 이카르를 바라보았다. 그의 입가에 어린 미소는 그녀의 것과 무척이나 닮아 있었다.

"자아, 폐하. 앞으로도 솔레다토르와 생쥐에게, 그 밖의 많은 사람들에게 좋은 기억으로 남을 수 있도록 노력하시는 겁니다."

"갑자기 어깨가 무거워지는데요?"

"저도 함께할 테니 너무 걱정하지 마세요."

두 사람은 동시에 웃고는 나란히 몸을 돌려 안으로 들어갔다.

"생각해봤는데요, 솔."

달리는 마차 안에서 생쥐가 문득 입을 열었다.

"역시 괜찮을 거 같아요."

"뭐가 말이지?"

솔레다토르는 등받이에 기대고 있던 상체를 바로 세우며 생쥐를 바라보았다. 생쥐는 생각에 잠긴 표정 그대로 대답했다.

"언니와 이카의 아이에게, 또 그 아이와 아이에게 정을 주는 것 말이에요. 이카는 솔이 얽매이게 될까 봐 걱정했지만 저는 자신 있습니다."

연녹색 눈이 또렷한 빛을 머금으며 솔레다토르를 향했다.

"계속해서 솔에게 가장 소중한 사람으로 있을 자신이요."

"그건 자신할 것도 없는 당연한 사실이다만."

"그러니까 괜찮잖아요."

그렇지 않느냐며 생쥐가 말을 이었다.

"저는 아리에스 언니를 좋아해요. 한때는 가장 소중한 사람이 언니이기도 했습니다. 하지만 지금은 솔이 제일 소중해요. 솔이 있기 때문에 언젠가 언니를 떠나보낸다 해도 괜찮을 겁니다."

물론 그때가 닥치면 가슴 아프고 괴롭겠지만 견딜 수 있을 정도일 것이다.

슬퍼 눈물 흘릴 때 안아줄 사람이 곁에 있으니까. 생쥐는 무심코 머리 장식을 매만졌다. 한때는 목숨만큼 소중히 여겼던 나비 머리핀은 그녀의 손에 잡히지 않았다. 보석함 속에 얌전히 잠들어 있을 그 머리핀을 솔레다토르를 위해 남의 손에 넘기려고 한 적도 있었다.

생쥐는 확신에 찬 미소를 머금었다.

"네, 괜찮아요. 그러니 솔도 괜찮을 겁니다. 이카의 아이가 아무리 귀엽고 사랑스럽다 해도 저보다는 못할 테니까요. 제가 있는 이상 이카가 걱정하는 것처럼 발목 잡히는 일은 없을 거예요."

"그럴까."

"틀림없이요. 그러니까 마음 놓고 원하시는 대로 하세요. 여전히 이카를 좋아하시잖아요. 딸도 귀여웠지요?"

솔레다토르는 잠시 침묵하다가 고개를 끄덕였다.

"귀엽지 않다고 하면 거짓말이겠지. 조금 신기하기도 했고."

"저도 신기했어요! 두 사람 사이의 아이라니, 벌써 한 달이 지났는데도 여전히 놀랍다니까요. 솔은 이카를 어릴 때부터 보아왔으니까 더 기분이 묘하겠죠?"

"솔직히 애가 애를 가진 느낌이라 기분이 이상하긴 하지."

"저 아이가 자라서 결혼하고 아이를 가지면 저도 솔과 비슷한 감정을 느낄까요?"

두 사람은 동시에 아기 침대 속의 갓난애를 떠올리곤 헛웃음을 지었다.

"아직은 상상이 안 되는군."

"저도요. 이카와 닮았다고 하니 비슷하게 자라려나요."

"글쎄다. 어떨까."

지금은 이카르를 더 닮았다곤 하나 자라면서 아리에스와 비슷해질지도 모른다.

어쩌면 둘을 적당히 섞은 외모일수도 있으며, 의외로 조부모의 모습이 나타날 가능성도 있었다.

"……역시 이대로 잠적하기에는 아쉽지 않나요? 물론 수호룡으로 남자는 건 아니에요. 그냥 황가와 알고 지내는 드래곤과 그 부인 정도로 남는 건, 어떨까요."

"알고 지내는 사이라."

나쁘지 않은 어감이었다.

솔레다토르는 웃으며 생쥐의 머리를 쓰다듬었다.

"괜찮을 것 같구나. 그래, 이제 묶인 계약도 없으니 무조건 물리칠 필요도 없지."

다만 수호룡의 계약이 없다 해도 사람과 사람의 관계 속에서 상처받는 일은 생길 것이다.

이카르와 아리에스의 후손이라 해도 그들에게 실망할 수도 있으며 화를 내거나 슬퍼하게 될 수도 있다. 그러나 그와 동시에 마음속 깊이 간직하고 싶은 기억으로 남게 될 수도 있을 것이다. 어쩌면 소중한 두 사람이 세상을 떠난 후에, 그 두 사람을 떠올리게 하는 아이가 나타나 위안을 안겨줄지도 모른다.

"다음번에 이카르를 만나면 이야기해봐야겠다."

"분명 기뻐할 거예요."

"그전에 이름도 생각해놓아야겠군."

"이카는 어떤 이름이든 좋아하겠지만 미래에 황제가 될지도 모르는 황녀이니 잘 지어주셔야 해요."

"노력해보지."

두 달이면 그리 길다고 할 수 없는 시간이니 여유를 부릴 순 없었다.

생각에 잠기는 솔레다토르 곁에서 생쥐는 앞으로의 일들을 떠올려보았다.

변함없는 것도 있을 것이며 변화하는 것도 있을 것이다.

그 어느 쪽이든 생쥐는 기쁘게 받아들일 자신이 있었다. 그렇기에 불안 한 점 없이, 기대되고 설레었다.

외전 3

사막의 드래곤

　가장 더운 시기는 지나갔다고 해도 내리쬐는 햇볕은 여전히 따가웠다. 메마른 더운 공기가 눈에 보일 듯 일렁이는 사이로 낙타가 터벅터벅 발걸음을 옮긴다. 사람이나 짐을 싣거나 수레를 끄는 등의 낙타 무리가 향하는 곳은 아나닙시 사막의 마지막 도시, 니하스였다. 니하스를 넘어가면 더 이상 사람이 사는 마을은 없었다. 사막의 주인인 드래곤, 아나니토르가 인간에게 허락한 영역을 넘어서면 온갖 마수들이 나타나기 때문이었다.

　마경의 마수들은 주인의 지배하에 놓여 있으나 간혹 영역을 벗어나는 경우도 있었기에 니하스의 성벽은 높고도 두꺼웠다. 붉은빛 도는 모래색 성벽 안쪽으로 변방치고는 상당히 큰 규모의 도시가 자리 잡고 있었다. 그 도시를 찾는 사람들의 3분의 1은 장사꾼이요, 3분의 1은 사냥꾼이며 나머지 3분의 1은 일확천금을 노리는 모험가였다. 그런 손님들이 끊임없이 몰려왔다 떠나기를 반복했기에 니하스는 번성할 수 있었다.

니하스의 성문을 통과하여 공터에 다다른 낙타 무리가 멈추어 섰다. 새로운 손님들의 등장에 호객꾼들이 우르르 밀려들었다. 숙소나 식당, 기타 상점을 홍보하기도 하고 일꾼을 모집하거나 반대로 지원하기도 했다.

시끌시끌한 가운데 유독 눈에 띄는 호화로운 마차, 아니 낙타차의 문이 열렸다. 그 속에서 먼저 내려선 것은 붉은 머리칼을 지닌 장신의 미남이었다. 사막과는 어울리지 않는 차림이었지만 더운 기색 하나 없는 그의 뒤를 이어 주위 사람들처럼 긴 천으로 전신을 감싼 여자가 누런 흙모래 바닥에 발을 디뎠다. 약간 비틀거리는 그녀를 남자가 걱정스러운 표정으로 부축해주었다.

"역시 오는 게 아니었어."

"괜찮아요, 전!"

여자, 생쥐가 얼른 말했다.

"조금 더운 것일 뿐인걸요."

말은 그렇게 했지만 생쥐의 얼굴은 눈에 띄게 해쓱했다. 그녀의 고향도 제국의 수도도 더운 지역은 아니었다. 오히려 그 반대로 여름에도 볕이 그리 따갑지 않았었기에 사막의 무더위에 적응하기 힘들었다. 그에 더해 음식도 입에 맞질 않아 며칠 사이에 수척해지고 만 것이었다.

"그간 너무 편하게 지낸 거 같아요. 예전엔 덥든 춥든 맛이 이상하든, 설사 좀 상했다 해도 잘만 먹었는데."

그런데 고작해야 낯선 향신료와 더위에 맥을 못 추다니. 생쥐가 스스로에 대해 투덜거리는 사이 호객꾼들이 그들에게도 접근해왔다.

"물푸레나무관으로 오세요! 하루 최대 2갤런의 물을 쓰실 수 있습니다!"

"경력 11년 차 안내인과 전직 사냥꾼으로 구성된 호위병들이 있어요!"

"두 번째 오아시스까지 관광 가능합니다!"

두 사람은 호객꾼 중 한 명의 안내를 받아 숙소로 향했다. 생쥐는 방으로 들어가자마자 머리를 덮어쓰고 있던 천을 벗었다. 그새 땀이 흘러 연회색 머리카락이 뺨과 이마에 달라붙어 있었다. 마음 같아선 시원한 물이 가득 찬 욕조에 몸을 담그고 싶었지만 사막의 일부 도시들은 물의 사용량이 한정되어 있었기에 돈이 있어도 마음껏 쓸 수가 없었다. 이곳 니하스 또한 물이 부족한 도시였다.

"내일이면 고생도 끝이다."

컵에 물을 따라 생쥐에게 건네며 솔레다토르가 말했다.

"아나니토르에게 부탁하면 드레이크 한 명 정도는 내어줄 테니."

마경의 주인이 자신의 영역이 아닌 마경에 드래곤의 모습으로 들어가는 것은 무례함을 넘어서 싸움을 거는 짓에 가까웠다. 마수들에게도 혼란을 줄뿐더러 마경의 기운 또한 흐트러지기 때문이었다. 그렇기에 힘을 감추고 억제한 채 방문해야 했다. 또한 비슷한 이유로 솔레다토르의 지배하에 놓인 마수를 데리고 올 수도 없었다.

대신 보통은 마경에 들어서는 순간 방문을 알아챈 주인이 마중을 위한 심부름꾼을 보내오지만, 아나닙시 사막은 인간에게 영역의 일부를 허락했다는 게 문제였다. 마경에 속해 있지만 동시에 아나니토르의 시선 밖에 놓여 있기에 요 며칠간은 인간의 교통수단을 이용할 수밖에 없었다.

"신기하네요."

생쥐가 물컵을 든 채 창밖을 바라보며 말했다.

"마경에 이렇게 큰 도시가 있다니. 솔레다드 산맥 근처에는 조그만 촌락 외엔 없잖아요?"

"사막은 척박하니까."

생쥐의 옆으로 다가와 서며 솔레다토르가 말을 이었다.

"아나니토르가 영역의 일부를 내어준 것도 그 때문이지. 아나닙시 사막의 유일한 강과 다섯 개의 큰 오아시스를 허락해주었지만 그것만으로는 부족했던 거다. 그래서 마수를 사냥하고 보물을 찾는 자들이 생겨나게 된 거지."

"마수를 사냥해도 괜찮은 거예요?"

생쥐가 고개를 갸웃하며 물었다. 그녀가 아는 마경의 주민은 요정들이나 드레이크, 목령 등과 같이 말이 통하는 인간과 다름 없는 상대들이었다. 그리고 솔레다토르는 그들을 지배함과 동시에 보호 또한 하고 있었다.

"마수라고 해서 지성체만 있는 것은 아니니까. 솔레다드 산맥에서도 개체 조절을 위한 사냥은 주기적으로 이루어지고 있어. 아나니토르는 그것을 인간에게 맡긴 셈이지."

마경이 넓다곤 하나 그 크기에 한계가 있었다. 한 종이 과도하게 늘어나면 균형이 무너지기에 관리가 필요했다.

"물론 아나니토르의 허가가 있기에 가능한 일이다. 보통은 인간의 출입을 반기지 않기에 더더욱 아나닙시 사막에 사람들이 몰리는 것이기도 하고."

어쩌다가 마경에 발 들인 한둘 정도는 눈감아줄 수 있다. 하지만 분명한 목적을 지니고 떼로 몰려드는 것까지 봐주는 드래곤은 아나니토르가 유일하다고 보아도 무방했다.

"그래도 가장 깊숙한 곳까지는 들어갈 수 없을 거다. 이곳에는 유독 이름 없는 드래곤이 많으니 자살행위지."

아나니토르의 관대하면서도 무관심한 성격 덕에 아나닙시 사막에는 전대 솔레다토르를 비롯한 이름 없는 드래곤이 다수 머물고 있었다. 인간의 출입이 허락된 유일한 마경이지만 자칫 발을 잘못 들인다면 그 어느 마경보다 위험한 장소가 되는 것이다.

"힘들긴 하지만 여기 오길 잘한 거 같아요."

솔레다토르의 설명을 듣고 있던 생쥐가 방긋 웃었다.

"이렇게까지 많이 다를 줄은 몰랐거든요. 특히 물이 귀하다는 건 상상도 못 했습니다. 굶주릴 때도 물 정도는 쉽게 마실 수 있었으니까요."

난생처음 보는 이상한 동물이 말을 대신한다는 것도 신기했고 더위 속에서 벗지 않고 되레 꽁꽁 감싸 입는 것도 놀라웠다. 솔레다토르의 손끝이 재잘재잘 떠드는 생쥐의 목덜미를 살짝 쓸었다. 말라가고 있는 땀이 옅게 묻어났다.

"닦을 물을 가지고 오마."

"네."

예전이었다면 제가 할게요, 하고 얼른 막아섰겠지만 이제는 달랐다. 솔레다토르가 해주는 것을 쉽게 받아들이는 것은 물론이요 이따금 그를 거리낌 없이 부려먹기까지도 했다.

슬슬 해가 질 때라 창 너머로 들어오는 바람도 그리 뜨겁지 않았다. 생쥐는 창문을 닫은 뒤 몸을 감싸는 겉옷까지 벗어 얇은 원피스 차림으로 침대에 걸터앉았다. 침대 위에 펼쳐져 있는 이불은 제법 도톰했다. 밤이 되면 언제 타는 듯한 햇볕이 내리쬐었느냐는 듯 추워지기 때문이었다. 그래서 침실 한쪽에는 벽난로도 마련되어 있었다.

'오늘 저녁은 제대로 먹어야지.'

그간 식사량이 적어 솔레다토르의 걱정이 컸었다. 독특한 향신료의 맛도 그럭저럭 익숙해졌으니 오늘은 접시를 비울 수 있을 것이다.

잠시 뒤 솔레다토르가 물이 가득 찬 들통과 수건을 들고 돌아왔다. 땀을 닦아내기 위해 몸을 일으키는 생쥐를 솔레다토르가 막았다.

"앉아 있어라. 내가 닦아주마."

"그건 조금, 부끄러울 것 같은걸요."

"첫 만남에서 옷을 벗으려고 들었던 건 누구였지?"

"다 안다고 생각했던 어린애였죠!"

생쥐가 키득키득 웃으며 대답했다. 그러곤 다시 얌전히 침대 위에 앉았다.

"솔은 더위를 전혀 타질 않으니까, 조금 치사한 거 같아요."

"화룡이 더위를 느낀다면 웃기지도 않는 일일 거다. 대신 추운 건 여전히 싫어."

"저도 싫어요. 더운 게 더 낫죠."

물론 사막의 더위는 견디기 힘들었지만 어차피 평소 지내는 곳은 여름이 시원한 편이었으니까.

첨벙.

수건이 물속에 빠졌다. 솔레다토르는 젖은 수건의 물기를 짜 생쥐의 뺨에 가져다 대었다. 시원한 감촉에 그녀가 어깨를 살짝 움츠렸다. 수건 끝이 이마를 지나 반대편 뺨을 스치고 목덜미로 내려간다. 솔레다토르는 생쥐의 옆에 앉아 그녀를 반쯤 끌어안으며 원피스의 가슴 끈을 풀어냈다. 이어 어깨끈이 흘러내리고 가슴을 받치던 속옷도 벗겨지며 희고 동그란 젖무덤이 드러났다. 그리 크다고는 할 수 없었지만 움직임에 따라 탄력 있게 흔들릴 정도의 도드라짐을 지닌 예쁜 모양의 가슴이었다.

"역시 살이 빠졌어."

옷자락이 반쯤 덮고 있는 허리를 매만지며 솔레다토르가 투덜거렸다. 그는 그녀를 들어 올려 자신의 무릎 위에 앉혔다. 그 서슬에 엉덩이 골이 보일 정도로 옷이 흘러내렸다. 그냥 다 벗은 채 허벅지께만 살짝 덮었다고 보아도 무방할 정도다.

"많이 티 나요?"

"약간."

"언니에게 들키면 잔소리 들을 텐데."

"내게도 한 소리 하려고 들겠지."

"분명, 아!"

다시 물에 적셔져 차가워진 수건이 뒷덜미를 따라 내려갔다. 등골을 부드럽게 쓸어내리는 감촉에 생쥐가 어깨를 움찔 떨었다. 서늘하게 식은 피부 위로 뜨거운 손가락이 닿는다.

줄어든 살집을 확인이라도 해보려는 듯 가볍게 눌러오자, 다시금 어깨가 떨렸다.

"……닦아주신댔으면서."

"닦아주고 있다만."

"자꾸 누르, 읏."

등을 부드럽게 감아 돌던 손이 앞쪽으로 미끄러져 왔다. 동시에 젖은 수건 또한 어깨를 넘어 쇄골을 매만진다. 숨소리에 따라 살짝 오르내리는 배를 스윽 쓸어 올린 손끝이 가슴께에 가 닿았다. 단순히 몸을 닦아준다기에는 과하게 피부에 달라붙는 손놀림이었다.

"몸을 닦을 뿐이야."

"하지만 손가락이……."

올라온 손이 젖가슴을 감싸듯 움켜쥐었다. 생쥐는 그 손에 자신의 손을 덮고는 입술을 삐죽였다.

"그럼 이 손은 뭐, 윽, 주무르고 있잖아요!"

"음, 그럼 닦는 건 이쯤 할까."

"이쯤이라뇨, 반의반도 안 한, 웁……."

종알종알 투덜거리던 입이 막혔다. 수건은 어느새 던져버리고 물기 젖은 손이 흰 목덜미와 아래턱을 어루만진다. 동시에 가슴을 쥔 손길도 더욱 대담해졌다. 끝의 돌기를 문지르고 쿡 찌르듯 눌러자 생쥐의 몸이 파드득 튀었다. 입 안을 파고든 혀에 데워진 숨이 얽힌다.

"……하아."

작게 숨을 헐떡이는 것이 귀엽다는 듯 미소 띤 입술이 귓가를
훑는다. 목덜미를 지분거리던 손가락이 등의 선을 따라 주욱 미
끄러지며 반쯤 드러난 동그란 엉덩이를 붙잡았다가 그 아래, 흘
러내린 드레스 자락으로 가려진 좀 더 깊숙한 곳으로 파고든다.

"닦는다면, 여기부터 해야 할 것 같은데."

"으……."

"제일 많이 젖었으니까."

"아, 정말……. 그건 땀이 아닌데!"

생쥐는 얄밉다는 듯 솔레다토르의 목덜미를 콱 깨물었다.

다음 날 아침, 솔레다토르와 생쥐는 길을 안내해줄 사람을 찾
았다. 그리 깊이 들어갈 것은 아니라서 목적지는 경계선 너머 첫
번째 오아시스였다. 거기까지는 오가는 이들이 많아 안전한 편
이었기에 안내자를 금방 구할 수 있었다.

"첫 번째 오아시스는 멀지 않으니 세 시간 정도면 도착할 겁
니다."

고용한 안내인이 경쾌하게 말했다. 성문 근처 공터에는 그들 외에도 여러 사람들이 출발 준비를 하고 있었다. 대다수가 각종 무기로 단단히 무장을 하고 있었는데 칼이나 활, 창 같은 보편적인 무기 외에도 마수를 상대하기 위해 특이한 형태로 만들어진 무기도 더러 보였다.

"이 정도 숫자의 무리와 섞여 간다면 따로 호위를 구할 필요는 없습니다. 대신 보호료를 약간 지불해야 하지만 호위비보다는 저렴하지요."

"알아서 처리해라."

보호든 호위든 필요 없었지만 솔레다토르는 굳이 거절치 않고 안내인에게 일임했다. 안전 문제로 쓸데없는 실랑이를 할 생각도 없었거니와 생쥐가 마수사냥꾼들을 흥미롭게 바라보고 있기 때문이기도 했다. 안내인은 보호료를 지급하고 안장을 얹은 낙타 세 마리를 끌고 왔다. 경계선을 넘어가면 길이 제대로 닦여 있지 않기 때문에 낙타를 직접 타고 가야만 했다. 고작 세 시간 거리이니만큼 짐은 얼마 없었다.

잠시 뒤 준비가 끝난 사람들이 하나둘 열을 지어 출발하기 시작했다. 솔레다토르와 생쥐도 그 대열의 중간쯤에 합류해 성문을 빠져나갔다.

아나닙시 사막의 절반은 금색 고운 모래로 이루어져 있었다. 바람이 약간만 불어도 모래먼지가 풀풀 날려 코와 입을 가려야 함은 물론이요, 심할 때면 눈도 뜨기 힘들었다. 사람은 물론 어지간한 동식물들도 살기 힘든 척박한 땅이었지만 바람 없이 햇볕이 내리쬘 때면 사방이 황금빛을 띠며 찬란하게 반짝거렸다.

첫 번째 오아시스까지의 짧은 여정은 평탄했다. 선두의 낙타가 모래 속에 숨어 있던 커다란 뱀을 밟는 사고가 있었으나 사막에 익숙한 사냥꾼들이 재빠르게 처리하여 별다른 피해는 없었다.

오아시스에 도착하자 무리는 두 분류로 나뉘었다. 일부는 오아시스에 남고 나머지는 곧장 다음 오아시스를 향해 떠나갔다.

"오아시스는 언제 봐도 신기한 거 같아요."

솔레다토르의 부축을 받아 낙타 등에서 내려서며 생쥐가 말했다. 여기까지 오면서 여러 개의 오아시스를 거쳤지만 황량한 흙모래 땅 가운데 홀로 다른 세상인 것처럼 푸르름을 가득 머금은 모습은 매번 낯설고도 신기하게 비쳤다.

"머잖아 심부름꾼이 도착할 거다. 혹은 그녀가 직접 올 수도 있겠지."

그녀, 라는 말에 생쥐가 볼을 살짝 붉혔다.

"그럼 뭔가 준비해야 하지 않을까요? 땀도 닦고 옷도 갈아입고……."

"신경 쓸 필요 없어."

"하지만 어머님이시잖아요."

"모자 관계 이전에 마경의 주인과 이름 없는 드래곤이지."

과거에는 솔레다토르였다고 하나 지금은 그저 마경의 마수들 중 하나일 뿐이다. 다른 용의 영역에 있다고 해도 상하 관계는 자명했다. 다시 말해 솔레다토르의 반려인 생쥐 또한 그녀보다 상위의 존재였다.

"그래도 이왕이면 깔끔한 모습을 보여드리고 싶어요."

생쥐는 그렇게 말하곤 물가로 다가갔다. 도시와 가까워 사람들이 자주 찾는 덕에 오아시스에는 편의시설들이 그럭저럭 마련되어 있었다. 나무 사이로 커다란 천막이 여럿 세워져 있고 불을 피워 요리를 할 수 있는 화덕과 각종 크기의 통이 여기저기 굴러다녔다. 그중에는 마수의 습격이라도 받았는지 찢어지거나 부서진 것도 몇 보였다.

"여기 있는 천막을 써도 되나요?"

생쥐의 물음에 안내인이 고개를 끄덕였다.

"물론이죠, 부인. 이곳에 있는 물품은 모두 공용입니다. 훼손

하지만 않으면 마음대로 사용해도 됩니다."

그의 대답에 생쥐가 물통을 주워 들려고 했다. 그러나 솔레다
토르의 손이 그보다 더 빨랐다.

"천막 안에 들어가 있거라."

"네. 하지만 닦아주시는 건 안 돼요."

또 어제처럼 되면 곤란하니까. 생쥐는 웃으면서 옷이 든 짐을
들고 가까운 천막으로 들어갔다. 천막 안은 낡은 의자 하나 외에
는 아무것도 없이 휑했다. 심지어 바닥도 풀이 돋은 흙이 고스란
히 노출되어 있었다. 생쥐는 의자에 짐을 내려놓고 수건을 꺼내
었다. 잠시 후 솔레다토르가 물통을 들고 나타났다.

"역시 내가⋯⋯."

"안 돼요, 안 됩니다. 솔이 참는대도 제가 못 참겠거든요. 그
러니 부디 나가주세요."

생쥐가 손끝을 살랑살랑 흔들며 말했다.

"그럼 그냥 보고만 있으마."

"음⋯⋯ 역시 그것도 안 될 거 같습니다."

"그것도?"

"네에."

내려놓은 물통에 수건을 첨벙 담그며 생쥐가 말을 이었다.

"사랑스럽다는 시선이 계속해서 찔러들면요, 대답을 하지 않
으면 안 될 거 같은 기분이 들어버리거든요. 같이 마주 봐야 할

거 같고, 그러다 보면 손도 잡고 싶어지고, 또 손을 잡으면 입 맞추고 싶어질 테고, 그러면 또 더욱더 달라붙고 싶어질 테니까요."

그러니 안 된다며 연녹색 눈이 가늘게 미소 지었다. 말로는 나가라고 하고 있었지만 그 눈웃음이나 살짝 내밀어진 입술 끝은 되레 다가오라 유혹하고 있는 것만 같았다. 과거의 흔적이 완전히 사라진 하얀 손이 수건을 꾹 비틀어 짠다. 통통 떨어지는 물소리가 천막 안을 빙그르 맴돌았다.

"솔?"

끝이 톡 올라간 목소리는 얼른 나가라 재촉하는 듯도 하고 이리로 오라 부르는 듯도 했다. 솔레다토르는 망설임 없이 손을 뻗었다. 안아 든 몸뚱이는 작고 가벼웠지만 처음 기억보다는 확실히 커지고 무거워졌다. 생쥐는 불만스럽다는 표정을 지으면서도 자신의 허리를 감은 팔을 부드럽게 매만졌다.

"이거 저 유혹하시는 거죠?"

"그 반대겠지. 먼저 유혹했잖아."

생쥐의 고개가 갸웃 기울어졌다.

"안 된다고 말했던 거 같은데요."

"정말로 거절할 거라면, 그렇게 웃으면 안 되지."

"지금이라도 인상을 찡그려야 할까요? 아니면 화를 내볼까요."

그렇게 말하면서 생쥐가 솔레다토르의 뺨에 키스했다. 간질거리는 깃털 같은 감촉에 그가 웃었다.

"이것 보거라, 유혹하고 있잖아."

"그저 뺨일 뿐입니다만. 유혹이 아니에요."

"그래? 그렇다면."

이번에는 솔레다토르가 생쥐의 뺨에 입 맞추었다. 볼에 닿았던 숨결이 귓가를 지나 목덜미까지 희미하게 닿았다 멀어진다.

"이것도 그저……."

"이건 유혹이죠. 확실하고 분명하게요."

생쥐가 단호하게 말했다.

"얇은 천 너머로 사람들이 득시글한데 이러시면 안 되죠. 정말 파렴치하세요."

"파렴치라니. 예전에는 그런 거 신경 안 썼으면서."

"신경 쓰는 척하는 데 익숙해졌거든요. 그러니 못된 손이 좀 더 옷 안쪽으로 들어오면 소리칠 겁니다. 꺄악 하고."

이번에도 말만 그렇게 하고 솔레다토르의 목덜미에 입술을 문지른다.

"밖의 놈들을 모조리 쫓아버릴까."

"그렇게 해주시면 저는 오아시스에 뛰어들겠어요. 이런 후덥지근한 공기 속이니 분명 기분 좋을 거예요. 맑고 시원한 물에 눈부신 햇살에 오랜만의 목욕이니 더더욱 즐겁겠지요."

생쥐가 노래하듯 말했다. 그간 지나쳤던 오아시스들은 죄다 도시나 마을이 옆에 붙어 있었기에 발가벗고 들어갈 순 없었다.

"황궁에도 인적 없는 호수가 있긴 하지만 이런 날씨는 아니니까요. 그러니……."

"그 여자를 보냈군."

생쥐의 말을 끊으며 솔레다토르가 말했다. 그의 시선은 천막의 천장을, 그 너머의 먼 곳을 향하고 있었다.

"곧 도착하겠어."

"벌써요?!"

그 말의 뜻을 눈치챈 생쥐가 화들짝 놀라며 솔레다토르의 품속에서 뛰어내렸다.

"옷이라도 갈아입어야겠어요!"

허둥거리며 옷을 벗고 땀이 많이 흐른 부분이라도 닦아내고 새 옷으로 갈아입는 사이 바깥이 소란스러워졌다. 날카로운 비명 소리에 이어 놀란 외침이 들려온다.

"드래곤이다!"

"도망쳐!"

소리만 들어도 바깥이 얼마나 혼란스러울지 짐작할 수 있었다. 보통 사람이라면 기겁해 천막 밖으로 뛰쳐나갔겠지만 생쥐는 아무것도 못 들은 양 꿋꿋이 옷을 마저 입었다. 드래곤이라면 바로 앞에도 한 마리 있으니 새삼스럽게 놀랄 일도 아니었다.

"다 됐어요."

여름용 얇은 드레스를 입은 생쥐가 연하늘색 얇은 허리 장식

끈을 매며 말했다. 여름용이라고 해도 상대적으로 시원한 제국의 날씨에 걸맞은 옷이었기에 사막과는 어울리지 않았다. 하지만 이곳은 물가이고 나무그늘도 많으니 잠시 동안이면 괜찮을 것이었다.

"나가죠."

생쥐는 약간 긴장한 듯 숨을 길게 들이켰다. 그새 사람들이 죄다 도망쳤는지 밖은 조용했다. 천막의 입구에 늘어진 천을 젖히며 솔레다토르가 먼저 밖으로 나갔다. 이어 생쥐도 그의 뒤를 따랐다.

천막을 벗어나자 두리번거릴 것도 없이 바로 거대한 붉은 드래곤이 눈에 들어왔다. 솔레다토르의 본래 모습보다는 작았지만 드레이크인 케이어스보다는 배 이상 큰 덩치의 드래곤이 오아시스 옆에 내려앉는다. 그녀의 발과 꼬리에 수개의 천막이 무너지고 나무가 부러졌다.

"솔보다는 작으시네요?"

"이름을 잃었으니까. 그리고 존대할 필요 없어."

"어머님이시잖아요."

"그 이전에……."

"그래도요."

생쥐가 고집스레 고개를 젓는 사이 드래곤의 모습이 사라졌다. 그리고 무너진 천막 위로 이국적인 드레스를 입은 붉은 머리칼의 여자아이가 나타났다. 생쥐보다 두세 살은 더 어려 보이는 아름다운 소녀였다. 그녀는 인간이 아니라고 주장하는 듯한 금안을 두어 번 깜박거리곤 두 사람이 서 있는 곳으로 다가왔다.

"오랜만입니다, 솔레다토르."

이름 없는 드래곤이 정중히 인사했다. 솔레다토르는 당연하다는 듯 그 인사를 받았지만 생쥐는 당혹해하며 연인과 연인의 모친을 번갈아 바라보았다.

"그, 저기 저는……."

"소식은 들었습니다. 솔레다토르의 반려이시지요?"

"네! 처음 뵙겠습니다."

생쥐가 그녀와 마주 머리를 숙였다. 하지만 이내 솔레다토르가 뒷덜미를 붙잡아 당겨 머리를 들게끔 했다.

"이런 식으로 대접할 필요 없다고 몇 번이나 말했다만."

"저도 몇 번이나 말씀드렸어요, 그래도 어머님이시라고."

생쥐는 짧게 투덜대곤 이름 없는 드래곤을 향해 생글 웃어 보였다.

"저는 인간의 관계와 예법에 더 익숙하니 부디 편하게 대해주세요."

소녀는 솔레다토르를 힐끗 쳐다보았다가 다시 생쥐에게 시선을 돌렸다.

"원한다면 그러지."

"어머님이라고 불러도 될까요?"

생쥐의 물음에 그녀가 고개를 살짝 갸웃했다가 대답했다.

"레다. 그렇게 불러. 물론 드래곤으로서의 이름은 없어졌지만, 이건 내 남편이 부르던 애칭이야."

"남편이라면 솔의 아버지겠군요!"

"맞아."

생쥐가 솔레다토르의 눈치를 살피며 말했다.

"……실례가 되지 않는다면 어떤 분이셨는지 물어도 괜찮을까요?"

"착했어."

레다가 나직이 말을 이었다.

"쓸데없이 좋은 사람이었지. 그래서 어울리지 않게 황제가 되었고 멍청한 부탁도 했지. 그 녀석은 아마 내가 금방 다른 상대를 찾을 거라고 생각했을 거야. 나도 그랬고. 아직까지 그 녀석을 사랑할 줄은 몰랐지."

그녀의 말에 솔레다토르의 표정에 의외라는 빛이 떠올랐다.

"아직까지?"

"네, 아직까지."

레다는 고개를 약간 돌려 자신의 아들을 올려다보았다.

"그저 묻어놓았을 뿐인 것을 식어버렸다 착각한 것이었죠. 이곳에 와서 여유가 생기자 다시금 떠올랐습니다. 그는 상냥하고 여리며 불쌍하면서도 사랑스러운 사람이었어요."

그녀의 입술 사이에서 작게 한숨이 새어 나왔다.

"무엇보다도 솔레다토르, 드래곤은 잊지 못합니다. 잊은 척을 할 뿐이지요. 그렇기에 한번 사랑스럽다 느꼈다면, 영원히 사랑스러울 겁니다. 그 위에 먼지가 켜켜이 쌓인다 해도 손을 저어 털어내기만 하면 바로 어제 일처럼 떠오르는데 어떻게 사랑이 식을 수 있을까요."

"감정과 기억은 다르지 않나."

"글쎄요. 보통 감정은 기억을 바탕으로 두고 있지 않던가요. 애달프게 사랑하던 연인이라 하더라도 상대에 대한 기억을 잃은 직후라면 전과 같진 않을 겁니다. 반대로 사랑이 식어버린 연인이 기억을 잃어 열렬하게 마음을 불태우던 때로 돌아간다면 어떠할까요."

"그건……."

그녀가 말한 대로였다. 감정과 기억이 같은 것이라고까진 할 수 없어도, 기억에 바탕을 두고 있는 것은 사실이다. 사랑스럽다고 느낀 그 순간이 영원히 선명하다면 마음이 식기란 분명 힘든 일일 터였다.

"물론 기억은 다른 기억으로 상쇄되기도 합니다. 사랑했던 기억들도 부정적인 기억들과 섞이면 더는 순수한 사랑으로 남지 못하기도 하지요. 제 남편도 만약, 인간이 아닌 드래곤의 수명을 지녔더라면."

고작 백 년도 못 되는 짧은 기간이 아닌 수백 년, 천 년을 넘는 시간을 함께했더라면.

"그랬더라면 되레 마음이 식었을지도 모릅니다. 그와의 시간은 짧았기에 사랑스러웠던 기억이 훨씬 더 많이 남게 되고 말았지요. 그러니 저는 영원히 사랑하게 될 겁니다. 이따금 잊은 척하겠지만 이따금 떠올리며 추억에 잠기겠지요."

솔레다토르는 무심코 옆에 선 연인을 내려다보았다. 생쥐는 자신과 같은 시간을 살아갈 것이다. 그렇다면 만약, 만에 하나 그녀에게 부정적인 기억이 쌓이게 된다면 지금의 바라만 보고 있어도 사랑스럽다 느껴지는 감정도 사라지게 될까.

그와 비슷한 생각을 하였는지 생쥐가 눈을 동그랗게 뜨며 솔레다토르를 올려다보았다.

"괜찮아요. 노력할 테니까. 노력하는 건 자신 있어요."

"……네가 그런 노력을 하는 건 원치 않는다. 만약 해야 한다면, 나 또한 동참해야겠지. 혼자가 아니라 같이 말이다."

"아, 맞아요."

생쥐가 조금 수줍게 웃었다.

"맞아요, 같이 해야지요. 당연히 같이 해야 하는 건데, 또 옛날 버릇이 나와버렸나 봐요."

생쥐는 솔레다토르의 손을 붙잡아 손가락 끝에 키스하곤 레다에게 미소 지었다.

"괜찮으시다면 좀 더 옛날이야기를 들을 수 있을까요? 그리고 솔이, 솔레다토르가 들어야만 할 이야기도요."

레다가 고개를 끄덕이며 마주 옅게 미소했다.

"물론 괜찮아. 당연히 해주어야 할 이야기이기도 하고. 과거의 나는 제대로 된 설명조차 하지 않은 채 짐만 떠넘기고 도망쳐버렸지."

황금색 눈이 자신과 비슷한 눈을 들여다보았다.

"긴 시간이었지요. 저를 원망하십니까?"

"아니."

솔레다토르는 짧게 대답했다. 그녀를 원망한 적은 없다. 물론 견디기 쉬운 시간들은 아니었지만, 엄밀히 말하자면 그녀 탓은 아니었다. 그를 괴롭힌 것은 계약이 아닌 계약에 얽힌 인간들이었으니까. 만약 이카르처럼 편의를 봐주는 인간들만 있었더라면 지금까지 계약에서 벗어날 생각을 하지 않았을지도 모른다.

또한 그녀 덕분에, 솔레다토르의 이름을 물려받았기에 생쥐와 만날 수 있었다. 그 사실만으로도 그녀를 탓할 마음은 조금도 생겨나지 않았다.

그의 대답에 레다는 약간 놀란 표정을 지었다가 다시금 미소를, 조금 전보다 부드러운 웃음을 머금었다.

"아나니토르께서 환영과 축하를 전해달라 하셨습니다. 필요하신 것이 있으시다면 무엇이든 말씀해주세요."

"돌아갈 때 영역 밖까지 데려다주는 것만으로도 충분하다."

"예, 그럼."

그녀가 어디론가 소리 없이 신호를 보내었다. 잠시 뒤 하늘 저 편에서 모래색 드레이크와 거대한 새들이 나타났다. 드레이크가 앞발로 붙잡고 있던 호화로운 천막을 바닥에 내려놓고 인간으로 변했다. 그는 솔레다토르와 그 반려에게 인사를 올린 뒤 새들에게 가지고 온 가구와 음식들을 정리하게 하였다.

"인간들이 접근하지 못하도록 감시하겠습니다."

드레이크는 그렇게 말한 뒤 새들과 함께 자리를 떠났다.

"아나니토르는 친절하시네요."

잘 익은 대추야자를 집어 들며 생쥐가 말했다. 커다란 쟁반에 쌓인 과일들은 대부분 난생처음 보는 낯선 것들이었다. 그 외에도 차가운 술 단지와 소금에 절인 고기, 부드러운 치즈 덩어리에 긴 줄에 줄줄이 꿴 민물가재, 토끼고기와 채소를 넣어 만든 파이, 오렌지를 곁들인 햄, 설탕을 친 아몬드와 부풀린 빵 등 어디서 다 구해 왔는지 모를 요리들이 긴 식탁을 가득 채우고 있었다.

"관대한 편이시기는 하지. 마경의 주인이 방문하는 일은 드문 탓이기도 하고."

"환대에 감사드린다 전해다오."

"네, 솔레다토르."

"이것 좀 드셔보세요. 이름은 모르겠지만 맛있어요."

생쥐가 손으로 부드럽게 갈라지는 노란 껍질의 과일을 두 사람 사이에 내밀었다. 붉은빛 띠는 과일 속에서 단내가 풀풀 흘러나왔다.

셋은 차려진 음식들을 먹으며 지나간 이야기들을 나누었다. 솔레다토르가 태어나기도 전의 먼 옛날 일과 고작 며칠 전의 일이 뒤섞였다. 좋은 일도 나쁜 일도 그리고 다른 여러 가지 일도.

"그 이카르라는 아이, 내 남편과 좀 닮은 것 같아."

"그럼 솔은 아버지와 많이 다른가 봐요."

"많이 다르지. 누굴 닮았는지 모르겠다 싶을 정도라니까."

두 여자가 동시에 웃었다. 솔레다토르는 조금 불만스러운 얼굴로 그 모습을 바라보았다. 한 명이 못마땅해하고 있어도 대화는 계속 이어졌다.

"그렇게 솔을 만나게 된 거예요. 지금처럼 될 거라고는 상상도 못 했죠. 솔을 만나기 전에도요, 제가 황궁에 들어가게 될 줄 누가 알았겠어요?"

"어쩌면 평생 마주칠 일 없었을지도 모르겠구나."

"맞아요. 그래서 가끔은 지금까지의 일이 놀랍고도 신기해서 가슴이 두근거리기도 해요."

생쥐는 그렇게 말하며 솔레다토르의 손을 양손으로 꽉 감싸 쥐었다. 절대 놓지 않겠다는 듯이.

사사로운 이야기보따리가 모두 풀어지고, 드디어 마경에 대한 이야기로 주제가 옮겨졌다. 레다는 자신의 오랜 기억을 더듬으며 입을 열었다.

"마경은 마수들을 위해 만들어진 터전입니다. 멀고 먼 과거에는 마경의 원천, 마력이 전 세계에 퍼져 있었죠. 마수와 마족은 번성하였고 지금의 인간과 평범한 짐승들처럼 마력을 지니지 않은 생물은 아직 나타나기 전이었습니다. 마경도 없고 마경의 주인도 없으며 드래곤 또한 여느 마수와 크게 다를 바 없는 존재였지요."

그렇게 마력이 넘쳐나던 세계가 어느 날 갑자기 변화하기 시작했다.

"언제부터인가 마력이 점차 줄어들어갔습니다. 약한 개체는 시름시름 앓다 죽어가고 새끼는 태어나지조차 못하였지요. 마력에 의존하여 살아가는 모든 종족이 멸망을 앞에 둔 광경에, 세계의 대모(大母)들이 나섰습니다. 그분들은 스스로의 육신을 거름으로 삼아 마경을 만들어냈고 마수 중 가장 강력했던 드래곤을 자신들의 대리자로 삼았지요."

"그 대리자가 바로 마경의 주인인 건가."

"예."

레다가 작게 고개 끄덕이곤 말을 이었다.

"마경의 주인은 마경의 힘이 흐트러지지 않게 지키고 보호하는 존재입니다."

"……나는 꽤 오랫동안 마경의 원천을 받아들이지 못했었다만."

"네? 그게 무슨 말씀이시죠?"

"수호룡의 계약 때문이었다."

솔레다토르는 저주로 변질된 계약에 대해 그녀에게 말해주었다. 레다는 꽤나 놀란 표정으로 눈을 동그랗게 떴다.

"그럴 수가…… 저는 전혀 몰랐습니다. 아나니토르께서 솔레다드 산맥의 기운이 약하다고 말씀하시긴 했지만요."

"역시 마경에 영향이 있는 건가."

"크게 걱정하실 정도는 아닐 겁니다. 마경의 주인은 존재하는 것만으로도 마경의 힘을 보호하는 데 도움이 되거든요. 비유하자면 일종의 둑의 역할이라 할 수 있습니다. 그 둑이 갑자기 무너져서야 곤란하기 때문에 그 누구도 범접치 못할 힘이 주어지는 것이지요."

물론 둑이 약하면 물이 조금쯤 새어 나갈 수는 있다. 그러나 무너지지만 않으면 마경 자체가 흔들릴 일은 없었다.

"아마도 솔레다드 산맥의 대모께서 원천이 흘려내는 힘을 불완전한 마경의 주인이 버텨낼 수 있을 정도로 조절하셨을 겁니다. 그렇기에 아나니토르께서 이상을 느끼신 것일 테고요."

"그렇다면 다행이군."

솔레다토르가 옅게 한숨을 내쉬었다. 비록 자의는 아니었다지만 마경의 주인으로서 그 의무를 소홀히 한 것 때문에 일종의 부채감을 지니고 있는 그였다. 그런데 돌이킬 수 없는 문제까지 생겼더라면 죄책감을 견디기 힘들었을지도 모른다.

"그 밖에도 내가 알아두어야 할 것이 있나."

"말씀드렸듯이 마경의 주인은, 솔레다토르는 그 존재만으로도 기본적인 의무는 하고 있는 셈입니다. 하니 반드시 알아야 할 지식은 없습니다. 저도 그렇게까지 무책임하지는 않아요."

레다의 입가에 씁쓸한 미소가 맺혔다. 짐을 떠넘기고 도망치기는 하였지만 만약 계약의 변질에 대해 알고 있었더라면 좀 더 신중히 움직였을 것이다. 단순히 아들을 위해서만은 아니었다. 솔레다토르로서의 마경에 대한 의무와 애정이 그녀의 발목을 붙잡았을 터였다.

"그래도 궁금한 것이 있으시다면 뭐든 대답해드릴 테니 말씀만 하세요."

"마경의 주인과 생을 같이하는 반려에 대해서 혹 주의할 점이 있다면 말해다오."

레다는 둘의 이야기에 열심히 귀 기울이고 있는 생쥐를 귀엽다는 듯 바라보았다가 대답했다.

"긴 수명에 따른 소모만 제외한다면 없습니다. 그것도 마경의 힘을 받아들이면서 어느 정도 완화되겠지만요."

"완화된다고?"

레다의 말에 솔레다토르의 얼굴이 눈에 띄게 밝아졌다.

그가 가장 걱정하는 것이 바로 생쥐가 긴 수명을 견디지 못할 수도 있다는 사실이었기 때문이다.

"네. 마경의 힘이 그녀를 보호하면서 긴 세월에 버틸 수 있는 단단함 또한 부여할 테니까요. 그렇다 해도 영원의 삶은 불가능하니 가능한 한 빨리 후계자를 만드세요."

"생쥐가 준비가 되는 대로 그럴 생각이다."

"아직 용의 힘에 적응하지 못한 건가요?"

레다가 의아해하며 생쥐에게 손짓했다. 솔레다토르의 곁에 붙어 앉아 있던 생쥐가 다가오자 레다는 그녀의 손목을 살며시 쥐었다. 그와 동시에 몸 안에서 반응하는 힘을 느낀 생쥐가 미소 지었다.

"솔레다드 산맥이 반가워하는 것 같아요."

"상냥하고 정이 많은 대모니까. 실수하고 도망쳐버린 대리자에게도 인사를 해주는구나."

레다는 천천히 자신의 기운을 흘려 생쥐의 상태를 살폈다. 마경의 주인일 때와는 비교할 수 없이 약해진 그녀였지만 힘을 다루는 기술만큼은 현 솔레다토르보다 훨씬 뛰어났다. 잠시 뒤 레다가 작게 웃음을 흘렸다.

"대모의 욕심이구나."

"욕심이요?"

"그래. 두 사람이 좀 더 많은 시간을 함께하기를 바라는 욕심이지. 평범한 인간의 한계를 최대한 늘리기 위해 천천히 공을 들이느라 이렇게 오래 걸리는 것이란다."

생쥐의 몸속에서 움직이고 있는 대모의 의지는 단순히 솔레다토르의 반려를 위해 마경의 힘을 나누어 주는 것에서 그치지 않고 그녀가 지닌 그릇의 크기까지 늘리려고 하고 있었다. 그러다 보니 그릇을 채우기만 하는 것에 비해 훨씬 긴 시간이 필요하게 되었다.

"대모께서 네가 무척이나 마음에 드신 모양이야."

"처음 제 몸에 들어오셨을 때 반가워해주셨어요."

"오랜 기다림을 네 덕분에 끝맺을 수 있게 된 것이니까 반갑지 않을 리가 없지. 솔레다토르, 이렇게 되면 후계자 문제도 서두르실 필요 없으실 듯합니다."

레다가 솔레다토르를 돌아보며 말했다.

"대모를 위해서라도 좀 더 솔레다토르로서 머물러주세요."

"생쥐에게 아무 문제가 생기지 않는다면 나도 일찍 물러날 생각까지는 없다."

조금이라도 더 긴 시간을 그녀와 함께 보내고 싶었다. 솔레다토르의 대답에 생쥐가 두 눈을 동그랗게 떴다.

"그럼 아이도 늦게 가져야 하나요? 언니에게 보여주고 싶……참, 레다. 드래곤의 알은 어떻게 하면 빨리 부화합니까?"

"응? 그야 드래곤 쪽의 부모가 잘 품어줄수록 부화가 빨라지지. 내 경우에는 그럴 여유가 없기도 했고 또 직접적으로 품어주는 경우는 드물어. 그냥 근처에만 머물러도 백 년 내에는 깨어나니까."

"근처에만 머물러도 백 년이면 품어주면 수십 년 내로 부화하겠네요?"

"그럴걸? 제일 빨리 부화한 알이 십오 년쯤 걸렸던가."

"십오 년! 꼭 끌어안고 있어주면 되는 건가요?"

"그냥 몸에 닿기만 해도 될 거야. 부모가 지닌 힘을 받아 빠르게 성장하는 거니까."

"그렇군요!"

생쥐가 반짝반짝 빛나는 눈으로 고개를 홱 돌려 솔레다토르를 바라보았다. 그 눈빛이 담은 의미에 솔레다토르가 헛기침을 작게 했다.

"종일 알과 붙어 있는 건 좀……."

"볼일이 있으면 데리고 다니면 되잖아요. 솔레다드 산맥만 벗어나지 않으면 문제없으니까요. 알을 담을 가방을 만드는 것도 괜찮겠네요. 알이 많이 큰가요?"

"처음엔 어른 주먹만 하지만 점점 커지지. 부화 직전이면 대략 이 정도야."

레다가 두 팔을 둥글게 만들어 보였다. 지름이 1미터 이상 되어 보이는 크기에 생쥐가 놀란 얼굴을 했다.

"생각보다 더 크네요……."

"그만큼 자라야 부화하니까 오래 걸리는 거란다."

"제가 도울 수 있는 일은 없을까요?"

"낳아준 것만으로도 충분해. 나머지는 솔레다토르께 맡기렴."

레다가 웃으며 말했다. 생쥐는 고개를 끄덕인 뒤 다시 솔레다토르 옆으로 다가갔다. 그러곤 기대 어린 눈빛으로 그를 올려다보았다.

"이름을 물려주는 건 나중에 한다고 해도, 아이를 가지는 건 준비가 되는 대로 바로 하면 안 될까요?"

"……네가 원한다면 얼마든지 된다만, 부화를 서두를 필요까지는 없지 않을까. 15년이나 솔레다드 산맥에서 머물러야 한다면 너도 불편할 텐데. 임신기간까지 포함하면 16년쯤 되겠군."

"너무 춥지 않고 굶지만 않으면 됩니다."

솔레다드 산맥이 황궁에 비하면 척박한 곳이라 해도 생쥐가 과거 살아온 환경에 비할 바는 못 되었다. 게다가 요정들의 숲처럼 인간 어린애도 편히 지낼 수 있는 장소도 있었다.

"아리에스도 자주 만나지 못할 테고."

"괜찮아요. 참을 수 있습니다. 아, 혹시 이카가 걱정되시는 건가요? 보호해주기로도 하셨으니 오랫동안 떨어져 있는 건 곤란하려나요."

"그건 지금처럼 통보하고 대신할 사람을 세워놓으면 돼. 황가 전체를 지켜야 하는 것은 아닐뿐더러 그녀석보다 생쥐 네가 더 우선시되는 보호 대상이니까."

수호룡의 계약보다 솔레다토르의 안위가 더 우선시되었던 것처럼 이카르에게 내린 축복을 지키는 것보다 반려인 생쥐의 곁에 머무는 것이 먼저였다.

"그럼 아무 문제도 없겠네요! 황궁에는 일 년에 두어 번 정도 내려가는 걸로 하죠. 그 정도면 부화에 큰 차질 없겠죠?"

생쥐의 물음에 레다가 고개를 끄덕였다.

"해에 며칠쯤 자리를 비우는 정도야 부화 시기를 일 년도 채 늦추지 못할 거야."

"다행이네요. 솔도 괜찮죠?"

솔레다토르는 들뜬 그녀를 바라보다가 입가에 미소를 머금었다.

"그래, 괜찮다."

생쥐와 단둘이서 여유롭게 보내는 시간이 줄어드는 것은 아쉬웠지만 그녀가 좋다면 그 또한 좋았다.

길고 긴 이야기가 끝나고, 생쥐는 오랜만에 전신을 물에 담갔다. 오아시스 주위에 다른 사람들은 아무도 없었기에 얄팍한 속치마만 걸친 채 첨벙 물에 뛰어들어 머리부터 발끝까지 시원함을 만끽했다.

"솔, 레다! 두 분도 들어오세요!"

생쥐는 같이 수영하자고 권하며 양팔을 머리 위로 크게 흔들었다. 물에 젖은 그녀의 전신이 햇빛을 받아 찬란하게 빛난다. 레다는 그런 생쥐를 바라보며 미소 띤 채로 고개를 저었다.

"나는 슬슬 아나니토르께 가봐야 해. 소식을 기다리고 계실 테니까."

"벌써 가시게요?"

"내일 아침에 돌아올 거란다."

레다는 솔레다토르에게 시선을 돌리며 말했다.

"혹 필요한 것이 있다면 드레이크를 불러 명하시면 됩니다. 해가 저물면 추워질 테니 난방용품을 가져다드리도록 말해놓겠습니다."

"고맙군."

"천만에요. 이 이상은 방해일 테니 저는 이만 가보겠습니다."

그녀는 드래곤의 모습으로 돌아가 훌쩍 날아올랐다. 멀어지는 붉은 용을 올려다보던 생쥐가 솔레다토르를 향해 다시 팔을 흔들었다.

"솔, 어서요! 물이 시원해서 기분이 좋습니다."

그러곤 기다리다 못해 첨벙첨벙 물가로 다가온다. 생쥐는 젖은 손을 뻗어 솔레다토르의 팔을 냉큼 붙잡아 당겼다.

"잠깐, 옷은……."

"좀 젖으면 어때요. 금방 마를 텐데."

생쥐가 재차 힘껏 그의 팔을 당겼다. 그에게 있어선 연약하기 그지없는 힘이었지만 솔레다토르는 못 이기겠다는 표정으로 순순히 끌려갔다. 옷을 적시고 피부에 닿아오는 물의 시원함은 생쥐의 말대로 기분 좋은 느낌이었다.

생쥐는 천진난만한 얼굴로 붙잡았던 팔을 놓고 허리께까지 오는 물속에서 빙그르 돌았다. 이미 한번 머리끝까지 잠겼다 나온지라 흠뻑 젖은 옷 너머 살결이 비칠 만큼 바싹 달라붙어 있었다. 그 모습이 눈부시게 느껴지는 것은 단순히 물에 반사되는 햇빛 때문만은 아니리라. 솔레다토르는 끌어당겨지듯 그녀에게로 다가가 반짝거리는 몸을 한껏 품에 안았다.

"……이번에는 확실하게 먼저 유혹했어."

"물놀이하자고 했는데요."

유혹한 적 없다고 키득키득 웃으며 솔레다토르의 가슴을 두 손으로 밀어낸다. 솔레다토르는 장난스럽게 몸을 비틀어 빠져나가려는 생쥐의 손목을 붙잡았다. 물기 어린 손목 안쪽에 키스하고 그보다 조금 더 위를 입술로 물었다. 서늘하게 젖었던 살결 위로 기어오르는 열기에 생쥐의 눈매가 느슨히 휘어졌다.

"이번에도 솔이 유혹한 거예요."

"그렇다고 치자."

그런 건 아무래도 상관없었다. 솔레다토르는 성급한 몸짓으로 생쥐를 다시 바짝 끌어안았다. 머리카락이 달라붙은 목덜미에 숨결이 내려앉고 생쥐의 손이 아직 덜 젖은 셔츠를 움켜쥐었다.

"지금 돌아가는 거, 조금 서운해졌습니다."

원래 예정은 아나닙시 사막에서 전대 솔레다토르를 만나는 것뿐이었다. 하지만 이제 곧 돌아간다고 생각하니 미련이 남았다. 솔레다토르는 그녀의 이마와 눈꺼풀, 동그란 뺨에 입을 맞추며 속삭였다.

"그럼 어떻게 할까. 무엇이든 말만 해라."

"좀 더, 읍……."

제대로 말을 꺼내기도 전에 입술이 내리덮였다. 반쯤 열렸던 생쥐의 입술 사이로 혀가 비집고 들어온다. 생쥐는 등을 가늘게 떨며 입 안을 훑어 내리는 정욕에 매달렸다. 허리 아래로는 서늘한 물이 살랑이고 허리 위로는 열기가 피어올랐다. 어깨를 움켜쥐고 등을 감싸 돈 손이, 손바닥 아래가 뜨겁게 느껴졌다.

"……조금 더."

뒤섞인 숨을 뱉으며 놓여난 생쥐가 단단한 목에 팔을 휘감으며 끊겼던 말을 이었다.

"솔과 함께 다니고 싶어요. 사막 외의 다른 곳도요."

"얼마든지 좋다."

그런 것이라면 묻지 않아도 같은 마음이다.

"세상 그 어디라 해도."

그리고 그 어디라도 데려다줄 수 있다. 솔레다토르는 생쥐의 몸을 가볍게 안아 올렸다. 소리 없는 웃음소리와 함께 생쥐가 그의 어깨에 머리를 묻는다. 그리고 다시 입술이 겹쳐지고 몸이 겹쳐졌다.

아나닙시 사막의 끝, 황무지와 수림이 뒤섞인 땅에 붉은 드래곤이 내려섰다. 인간의 모습으로 변한 레다는 자신이 태우고 온 두 사람을 바라보았다.

"솔레다토르, 한 가지 부탁이 있습니다."

"말해라."

레다는 짧게 숨을 들이키곤 입을 열었다.

"염치없습니다만 솔레다드 산맥으로 돌아가고 싶습니다."

다시는 돌아오지 않을 것처럼, 떠올리지조차 않을 것처럼 굴며 떠나온 곳이다. 인간이 지겨우니 천 년간 잠이나 자겠노라 말했지만 결국 그리움을 지워낼 수는 없었다.

"그리고 황궁에도, 찾아가보고 싶습니다. 그 사람의 무덤이 아직 남아 있을까요."

"잘 관리하고 있더군."

솔레다토르는 여린 미소를 머금은 그녀를 바라보다가 말을 이었다.

"모나르카궁도 아직 남아 있다. 꽤 쓸 만한 시종장이 있으니 머물기 불편하진 않을 거다."

간접적인 허락이었다. 레다는 그에게 고개를 숙여 보였다.

"호의에 감사드립니다."

"바로 가실 거예요?"

생쥐의 물음에 레다가 고개를 끄덕였다.

"응. 아나니토르께는 이미 말씀드려놓았거든."

"그럼 아리에스 언니에게 말을 좀 전해주세요."

"무슨 말?"

"조금 늦게 돌아갈 것 같다고요. 솔과 바다를 보러 가기로 했거든요."

생쥐가 기대 어린 표정으로 생글생글 웃으며 말했다.

"저는 한 번도 보지 못해서 이렇게 나온 참에 가보기로 했어요. 그 밖의 다른 곳에도 들를지도 모르고요."

"지금의 바다는 조금 차갑겠지만 처음이라면 구경할 가치가 충분히 있을 거야. 말은 잘 전해줄게."

"그리 오래 걸리지는 않을 거예요."

"좋은 여행 되렴. 솔레다토르께서도요."

레다는 뒤로 물러서서 원래의 모습으로 돌아갔다.

날개를 길게 펼치며 붉은 드래곤은 연인이 잠든 곳을 향해 하늘을 가로질렀다. 생쥐와 솔레다토르는 멀어지는 그녀의 모습을 잠시 바라보다가 발걸음을 옮겼다.

"어디로 가든 끝에는 바다가 있다고 했잖아요. 우리 어느 쪽으로 갈까요?"

"어디든 좋겠지. 우리에게 시간은 많으니 천천히 모든 곳을 가보자."

"네!"

곧장 날아가도 괜찮겠지만 느릿느릿 길을 따라가는 것도 좋을 것이다. 나란히 걸어가는 발소리 사이로 생쥐의 마냥 행복한 콧노래가 섞여들었다.

『용의 꼬리를 문 생쥐』 마침.

후기

303행성 후기

이것으로 생쥐의 이야기가 일단락되었습니다. 완결까지 오랜 시간 기다려주셔서 감사합니다.

이 뒤는 오래오래 행복하게 잘 살았습니다~가 되겠지요. 난데없이 찾아온 초대황후 때문에 짧은 평화가 깨져버릴 어느 시종장을 제외하곤 말이에요. 그냥 드래곤이 나타나도 기겁할 판에 까마득한 황실 웃어른이 튀어나왔으니 얼마나 고생할지 눈에 선합니다. 원래 살던 드래곤도 머잖아 돌아올 테고, 또 십여 년 내로 어린 드래곤까지 추가되겠지요.

그나마 다행히도 시종장 씨 살아생전에 네 번째 드래곤이 태어나진 않겠지만, 혹시 모르죠. 생쥐와 솔레다토르 사이에서 쌍둥이가 태어날 수도 있는 일 아니겠습니까. 제목은 불행한 시종장과 드래곤 네 마리쯤 되겠습니다.

그 밖에도 여러 가지 뒷이야기가 있을 수도 있겠지만 이쯤에서 마무리 짓도록 하겠습니다. 긴 시간 붙잡고 있었던 글이 끝나니 시원섭섭하네요.

언제나 좋은 하루 보내시기를. 다른 글로 또다시 뵙기를 바라겠습니다.

2017년 12월

303행성

Awin 후기

삽화가로서, 또 독자로서
무척 사랑스럽게 여기던 작품의 마지막을
무사히 맞이하게 되어 기쁩니다.
이 책의 시작부터 끝까지를 함께한
모든 분들의 행복을 기원합니다.

Awin